Linda Graze verbrachte ihre Kindheit im Nordschwarzwald. Nach einer Ausbildung zur Dolmetscherin beschloss sie: nicht die Texte anderer übersetzen, lieber selber schreiben! Sie wurde Werbetexterin und arbeitete für die großen Agenturen des Landes, von München über Hamburg bis Frankfurt. Sie schrieb Kampagnen für Kameras und Kosmetik, textete für Sahnebonbons, Schokoriegel und Schrauben. Inzwischen betreibt sie eine Recruiting-Agentur für die Werbebranche in Stuttgart.

Mit «Schmälzle und die Kräuter des Todes» legt Linda Graze ihr furioses Romandebüt vor: rasant, sehr lustig, mit einem unverwechselbaren Ton.

Linda Graze

Schmälzle und die Kräuter des Todes

Ein Schwarzwald-Krimi

Rowohlt Taschenbuch Verlag

4. Auflage Juni 2023

Originalausgabe
Veröffentlicht im Rowohlt Taschenbuch Verlag,
Reinbek bei Hamburg, August 2018
Copyright © 2018 by Rowohlt Verlag GmbH,
Reinbek bei Hamburg
Redaktion Stephan Ditschke
Umschlaggestaltung yellowfarm gmbh,
Stefanie Freischem
Umschlagabbildung berry2046 / fotolia;
Westend61 / mauritius images; robert_s / shutterstock
Satz aus der TrinitéNo2 PostScript, InDesign,
bei Dörlemann Satz, Lemförde
Druck und Bindung
CPI books GmbH, Leck
ISBN 978-3-499-27321-6

Es ist nicht alles, wie es scheint,
und was scheint, ist nicht immer die Sonne.

Die Spatzen sind schon bei der sechsten Strophe

Schlag sieben Uhr dreißig fährt Justin Schmälzle in der Bätznerstraße vor, lehnt sein Rad an das ehemalige Forsthaus und nimmt die wenigen Stufen mit einem Satz. Dann stößt er die schwere Tür auf, durchquert den schmalen Flur und steht im düsteren Türrahmen, das Desaster direkt im Visier. Über die gesamte Bodenfläche breitet sich Flüssigkeit aus, schwappt in dem Moment aus dem Eimer, in dem er einen Fuß in den Raum setzen will. Schaum verteilt sich in der Stube. Bläschen eilen vorwitzig hin und her, bis sie müde sind und platzen.

«Das ist doch ein Holzboden!» Schmälzle hält beide Hände an den Hinterkopf, als wollte er ihn vor der Sintflut bewahren.

Eine imposante Gestalt steht mitten im Raum und beäugt den Eindringling, der mit einer Leidensmiene vor ihr steht, als wäre er ein Staubsaugervertreter.

«Das Asylantenheim isch drüben, im Windhof», sagt die blonde, üppige Frau, die in einen pinkfarbenen Jogginganzug gequetscht ist. Hinter wachen blauen Augen, die abwechselnd zwischen ihm und der Überschwemmung hin- und herspringen, lauert der Argwohn. «Oder in die Uhlandshöhe, wollet Sie vielleicht dahin?»

Die Perle des Polizeipostens von Bad Wildbad baut sich zu stattlichen eineinhalb Metern auf und weist mit dem Stiel ihres Flachwischers den Weg. Zur Tür. Dabei kneift sie die Augen zusammen. Als wollte sie ihr Inneres schützen vor dem exotischen Unbekannten, der soeben ihr Universum betreten hat.

«Oh», sagt Schmälzle. «Ermitteln die Kollegen in den beiden Asylbewerberheimen?»

Dann setzt sein Denkapparat ein. Nett sei es hier, hatte Claudia ihm vorgeschwärmt, und die Menschen: unglaublich freundlich. Aha. Stumm schaut ihn die Putzfrau an. Lange. Nicht erschreckt, nein, sie wirkt nicht, als würde sie sich vor dem schwarzen Mann fürchten. Vielleicht ist es sein Dialekt, den sie nicht verstehen will. Obwohl es sich um astreines Badisch handelt.

Irgendwann findet sie ihre Sprache wieder. «Die Kollege!», ruft sie. «Es wär besser, wenn Sie verschwunde wäret, wenn der Chef kommt, dies isch nämlich die Polizei.»

Mit einer wischenden Bewegung versucht sie, Schmälzle fortzuscheuchen. Wie konnte sich Claudia so täuschen, wie konnten wir Sam nur nach Bad Wildbad locken, wo um alles in der Welt bin ich gelandet – der Strom finsterer Gedanken will kein Ende nehmen.

Schmälzle sagt: «Eben drum.»

«Ihr Deutsch isch ja tadellos.» Die Putzfrau klingt verwundert. «Lernt mer des in der Schul, bei euch in Eritrea?», fragt sie neugierig.

«Eritrea?» Schmälzle zieht sein Smartphone aus der Tasche und sucht einen Kontakt. Dann watet er durchs Wasser und setzt sich auf einen der drei gepolsterten Schreibtischstühle vor einen der drei Holzschreibtische.

Die Perle presst die Augen zu schmalsten Schlitzen. «Es hat gheiße, es tät schwarze Schafe geben unter den Flüchtlingen ...»

«Was?», fragt Schmälzle, während das Freizeichen, das seine Ohren traktiert, der Lebenslänglichkeit entgegenstrebt.

Dann legt er seine Füße auf den frisch geputzten Schreibtisch. Die Putzfrau saugt die Luft ein und pumpt ihren Oberkörper auf. Schmälzle blickt zur vertäfelten Holzdecke. Kurz Atem holen, nachdenken, Strategie entwickeln, sich leidtun. Würde er Claudia nicht so lieben, säße er jetzt in Karlsruhe bei seiner Truppe, und sie würden darauf anstoßen, dass sie den Schutzgeldring von Zoran Zapronić haben hochgehen lassen.

Wie gut, dass zwei Zeiger die Aufmerksamkeit der Perle einfordern: Zehn vor acht, behauptet die Wanduhr. Mit der Kraft von mindestens zwei Herzen fährt sie fort, den Boden zu bearbeiten. In Windeseile zieht der Wischmopp Bahn für Bahn, langsam die Flüssigkeit in sich aufnehmend, um sie zurück in den Blecheimer zu befördern. So geht das zwei Minuten, drei Minuten, vor Schmälzle und hinter ihm, bis die Perle sich mit einem angriffslustigen Hüftschwung zu ihm schiebt und mit einem silbern glitzernden Zeigefinger auf die muskulöse Schulter des Eindringlings tippt.

«Sen Sie immer noch da?»

«Ja. Und ich bleibe auch hier. Mein Name ist Justin Schmälzle. Ich bin der neue Kommissar aus Karlsruhe und heute ist mein erster Arbeitstag. Wann fangen die Kollegen denn morgens an?»

Es muss am Reismilch-Macchiato-Mangel liegen, dass ihm das nicht früher eingefallen ist! Die Putzfrau schüttelt die blonden Locken. Wieder und noch mal. Dann lässt sie ihre Blicke über seinen fast kahlen Ober- und Hinterkopf schweifen, bleibt an dem heute Morgen rasch gebügelten weißen Hemd hängen, streift eine gut sitzende Jeans über blau-rot-grünen Sportschuhen.

«Sie sen im Lebe net der neue Kommissar aus Karlsruhe», sagt sie und geht, bevor er protestieren kann, in druckreifes

Hochdeutsch über: «Wenn Sie ein Gelbfüßler sind, fresse ich meinen Wischmopp.»

Kaum hat sie den langen Satz ausgewrungen, öffnet sich wie von magischer Hand die Tür zur Polizeistube.

«Dann tun Sie auch viel Pfeffer drauf, Frau Meichle», sagt eine tiefe Stimme. «Entschuldigen Sie, unsere Frau Meichle ist ein Vorbild an Sauberkeit, die kärchert sogar unsere Kriminellen weg.»

Die sichtbaren Hautpartien der Frau gehen eine Symbiose mit ihrem grellen Outfit ein. «Herr Scholz, ich ...»

«Sie machen einen Abflug! Und zwar dalli, zack.»

Die Putzfrau schmollt, verduftet durch die Hintertür und hinterlässt nichts als ein Näschen voll frischer Zitrone.

Schmälzle nimmt den gut zehn Jahre älteren Polizeipostenleiter von Bad Wildbad in Augenschein: dunkle, gegelte Haare, Polizei-Shirt, schwarze Jeans, dunkle Nylon-Classics. Sein neuer Chef knackt die Finger. Einzeln. Nacheinander. In einer Geschwindigkeit, die dem historischen Gebäude nicht zu Gesicht steht. «Scholz», knack, Daumen links, knack, Daumen rechts. «Harald Scholz», sagt Harald Scholz und reicht dem neuen Kollegen die Hand. Der nimmt die Füße vom Tisch und zeigt entschuldigend auf den Fußboden.

«Schmälzle», stellt er sich vor.

«Ich weiß», sagt Scholz. «Justin Schmälzle. Wie der Timberlake.»

Schmälzle rümpft die Nase. Dann sagt er: «Meine Freunde nennen mich Just.» Er spricht es amerikanisch aus: Tschast.

«Dann bleiben wir bei Schmälzle. Ich bin Scholz an Guter-Bulle- und Polizeipostenleiter Scholz an Böser-Bulle-Tagen.» Ein breites Grinsen trennt das gebräunte, säuberlich rasierte und mit feiner Lotion getränkte Gesicht des Wildbaders in zwei Hälften. Schmälzle sieht sich aufmerksam in der Polizei-stube um.

«Prähistorisch», sagt Scholz, «wie vieles in unserem hüb-schen Kurstädtchen.»

«Zum Beispiel mein Wohnzimmer», meint Schmälzle grin-send. «Meine Frau hat sich gefragt, ob sie in Creedence-Clear-water-Revival-Zeiten wiedergeboren wurde.» Kurz schweifen seine Gedanken ab, er sieht das Innenleben seines neu erwor-benen Hauses vor sich: Blümchentapeten, Nachtspeicheröfen, einen wandfüllenden Nussbaumschrank, denn das Inventar war zwangsinklusive.

Scholz holt ihn zurück in den Polizeiposten, indem er ein wildes Solo auf seinem Schreibtisch trommelt und ein «Uuuuuh!» hinterherschickt, an dem John Fogerty seine helle Freude gehabt hätte.

Oje, denkt Schmälzle, ein Altrocker. Dann fragt er: «Was gibt es hier denn so für Fälle?»

Der Kollege beendet seine Zeitreise widerwillig. «Schaffelle», sagt er dann, «Ziegenfelle, vielleicht findest du auch mal ein Kaninchenfell.»

Schmälzle wird das Gefühl nicht los, in einem ganz üblen B-Movie eine ganz miese Rolle zu spielen. Gleich wird er auf-wachen, weil die Filmspule zu Ende ist, oh ja, bestimmt.

«Harald, verwirre den Kollegen doch nicht so.» Eine junge Frau schreitet vorsichtig in löchrigen Sommerboots samt läs-siger olivfarbener Hose über den glitschig nassen Fußboden. Sie wirft ihren Rucksack auf einen der beiden Schreibtische am Fenster, schüttelt ihren dunklen Bob, als wollte sie ihn vom Feinstaub befreien (was nicht sein kann, weil es den hier nicht gibt), kommt auf Schmälzle zu und streckt ihm eine zartglied-rige Hand entgegen.

«Ich bin Leo. Leonie Uhlig. Polizeisekretärin», sagt sie. «Wir duzen uns hier, wenn das für dich kein Problem ist.»

«Im Gegenteil! Ich bin Justin», sagt er.

«Wie der Timberlake», fügt Scholz hinzu. «Aber bass uff, Leo, den mag er nicht.»

«Der ist doch schnucklig», sagt die Kollegin und checkt den neuen Kollegen von oben bis unten ab wie ein Körperscanner. Sie streift gut definierte Bizepse und Trizepse, die sich unter seinem frisch gebügelten weißen Hemd abzeichnen. Dann passieren ihre Augen ein glatt rasiertes, ebenmäßiges dunkles Gesicht, ausgeprägte Wangenknochen und einen hellwachen Blick. Sie kommt zur Sache: «Du hast nach unseren Fällen gefragt, Justin. Jetzt sag's ihm, Harald.»

«Enzkübel, Schmälzle, machen uns zu schaffen.»

«Blumenkübel, die man in die Enz geworfen hat. Jugendliche, vermutlich», ergänzt Leonie.

«Nicht zu verwechseln mit Samstagsabendbesoffenen, die regelmäßig in die Enz kübeln. Das ahnden wir nicht.» Scholz schiebt Schmälzle das Wildbader Anzeigenblatt zu.

«Die Polizei berichtet: Blumenkästen in die Enz geworfen», liest der laut vor. «Unbekannte haben über das Wochenende in Bad Wildbad sechs am Geländer des Lindenbrückle hängende Blumenkästen in die Enz geworfen und damit einen Schaden von rund zweihundertfünfzig Euro angerichtet. Der Polizeiposten Wildbad hat die Ermittlungen wegen Sachbeschädigung aufgenommen und bittet um Hinweise.»

Stille. Gedanken jagen durch verzweigte Hirnkanäle. Nur ein Ächzen der Holzvertäfelung ist zu hören. Allein der Zitronenduft erzählt von der Leichtigkeit des Daseins.

«Aha», sagt Schmälzle, weil er nichts anderes zu sagen weiß.

«Jep», sagt Scholz.

«Wie weit seid ihr?»

«Wir haben auf dich gewartet. Dein Ruf eilt dir voraus.» Scholz wippt auf seinem Schreibtischstuhl auf und ab.

«Ich war für Mord zuständig», sagt Schmälzle, «und für Drogendelikte. Um Blumenkübel hat sich der Gärtner gekümmert.»

Dann wendet er sich Leonie zu. Die lacht so breit, dass ein Diamant auf dem Eins-Vierer-Zahn hervorblitzt.

«Was für Fälle habt ihr denn in Karlsruhe zuletzt gelöst?», fragt sie.

«Riesen-Razzia im Rotlicht- und Rockermilieu nach Mordversuch in Bruchsal. Wir haben gegen dreiundzwanzig Tatverdächtige ermittelt, vierzehn Wohnungen wegen Verdacht auf Rauschgifthandel, Inverkehrbringen von Falschgeld und Betrug durchsucht. Lest ihr keine Polizeiberichte?»

«Keine Zeit, Schmälzle», sagt Scholz.

«Man hat also Kübel in den örtlichen Fluss geworfen, keine Person ist dabei zu Schaden gekommen. Und um diesen gigantischen Fall kümmern wir uns zu dritt?» Schmälzle hat sich wieder über den Artikel gebeugt.

«Du kümmern, ich Frühstück, Leo Protokoll.» Scholz stellt eine Vesperbox und eine Thermoskanne auf seinen Schreibtisch.

«Gibt es Hinweise aus der Bevölkerung?», fragt Schmälzle.

«Taugen nix», sagt Scholz.

«Stell ich zusammen, hast du heute Nachmittag.» Leonie macht sich an ihrer Schreibtischschublade zu schaffen.

Scholz öffnet seine Vesperbox, riecht kurz in die Auslegeware und zieht die Nase hoch. «Vorher habe ich was mit dem neuen Kommissar zu besprechen.» Mit ernster Miene fügt er hinzu: «Beim Frühstück.»

Er steuert die Tür an und würdigt seine Polizeimütze, die am Garderobenhaken hängt, keines Blickes. Schmälzle, froh, die düstere Stube verlassen zu können, ist dicht hinter ihm. In der Tür dreht er sich noch einmal um. «Sagt mal, ist euer Telefon kaputt? Es hat nicht einmal geschellt, seit ich hier bin.»

«Isches kaputt?», ruft Leonie.

«Kannst ja mal durchbimmeln», krakeelt Scholz zurück.

«Ihr müsst euch selber anrufen, damit es hier klingelt?» Schmälzle fährt sich über die Stoppelhaare und versucht, seine Gedanken abzuschalten, denn die bemühen schon wieder den Heiligen Vater.

Kaum passieren die beiden Beamten, Hauptkommissar zum einen, Polizeipostenleiter zum anderen, die Eingangstür des denkmalgeschützten Gebäudes, meldet sich wie von Geisterhand das Telefon.

Leonie starrt verwirrt auf den Apparat. Schmälzle lacht, ohne Scholz die Zähne zu zeigen. Dann lässt er sein Smartphone unbemerkt in die Hosentasche gleiten.

Zur Schwarzwälder-Kirschtorten-Stunde

*M*uss i denn, muss i denn zuhum Städtele hinaus, Städääädtele hinaus, uhund ...», singt Meißner und breitet beide Arme aus. Er beginnt, langsam um sie herumzutanzen, sie in weiten Bögen einzukreisen. Widerspenstig steht mausblondes Haar von seinem Kopf ab. Seine Lippen sind fleischig, doch der Klang der Worte, die ihnen entströmen, ist von unerwarteter Schönheit. Dennoch ist es, als liefe Yvonne ein kühler Schauer die Wirbelsäule hoch, und die feinen, blassen Härchen auf ihrem Nacken stehen auf einmal senkrecht.

«Lass das, Wolfram!», sagt sie und schaut ihn missmutig an. Später wird sie sagen, dass es nicht der viel zu große Kopf mit dem kindlichen Ausdruck war, der sie erschreckt hat, und dass es nicht die Hände waren, die wie kleine Schaufeln von seinem massigen Körper herabhängen und ungelenk in der Luft herumwirbeln. Selbst an die helle, durchscheinende Haut und die spärlichen Haare hat sie sich längst gewöhnt. Aber dieser Blick! Sie hat ihn nie zuvor an ihm wahrgenommen.

«Uhund du mein Schatz bleibst hier», singt dieser Blick. Graublaue Augen starren unablässig in Yvonnes Gesicht, als wollten sie es sich einverleiben. Angst steigt in ihr empor, setzt sich als Knoten in ihrem Hals fest und lässt sich nicht herunterschlucken. Yvonne fragt sich, was sie mit dem Mann in dieser Einöde von Kaltenbronn will, in der seit zwanzig Minuten keine Menschenseele zu sehen gewesen ist und die gefährlich nahe an der Hochmoorgegend liegt.

«Wenn er keine Schübe hat», hat der Professor gesagt, «ist er völlig harmlos, Frau Lauer.»

Völlig Harmlos singt jetzt lauter: «Uhund du mein Schatz bleibst hier!» Dabei hämmert er mit seinem rechten Zeigefinger den Takt ins Firmament und verleiht dem lauen Spätsommerabend eine unverdient aggressive Note.

«Was soll das, Wolfram? Lass das! Gleich kommen Ausflügler, die nehmen mich mit! Dann musst du allein in die Klinik finden.»

«Heute kommen keine Ausflügler. Es ist nicht Sonntag, Yvonne. Es ist auch nicht Samstag. Es ist Dienstag, und alle arbeiten.»

«Die Rentner arbeiten nicht.»

«Die sind Kaffee trinken und Kuchen essen. Oder sie machen einen Mittagsschlaf.» Natürlich weiß Yvonne, die auf sechsundzwanzig Jahre Lebenserfahrung zurückblicken kann, dass Wolfram recht hat und die meisten Ausflügler am Wochenende hier unterwegs sind. Auch bestaunen viele den vor einem Jahr eröffneten Baumwipfelpfad, der gut zwei Stunden Fußmarsch entfernt ist. Und sie haben erst das Wildgehege passiert, sind also keinen Kilometer weit gekommen.

«Wonnchen, mein Schatz», sagt der Begleiter und leckt mit seiner großen Zunge über die feuchten Lippen. Dabei glotzt er sie ununterbrochen an, fixiert ihre bernsteinfarbenen Augen, den zart geschwungenen Mund, die dunkelblonden lockigen Haare, die ihr weich auf die Schultern fallen.

«Ich bin nicht dein Schatz, Wolfram.» Yvonne fasst sich mit der Hand ans Schlüsselbein und bemerkt, dass ihre Finger zittern. Eine kühle Brise streift durch ihr Haar. Hier oben auf dem

Kaltenbronn ist es meist zwei, manchmal auch drei Grad kühler als unten im Tal, eine begehrte Erfrischung im Hochsommer. Dennoch hat die innere Hitze ihr Gesicht gerötet. «Wir», sagt Yvonne, «wir ... könnten in den Kurpark gehen, wie letzten Dienstag, es war schön da.»

«... meihein Schatz bleiheibst hier!» Wolfram ändert die Stimmlage. Die Melodie weicht und macht einem Ton Platz, der keinen Widerspruch duldet. «Wer ist denn dein Schatz, Wonnchen, wenn ich es nicht bin?»

«Wolfram, lass uns umkehren. Es ist spät, sie werden bald anrufen, wo du bleibst.»

«Es wird keiner anrufen.» Wolfram stülpt die Taschen seiner hellen Hose nach außen. Es ist seine Sonntagshose, erkennbar an frisch gebügelten Bundfalten. Ein zerknülltes Taschentuch fällt auf den weichen Waldboden. «Siehst du, Wonnchen, kein Telefon, das uns stören kann.»

«Aber du musst dein Telefon dabeihaben, du sollst immer erreichbar sein!» Yvonnes Stimme erklimmt schwindelnde Höhen. «Mir ist das zu blöd, ich dreh jetzt um und hole Professor Werner.»

«Dann hol ihn doch, dann hol ihn doch, du hast mal wieder kein Telefon dabei.»

«Ich finde schon jemanden, der eins hat!»

«Uhund du mein Schatz bleibst hier.» Wolfram breitet wieder seine Arme aus und beginnt erneut, um die Begleiterin herumzutanzen, sie mit ausladenden Schritten zu umrunden, einzukreisen, einzufangen.

«Was soll denn das? Hör auf! Warum machst du das?» Yvonnes Stimme wird schriller, lauter und dann leise, weinerlich. «Warum tust du mir das an?»

«Wenn i komm, wenn i komm ...»

«Du bist eklig, Wolfram, richtig widerlich.» Yvonne dreht sich weg und versucht, Wolframs immer engeren Kreisen zu entkommen. Als sein Arm sie streift, kreischt sie auf und drischt auf ihn ein, ungezügelt schlägt sie auf die kräftigen Oberarme, die sie noch niemals berührt hat. Diese unheimlichen Muskelpakete! Sie schnappen plötzlich zu und umfassen grob ihre schmale Taille.

Wolfram zieht sie an sich heran, und seine Phantasie wandert über die Haut ihres Halses. «Wieder, wieder komm!!», singt er, und Speicheltröpfchen sprenkeln ihr Gesicht.

Yvonne reißt den Kopf mit einem verzweifelten Ruck zur Seite, und ihr Magen eilt ihr zu Hilfe. Eruptionsartig ergießt sich ihr Frühstück auf die rehbraunen Sonntagsschuhe des Begleiters. Kleine braune Stücke, gemischt mit trübem Rot-Orange, breiten sich auf dem blank polierten Leder aus.

Wolfram erstarrt. Ein, zwei Sekunden lang verliert er die Kontrolle, seine Arme fallen von ihr ab, und er blickt reglos auf seine Schuhe. Yvonne fährt sich mit dem Ärmel ihrer hellblauen Sommerbluse über den Mund, zieht die beigen Sandalen mit den filigranen Absätzen aus und packt einen mit jeder Hand. Wolfram hebt gerade den Blick, als ihn der erste Schlag trifft, dann der nächste und wieder einer. Mit beiden Schuhen schlägt sie auf ihn ein, auf seinen Kopf, auf Schultern, Hals und Oberarme, völlig wahllos, bearbeitet ihn mit der geballten Energie, die ihrem zierlichen Körper zur Verfügung steht. Wolfram hält sich beide Arme schützend vor Gesicht und Oberkörper, während Yvonne die vielleicht einzige Sekunde nutzt, die sich ihr bietet, um die Freiheit zu suchen. Ein letzter Schlag auf Wolframs Brust, und schon jagt sie in langen Schritten den Hügel hinauf zum Wald. Die Sandalen in der Hand, eine rechts, eine links, versucht sie, Geschwindigkeit zu errudern, rennt barfuß über den Wanderweg, trotzt den spitzen Steinen, die überall auf dem Boden liegen, spürt nicht, wie sie sich in ihre Fersen bohren, bemerkt nicht, dass sie beinahe auf eine Blindschleiche tritt. Sie hat nur eine Chance – schneller zu sein als ihr Verfolger. Und sie weiß nicht, wie schnell er ist. Yvonne weiß nur eins: Sie muss auf dem unbefestigten Weg geschätzte zwei Kilometer vorankommen, in den Wald laufen, immer geradeaus, bis sie den Bohlenweg erreicht, der nach rechts abbiegt und sie nach weiteren drei Kilometern zur Waldgaststätte bringt. Dort wird jemand sein, dort wird man ihr helfen, denn in die beliebte Hütte zieht es im Sommer Scharen von Ausflüglern. In Gruppen, in atmungsaktiven Thermojacken und derben Trekkingschuhen, mit denen man den Mount Everest bezwingen könnte, traben sie am Moor entlang, singen, lachen, witzeln und erfreuen sich an der Wildseeidylle, sehen nur, wie sich die Wasseroberfläche sanft kräuselt. Sie sehen nicht den Abgrund, der sich darunter auftut. Nur Yvonne wird ihn erahnen – er wird alles sein, was sie wahrnehmen kann, wenn sie am See vorbeihechtet. Doch noch ist sie weit, weit entfernt.

Der frühe Vogel jagt
seinen ersten Wurm

Schmälzle steht am XXL-Fenster seines XXL-Wohnzimmers und schaut auf weiße Wattewolken, die über dem Sommerberg ihr Spektakel aufführen. Fluffigen Federn gleich umhüllen sie die Tannenwipfel, bedecken sie erst vorsichtig, zaghaft, dann mutiger, um sie schließlich komplett zu bedecken und verschwinden zu lassen. Dann lösen sie sich auf, als hätte es sie nie gegeben, bevor sich die Buchen, Tannen, Fichten, Kiefern von der nächsten Wolke einlullen lassen.

Verschwinden, genau das will Schmälzle auch, der Schock sitzt ihm in den Knochen. Für Claudia hat der Umzug nach Bad Wildbad Sinn ergeben, sie ist nun Oberärztin an der renommierten Rommel-Klinik. Er hat sich so für sie gefreut und ist begeistert gewesen von der Vorstellung eines lauschigen Kurorts samt Wald zum Joggen direkt vor der Haustür. Auch gibt es hier einen gigantischen Bikepark mit iXS-Downhill-Strecke für ihn und Sam, ein legendäres Thermalbad für Claudia, eine Stadtbahn nach Karlsruhe für seine Adoptiveltern, die nicht mehr so gerne im Stau stehen. Und jetzt das.

Er schlürft einen Reismilch-Macchiato und ist froh, dass Claudia seinen Gedankenfilm unterbricht. Zehentrenner aus Plüsch an den Füßen, eine giftgrüne Maske um Mund und Nase, kommt sie summend aus dem Schlafzimmer. Vielleicht war es richtig hierherzuziehen, so entspannt hat sie lange nicht mehr gewirkt.

Zielstrebig steuert sie die Küche an. «Ich mach Frühstück!», spricht es aus dem Gurkengrün, und Schmälzle nimmt die Spuren der Zehentrenner auf.

«Pfannkuchen, Just?», fragt sie.

Seine Nasenflügel setzen sich in Bewegung.

«Ich brate echten Schwarzwälder Schinken dazu. Für mich und Sam», sinniert sie. «Weckst du ihn?»

«Gibt es keine Biodinkelflocken mit frischem Apfelmus und Rosinen?» Seine Nasenflügel haben sich zu ihrer maximalen Breite ausgedehnt. «Und warum soll ich Sam wecken? Heute ist Sonntag!»

«Ich habe mir eingebildet, einen Kerl geheiratet zu haben.»

Claudia öffnet den Kühlschrank. Schmälzle späht über ihre Schultern in das weiße Loch, das prall gefüllt ist mit dreistelligen Nummern, die je ein E zum Vorzeichen haben, Stabilisatoren, Emulgatoren und gemeine Backtriebmittel. Er legt die Stirn in fünf präzise übereinander platzierte Falten. Als hätte er die Götter beschworen, ihn von den Versuchungen der bunten Warenwelt zu befreien, vibriert das Handy in seiner Sporthose.

«Harald», ruft er Claudia zu. Und stellt fest: «Ich muss in die Wirtschaft, Schatz.»

«Du frühstückst in der Wirtschaft?», wundert sich Claudia.

«Harald will mich sehen.»

«Am Sonntag?»

«Keine Ahnung, was es gibt.»

«Biodinkelflocken mit frischem Apfelmus und Rosinen sicher nicht.»

«Wer weiß.»

«Und die Radtour mit Sam?»

«Du fährst nicht auf den Trail mit mir?» Ihr Sohn hat sich barfuß ins Wohnzimmer geschlichen. In einer gepunkteten

Schlafhose und einem T-Shirt des US-Rappers 21 Savage steht der Zehnjährige, noch ein wenig trunken vom letzten Traum, vor Schmälzle.

«Später, Sam, sorry. Ich muss ermitteln.»

«Ohne Abschied?», fragt Claudia.

Schmälzle küsst die Gurkenmaske flüchtig, ignoriert sein schlechtes Gewissen und eilt dem Ausgang entgegen. Lässig lässt er die Haustür ins Schloss fallen, schnappt sein Bike und macht sich auf zum Downhill ins Zentrum. Der raue Wind weht ihm ins Gesicht, und seine Lungen nehmen den Sauerstoff gierig auf. Hier, wo die Ozonwerte weit unter der Grenze von hundertzwanzig Milligramm pro Kubikmeter liegen, hat das etwas Erhabenes.

Als er kurz darauf sein Stahlross gegen die Blumentröge lehnt, die vor der Wirtschaft stehen, schwappt ihm eine Überdosis heile Welt entgegen. Das Flüsschen plätschert lieblich vor sich hin, in der Sonntagsluft schwirrt, sirrt, surrt und summt es. Ein paar Frühpromenierer schlendern an ihm vorbei.

Schmälzle öffnet eine dunkle Holztür mit getöntem Glaseinsatz und lässt mit Geranien geschmückte Tische unter ausladenden Sonnenschirmen rechts wie links liegen. Nach ein paar Stufen passiert er die Lobby und biegt in die Gaststube ab. Fünf Männer und Frauen fortgeschrittenen Alters sitzen beim Frühschoppen am Stammtisch. Am Tisch gegenüber hat sich ein einzelner Mann tief über einen gigantischen Teller gebeugt. Zwei Bedienungen unterhalten sich am Tresen. Durch milchige Scheiben dringt wenig Tageshelle in den Raum. Unzählige Lampenschirme baumeln von schweren Ästen und hüllen die Tische in heimeliges Licht. Es riecht nach hohen Cholesterinwerten.

Schmälzle steuert den einsamen Gast an. Es ist Scholz, der in eine braune Polsterbank versunken ist und sich über eine riesige Portion Rührei hermacht. Er nickt dem Kollegen zu.

«Gefrühstückt?»

«Verweigert.» Schmälzle nimmt auf einem Stuhl Platz. «Zu viel Fett, zu viel Speck.»

«Hört sich gut an.» Scholz widmet sich dem nächsten Bissen, in den er einen Brocken Schwarzbrot wirft.

«Was gibt's?»

Der Kollege schiebt ihm die Speisekarte rüber. Schmälzle studiert die Seiten. Mit jeder Zeile, die er überfliegt, mutieren seine Augen zu schmaleren Schlitzen. Als er auf der finalen Seite mit den Schnäpsen angelangt ist, lassen sie nur noch Blitze hindurch.

«Es geht um die Enzkübel», sagt Scholz.

Schmälzle schlägt die Speisekarte zu. «Du hast mich wegen dieser idiotischen Kübelsache vom Familienfrühstückstisch weggeholt?»

Scholz spricht unbeirrt weiter: «Wir haben eine Leiche gefunden. Genau da, wo man die Kübel im Wasser geborgen hat.»

«Geht doch!» Schmälzles Miene hellt sich auf. Er wendet sich der herannahenden Bedienung zu: «Einen Teller Dinkelflocken, aber Bio, mit Apfelkompott. Und Rosinen, bitte.»

«Hammer net», sagt die Bedienung, zeigt auf die Speisekarte und ist wieder weg.

«Der Erwin Müllerschön», sagt Scholz und widmet sich wieder seinem Frühstück.

«Ja, und?»

«Dem gehört eines der vielen Ladengeschäfte. Er hat den Fall mit den Enzkübeln gemeldet.»

«Und?»

«Heute Morgen klingelt der an meiner Haustür. ‹Da schwimmt einer unter dem Lindenbrückle, direkt am Rand, sodass man ihn fascht net sieht›, sagt er. ‹Soll er doch›, sag ich. ‹Wie ein toter Mann›, sagt er. ‹Nur wie oder tot?›, sag ich. ‹Weiß net›, sagt er, ‹aber der bewegt sich nemme und schwätzt nix. Weil's Gsicht ins Wasser zeigt, nach unten.› Sunny side down, Schmälzle.»

«Wie beim Spiegelei.» Gutes Stichwort, denn die Bedienung steht wieder neben Schmälzle und wippt vor und zurück. «Haferflocken?», fragt er, ohne auf eine Antwort zu warten.

«Den Mann muss in der Nacht einer in den Fluss geworfen haben, schließlich ist keiner so blöd, freiwillig in die Enz zu hüpfen, die ist auch im Sommer eisig kalt. Vielleicht ein Aushäusiger», doziert Scholz weiter, «die Haare sind lang, weit über die Schulter hängen sie dem, und das T-Shirt, total fleckig, und die Jeans: heavy used.»

Die Bedienung nutzt die Gunst der Atempause und sagt: «I könnt Ihne feine Eier mache, mit frischem Schwarzwälder Schinke!» Sie scheint sich daran zu erfreuen, den Gast mit einem regionalen Gericht zu beglücken, und wartet offensichtlich auf den Moment, in dem dieser realisiert, dass ihm hier das Paradies droht.

«Haben Sie nichts, für das kein Regenwald gerodet, kein Artensterben vorangetrieben und die Kohlendioxidbalance nicht aus dem Gleichgewicht gebracht wurde?»

Die Bedienung schaut irritiert von Schmälzle zu Scholz. Zurück. Und gleich noch mal.

«Lachsbrötchen?», schlägt sie vor.

«Vegan», sagt Schmälzle und schaut die Frau an, die mit einem Stift Herzchen auf ihren Block kritzelt, die sie sofort wieder durchstreicht.

«Hajaa …», sagt sie langsam. «Butterbrezel hammer au. Oder a Marmeladenbrot.»

«Gerne. Aber die Marmelade bitte ohne Zucker.»

Die Bedienung fixiert Schmälzle, schnappt sich die Karte und verduftet.

«Und weiter?» Schmälzle wendet sich wieder dem Kollegen zu.

«Wie, ‹und weiter›?»

«Wo ist der Tote jetzt?»

Scholz blickt Schmälzle verwundert an. «Na, unter dem Lindenbrückle.»

«Harald!» Schmälzle springt auf und rennt zur Tür.

Die Schwarzwälder Kirschtorten sind verdaut

Sie hat ihn abgehängt. Vorläufig. Doch der Boden ist voll kleiner Steine, die sich in ihre nackten Fußsohlen bohren. Auch wachsen rechts und links des Weges stachlige Sträucher – Heidekrautgewächse wie Heidelbeer-, Moosbeer- und Rauschbeerbüsche. Wenn sie dem Geröll ausweicht, tauscht sie das eine Übel gegen ein anderes ein. Immer wieder hält sie kurz inne, zieht Stacheln aus ihrer Haut und tupft das Blut mit dem Taschentuch ab. Sie hat versucht, in den Sandalen weiterzukommen, doch die schmalen Absätze haben sie beim Laufen umknicken lassen. Zweimal. Der Schmerz war so groß, dass sie eine Weile nur humpeln konnte. Dann hat sie das nutzlose Schuhwerk ausgezogen und ins Gebüsch geworfen.

«Wenn ich in dem Tempo weitermache, hat er mich, bevor ich den Wildsee erreiche», murmelt Yvonne vor sich hin. Mit sich selbst zu sprechen, besänftigt sie ein wenig. Sie versucht, schneller zu laufen, aber es will ihr nicht gelingen. Permanent rufen ihre Füße: «Halt an! Setz dich auf den weichen Waldboden! Heul so lange und laut, bis einer kommt und dich in die Arme nimmt!» So wie früher, ganz früher, es ist so lange her, sie kann sich kaum erinnern, dass man sie in den Armen gewiegt hat. Die Mutter war es nicht, denn die hatte andere Dinge im Kopf gehabt, als ein Kind zu herzen.

Yvonne zwingt sich weiter. Sie verbietet sich, stehen zu bleiben und nach ihrem Verfolger zu sehen. Sie muss an Lots Frau denken, die zur Salzsäule erstarrt ist, weil sie trotz des Verbots der Engel zurückgeschaut hat. Sie wird es nicht aushalten, dem Verfolger ins Gesicht zu sehen, will dem Mann, für den sie so viele Dienstage geopfert hat, nie wieder in die Augen blicken.

Yvonne erinnert sich, wie sie ihn zum ersten Mal in der psychiatrischen Klinik abgeholt und der Professor lange ihre Hand geschüttelt hat. «Das ist schön, Frau Lauer», hat er gesagt, «dass Sie als junge hübsche Frau, die einen kräftigen, gesunden Burschen an ihrer Seite haben könnte, mit einem unserer Patienten ausgehen.»

«Wir haben das im Kirchenkreis beschlossen», hat sie ihm erklärt. «Jeder übernimmt eine Aufgabe, eine gute Tat, die ihn Demut lehrt. Ich habe erfahren, dass Wolfram keine Angehörigen und keine Freunde hat, die mit ihm spazieren gehen.»

«Ja, gehen Sie ruhig mit ihm raus an die frische Luft. Da kommt er auf andere Gedanken», hat der Professor gesagt.

Was das für Gedanken waren, hat sie nicht gefragt.

Sie lauscht in den Himmel des späten Nachmittags und versucht, Atemgeräusche auszumachen, Schritte – Zeichen, dass Wolfram hinter ihr ist. Sie kann ihn fühlen, ganz nah, die Vorahnung breitet sich in ihrem Körper aus, nistet sich in ihren fünfundzwanzig Billionen Blutkörperchen ein und fährt wie eine Welle durch ihre 780 000 Kilometer Nervenfasern.

Trotzdem gönnt sich Yvonne eine kurze Pause. Ein paar Sekunden lang innehalten, bevor sie die letzten vierhundert, fünfhundert Meter Geröll bewältigt und in den Bohlenweg abbiegt, der sie mühelos in die Freiheit tragen wird. Auf dem warmen Holz wird es ein Leichtes sein, die wenigen Kilometer barfuß zurückzulegen. Sie wird hüpfen, ja, tanzen will sie auf dem Weg zur Waldgaststätte und dabei fröhlich singen. – Nein, singen wird sie nicht. Auf keinen Fall.

Die Mittagstische füllen sich

Hätte das nicht bis morgen Zeit gehabt!», murrt Scholz, der – nachdem er der Bedienung ein «Petra, schreib's an!» zugerufen hat – Schmälzle zum Lindenbrückle gefolgt ist. Der Kollege steht mitten auf der Brücke, die so schmal ist, dass sie nur ein Auto in der Breite und maximal fünf in der Länge fasst. Breitbeinig, den Oberkörper auf dem Geländer abgelegt, neigt sich Schmälzle weit nach vorn und stiert ins Wasser. Die Enz plätschert munter vor sich hin, als wollte sie dem Toten eine Sonntagsmesse lesen.

«Man sieht fast nichts», sagt Schmälzle.

«Hab ich doch gesagt. Der Müllerschön hat gemeint, er kann sich schon denken, warum man den düsteren Hallodri nachts in den eiskalten Fluss geworfen hat.»

«Warum Hallodri?», will Schmälzle wissen und beugt sich noch weiter über das Geländer. Der Tote hat sich in einem Ast verfangen, der kahl ist. Dennoch ist der Mann mit Pflanzen bedeckt, sodass man ihn kaum sehen kann, obwohl das Wasser an der Stelle nicht tief ist. «Was ist das für Grünzeug um den rum? Das liegt sogar auf ihm drauf.»

«Wie es aussieht, sind das Kräuter», sagt Scholz, der nicht weniger breitbeinig neben Schmälzle steht, sodass sie die Brücke quasi vollumfänglich einnehmen.

«Was macht einer mit so vielen Kräutern im Fluss?»

«Das ist nichts Besonderes bei uns, Kraut und Beeren sind

die zweiten und dritten Vornamen von Wildbad. Bei uns gibt es faszinierende Kräuterwanderungen. Wenn du willst, könntest du hier sogar deinen Wildkräuterführerschein machen, Schmälzle.»

«Wildkräuterführerschein ...»

«Dann nehm ich dich eben zum nächsten Heidelbeerfest mit. Auch wenn die deutsche Heidelbeerkönigin aus dem Höllengebirge kommt – das ist eine Riesensauerei. Bei uns gibt's so viele krumme Rücken vom Pflücken, dass unsere Orthopäden fürstlich davon leben können – da hätten wir uns eine Heidelbeerkönigin verdient!»

«Und warum ist er ein ‹Hallodri›, wenn er nur in Kräutern badet?»

«Keine Ahnung.»

«Willst du die Leiche da liegen lassen? Das gibt doch einen Skandal, wenn die Kurgäste hier vorbeikommen!»

«Du hast recht, Schmälzle! Gegenüber ist auch noch das Altersheim, die trifft der Schlag, wenn sie einen Toten in unserem Flüsschen sehen. Wir rufen den Leichenwagen.»

«Wäre die Rechtsmedizin nicht eher angebracht?»

«Wir können nicht wegen jedem Selbstmord die Rechtsmediziner bemühen, Schmälzle.»

«Keiner wirft einen Sack Kräuter in den Fluss, um sich anschließend darin zu ertränken, Harald.»

Scholz schaut Schmälzle an. Dann nickt er. «Wir sollten erst mal nachsehen, ob er überhaupt tot ist.»

Schmälze rastet aus. «Das hast du noch nicht gecheckt? Ich dachte, der Tod ist längst festgestellt worden!»

«Der Erwin ist Gemischtwarenhändler, Schmälzle, kein Arzt.»

«So einen Dilettantenverein hab ich noch nie gesehen!»

29

«Obacht, Schmälze. Der Chef hier bin ich.»

Einige Passanten bleiben stehen und schauen belustigt den beiden wild gestikulierenden Herren zu, die offenbar zwei, drei Frühschoppen zu viel zu sich genommen haben.

Schmälzle marschiert die Brücke auf und ab und ab und auf. Er motzt vor sich hin. Eine lange Weile. Als Scholz seinen Kopf umfasst und mit einem Ruck zur Seite schiebt, bis es im Halswirbel knackt, der vom vielen Gucken wohl steif geworden ist, sagt Schmälzle, ohne zu zucken: «Vielleicht haben wir es mit Kräuterdrogen zu tun. Gras und Koks sind von gestern. Heute stehen die Kids auf Herbal Highs. Im letzten Jahr haben synthetische Rauschmittel, die als Kräutermischung getarnt waren, unzählige Leute mit Kreislaufkollapsen in die Notaufnahme gebracht. Soweit ich weiß, hat es fünfundzwanzig Tote gegeben.»

Scholz zieht ein Taschentuch aus der Gesäßtasche seiner Hose. Er wischt sich die Schweißperlen von der Stirn. Während die Sonnenbräune aus dem gefurchten Gesicht des Polizeipostenleiters weicht, um einer vornehmen Blässe Platz zu machen, holt Schmälzle sein Smartphone aus der Bomberjacke und wählt die Nummer seiner Frau.

«Claudi! Wir brauchen dich hier. Du musst den Tod einer Wasserleiche feststellen.»

«Ganz bestimmt muss ich das nicht, Just», sagt Claudia. «Es ist Sonntag, und ich habe ausnahmsweise keinen Dienst.»

«Dann schicke einen Kollegen.»

«Habt ihr keinen Notarzt, der für solche Fälle zuständig ist?»

«Keine Ahnung. Ich zähle auf dich! Ich ruf jetzt den Staatsanwalt an.»

«Vergiss es, Schmälzle», sagt Scholz. «Der ist auf dem Golfplatz. Um diese Zeit dürfte er vier Löcher durchhaben. Vor dem achtzehnten geht er nicht ans Handy. Nie.»

«Und der Notstaatsanwalt?»

«Wegen einem, der zu lang gebadet hat, rufe ich bestimmt keinen Notstand aus.»

«Wir müssen eine Obduktion anordnen!»

«Korrekt», sagt Scholz. «Das machen wir. Morgen. Wenn wir wieder Dienst haben.» Dann dreht er sich um und geht.

Schmälzle starrt ins Wasser, und sein Blick bleibt an einer leeren Plastiktüte hängen. Aufschrift: *Super-Markt*.

Der Wochenend-Schlendrian
ist noch im Einsatz

*A*ls Schmälzle beim Anbinden seines Stahlrosses Scholz vor dem Polizeiposten abfängt, winkt Leonie mit der linken Hand wild aus dem Fenster. Sie deutet auf den Hörer, den sie unter das Kinn geklemmt hat. Schmälzle und Scholz stürmen in den Posten, und Leonie schaltet den Lautsprecher ein: «... keine Spuren äußerer Gewalteinwirkung. Abgesehen von ein paar Schnittwunden am rechten Handgelenk ist die Leiche unversehrt.»

«Was für Schnittwunden?», fragt Schmälzle.

«Eh, Just!», ruft es durch den Hörer. «Was treibst du in Bad Wildbad?»

«Lange Geschichte, Lothar», erklärt Schmälzle. «Erzähl ich dir, wenn wir den Fall gelöst haben.»

«Fall, was für einen Fall?», fragt Scholz und stänkert weiter: «Du hast im Alleingang die Rechtsmedizin eingeschaltet? Hast die Kollegen in Heidelberg bemüht, die am Sonntag auch Besseres zu tun haben, als in Leichen zu fleddern? Schmälzle, Schmälzle.»

«Also, die Schnittwunde stammt eindeutig von einem Messer!» Der Rechtsmediziner Lothar Meier, mit dem Schmälzle in seiner Karlsruher Zeit ständig zusammengearbeitet hat, spricht unbeirrt weiter. «Das muss eine gezackte Klinge gewesen sein. Die ist recht tief eingedrungen, die arme Sau hat vermutlich geblutet wie ein Hällisches Landschwein. Nur lebensgefährlich ist die Wunde nicht gewesen. Und es hat auch nicht unmittelbar zum Todeszeitpunkt stattgefunden, ich vermute, es ist eine ältere Geschichte. Aber, und jetzt kommt's: An beiden Armen waren jede Menge Einstichstellen.»

«Ein Junkie», sagt Schmälzle.

«Und die Grünpflanzen?», fragt Scholz.

«Ach ja, die Grünpflanzen», sagt Lothar. «In denen hat er nicht nur gebadet, er hat auch davon genascht. Wir haben ein Viertelpfund in seinem Magen gefunden. Das müssen Küchenkräuter gewesen sein. Eine Portion Salbei, nicht viel weniger Basilikum, Petersilie und Dill. Die Liste ist aber keineswegs vollständig.» Er rate zu einer toxikologischen Untersuchung bei den Kollegen in Stuttgart. Diese würde auf Anordnung des Staatsanwalts vorgenommen werden, fügt er noch hinzu.

«Was versprechen wir uns davon?», fragt Scholz.

«Die Kräuter könnten wild gepflückt worden sein», erklärt Lothar.

«Sie meinen, es könnte sich was Giftiges daruntergemischt haben?», vermutet Leonie.

«Stimmt. Es gibt Kräuter, daran brauchst du nur lecken, und dein Höllentrip über den Jordan ist inklusive», weiß Scholz.

«Wer leckt denn an Kräutern?», fragt Schmälzle.

«Ich mach mal weiter», sagt Lothar und verabschiedet sich.

«Das Blaue Eisenkraut kann man gut und gerne mit Petersilie verwechseln», klärt Scholz auf und fügt hinzu: «Aber merkwürdig ist das schon.»

«Was ist merkwürdig?», fragt Schmälzle.

«Das mit den Kräutern.»

«Weil sich Wildbader mit Kräutern auskennen?»

«So isches Schmälzle, so isches.»

«Ein Ausländer?»

«Bekommt derart viel Sozialhilfe, dass er Kraut und Rüben im Laden kauft.»

«Haben Vorurteile gerade Saison?», fragt Leonie und gewährt einen Blick auf ihren Eins-Vierer-Diamanten. Dann nickt sie Schmälzle zu und sagt: «Vergiss nicht, wir sind auch Ausländer!»

Schmälzle hat ein Fragezeichen im Gesicht.

«Born in the DDR», sagt sie.

«Auch wenn du in Zwickau geboren bist, weißt du nicht, wie eine Mauer aussieht, Leo», sagt Scholz.

Schmälzle grinst. Kurz. Denn Scholz hat mehr auf Lager:

«Das ist ein Ritual! Aus einem fremden Land! Du hast selbst gesagt, Schmälzle: Hier irren so viele Menschen aus allen Teilen dieser Welt umher, da kann es gut sein, dass die ein Kräuterritual abgehalten haben, aus Heimatgefühlen quasi, und der Mann ist versehentlich dabei hopsgegangen.»

«Vielleicht wurde er umgebracht? Ritualmord einer aufstrebenden Subkultur?» Auch Leonie nimmt Anlauf auf ihre Hochform.

Die Ernüchterung lässt wenige Sekunden auf sich warten. Scholz spricht ein Polizeipostenleiterwort: «Leo, maile das ans Polizeipräsidium, die haben bestimmt eine Soko für Ritualgeschichten.»

«Was?» Schmälzle schlägt seine Rechte gegen die Stirn.

«Wir müssen jetzt zur Tagesordnung übergehen», sagt Scholz.

«Und wie lautet die?», erkundigt sich Schmälzle.

Leonie lacht: «Mittagessen.»

Schmälzle nimmt einen tiefen Atemzug, überlegt, holt noch einmal tief Luft, doch der Frust lässt sich nicht wegatmen. Er kann nicht anders. «Das kann nicht sein, dass wir hier einen

Fall haben, um den wir uns nicht kümmern, ich kann nicht fassen, dass wir so eine Lahmarschnummer schieben, statt uns zu fragen: Wer ist dieser Tote, was hat er in der Enz verloren, und was ist das für ein Ritual, bei dem man Basilikum und Thymian einsetzt?»

«Eben drum brauchen wir eine Soko, die sich mit geheimen Ritualen auskennt», sagt Scholz.

Schmälzle schimpft leise vor sich hin.

Scholz mustert ihn lange und intensiv. «Was bruddelst du denn so!», sagt er. Dann scheint er sich zu besinnen, dass Schmälzle ja Badener ist und nicht wissen kann, dass ein Schwabe bruddelt, weil er Schwabe ist, und nicht, weil er sich wichtigmachen will. Er sagt: «Du hast es vernommen, Schmälzle: Salbei, Petersilie, Basilikum und Dill.»

Leonie öffnet das Fenster. Weit. Dann fragt sie in die dicke Luft: «Kannst du kochen, Justin?»

«Klar», sagt der.

«Kreolisch!», freut sich Scholz.

«Ich mache gerne Zucchini-Spaghetti für euch. Aber erst, wenn wir den Fall gelöst haben.»

«Das ist doch kein Fall!», sagt Scholz.

«Soße?», fragt Leonie.

«Smokey Butternut-Squash.»

«Schmälzle, wir befinden uns im Spätzle-Territorium! Dazu isst man Bratensoße. Mit einem Brocken Fleisch.»

Schmälzle lässt sich nicht beirren: «Erst will ich wissen, wer der Tote ist. In welchem Drogenmilieu er unterwegs war. Was dieser Firlefanz mit den Kräutern soll. Wer oder was ihn in die Enz getrieben hat. Dann koch ich Spaghetti für euch. Vegan und glutenfrei.»

Die Temperatur klettert auf knapp 30 Grad Celsius

Das Ninchen heißt Sabinchen, das Bienchen hat ein Grübchen», reimt Wolfram stolz und versieht die Worte flugs mit einer passenden Melodie. Nur auf Wonnchen kann er sich keinen Reim machen. Warum hat sie ihn einfach stehen lassen? Ist weggelaufen? Zwei geschlagene Stunden lässt sie ihn hier schon herumirren, spielt Hase und Igel mit ihm. Warum tut sie das? Der Ärger weicht Wut, die langsam in ihm aufsteigt, sich ausbreitet und sein verwundbares Inneres ausfüllt, so sehr, dass er meint zu platzen.

Luder, denkt er, Schlampe, Pampe, dieses elendige Miststück! Kommt dich jeden Dienstag besuchen, macht dir schöne Augen, fasst dich an der Hand, streicht dir über den Kopf, kratzt den Rost von deiner Hoffnung, kotzt dir dann die frisch gewichsten Schuhe voll und lässt dich stehen. Immer wieder taucht dieses Bild vor ihm auf, wie eingefroren. Yvonne, sein Wonnchen, speit ihm das Frühstück auf die glänzenden Lederschuhe.

Wolfram verwünscht die Angebetete. Und gleich sein ganzes versautes, beschissenes Leben. Aber natürlich hat er keine Wahl. Er hat ihr alles gegeben. Große Gefühle und alle Zeit der Welt. Aber die ist jetzt verstrichen. Er wird sich endlich holen, was ihm gehört. Er wird mit ihr machen, was er mit ihr machen muss.

Der Professor hat gesagt, dass er seinen Phantastereien nicht mehr automatisch folgen muss. Dass sie kein Eigenleben führen, sondern er sie sehr wohl beeinflussen und davonjagen könne. Anschauen und ablegen wie einen Anorak, den er nicht mehr brauche, er sei schließlich Herr über seine Gedanken. Auch das hat der Professor gesagt. Immer wieder hat er mit ihm über seine Wut geredet und ihm gut zugesprochen, den Arm getätschelt, ihn angelächelt. Wolfram hat genickt, «Ja, ja» gesagt und «Nein, nein» gemurmelt und gedacht: *Meine Träume gehen dich einen Scheißdreck an. Es sind meine Bilder. Sie gehören mir. So wie Wonnchen. Auch das gehört mir. Mir alleine.* Und schon reimt es in ihm: «Heile, heile Segen, wer kann was dagegen?»

Die Kreuzotter lauert einer
Bergeidechse auf

*Y*vonne atmet ein. Atmet aus. Lauscht in die Stille. Und hört ihn. Weit entfernt. Er schreit. Er hat die Stimme nie erhoben in ihrer Gegenwart. Aber es ist seine Stimme. So hell, ungewöhnlich für einen Mann. Sie kann die Worte nicht verstehen, aber er klingt wütend, nein, erschrocken. Wo ist er? Seit sie mit dem Onkel auf die Jagd gegangen ist, kann sie die Distanz von Geräuschen vorhersagen. Er ist höchstens dreihundertfünfzig Meter entfernt.

Bemüht, ihre Nervosität zu besänftigen, sucht sie die Gegend nach einem Versteck ab. Er kann sie nicht ausmachen, sein Sehvermögen ist nicht gut, und er weigert sich, eine Brille zu tragen. «Das steht mir nicht», hat er gesagt. Sie hatte vorgeschlagen, mit ihm Kontaktlinsen kaufen zu gehen. Wie bescheuert.

Im Abseits entdeckt sie einen weitläufigen mannshohen Busch, dicht mit sattgrünen Blättern behängt und mit Blüten übersät. Wenn sie sich zwischen die Äste zwängt, ist sie vor seinen Blicken gefeit. Aber Wolfram wird vor dem Busch stehen, lauschend, wird hören, wie sie atmet. Sie wird es nicht aushalten, ihn anzuschauen. Vor lauter Aufregung wird sie sich verraten. Ihr Herz wird so laut klopfen, dass es der ganze Wald hören kann, und Wolfram wird sie schnappen und wer weiß was mit ihr anstellen.

Sekunden sind vergangen. Yvonne hat kein Telefon dabei,

keine Menschenseele scheint in der Nähe zu sein. Warum ist denn keiner unterwegs? Es hilft nur eines: Weiterlaufen.

Sie überlegt. Die Tafel mit der Aufschrift Bannwald hat sie vor einer guten halben Stunde passiert. *Wandern Sie auf dem Weg Nr. 8 der Beschilderung Wildsee nach und erreichen Sie die Leonardhütte. Gehen Sie auf den Bohlen weiter zur Weißensteinhütte. Nun haben Sie die Waldgaststätte bald erreicht*, hat sie gelesen. Auch Wolfram wird diese Anweisungen gelesen haben. Auch wenn er sich kaum auskennt hier oben, wird er vermuten, dass sie auf dem Weg zur Waldgaststätte ist. Jeder kennt die Waldgaststätte. Sie ist die einzige Hütte, die bewirtschaftet ist. Der Hauptweg führt direkt dort hin. Auch wenn sie hier am ehesten auf eine Wandergruppe oder einzelne Spaziergänger trifft, muss sie ihren Plan überdenken. Das Risiko, dass Wolfram sie entdeckt, ist viel zu hoch. Sie kann sich immer noch nicht erklären, warum heute niemand unterwegs ist. Der Bohlenweg, vom Schwarzwaldverein errichtet, schleust jedes Jahr fast eine Million Besucher durch die Moorlandschaft! Das Wetter ist herrlich, warum ist bloß keiner da?

Das Grübeln tröstet nicht, sie muss weiter. Den erhöhten Puls ignorieren und Distanz gewinnen. Dem Mann davonlaufen, der üble Dinge im Schilde führt. Der eben laut geschrien hat, verärgert, vielleicht aber auch ängstlich, ja verzweifelt geklungen hat. Wer weiß, womöglich hat er erkannt, dass er zu weit gegangen ist, vielleicht spürt er Reue. Yvonne ist so müde. Vielleicht hat er nach ihr gerufen, um sie um Verzeihung zu bitten, wartet auf sie, um sich für sein schlechtes Benehmen zu entschuldigen. Oder er ist verletzt und braucht Hilfe?

Nein, sie darf diese Gedanken nicht zulassen, nicht die brave Yvonne geben. Auch wenn sie diese Rolle spielt wie ein Profi, hat sie ihr nie genützt. Wolfram ist nicht der, als den der Professor ihn ausgegeben hat.

Sie muss schneller vorankommen. «Aber die Füße schmerzen», klagt das Mädchen in ihr. «Wenn du nicht weitergehst, werden nicht nur die Füße schmerzen», antwortet ihr Vernunftzentrum. «Er wird nicht so schnell aufgeben. Er wird dich finden, packen, auf den Boden werfen, direkt hier im Gestrüpp. Worauf wartest du!»

Es ist so heiß! Yvonne reibt sich mit der Hand die Schweißperlen von der Stirn. Dann zieht sie ihre Sommerbluse aus und fächelt sich mit dem zarten Chiffon Mut zu. Dass sie nur noch ein winziges Spaghetti-Shirt und ihren bunten Sommerrock trägt, ist jetzt egal. Sie muss los! Sie will laufen, fliegen, zur Waldgaststätte, um dort ihre Freundin Aline anzurufen. Der Wirt oder einer der zahlreichen Besucher wird ein Telefon haben. Aline wird sie abholen, mit ihrem alten Suzuki wird sie über die Enztalstraße zum Lautenhof und am Rollwasserbach entlang zu der lauschigen Hütte im Wald fahren, sie wird Yvonne unterhaken, sie in ihre kleine Wohnung am Meisternhang bringen, ihr einen Eistee zubereiten und ihr zuhören, die halbe Nacht.

Dass es mitten im Wald vielleicht keinen Empfang gibt? Auf die Idee darf sie nicht kommen. Dass die Gaststätte um achtzehn Uhr die Pforten schließt? Das kann sie nicht wissen. Woher auch.

Dr. Crnic hält einen Vortrag über Arthrose im Kniegelenk

*S*tochern gehört zum Handwerk. Schmälzle hat gestern, nachdem er Kirchturmuhrschlag fünf am Nachmittag die Polizeistube verlassen hat, eine Entscheidung gefällt: Er wird solo tanzen. Wenn der Kollege mehr an Gluten-Spaghetti mit Glutamat-Soßen interessiert ist als am neuen Fall, wird er das regeln. Also ist er in die Rechtsmedizin gefahren, nach Heidelberg, inoffiziell, die Ex-Kollegen besuchen, was nicht verboten ist, auch nicht in Bad Wildbad. Oh, das fühlt sich gut an. Und – er hat Glück. Lothar begrüßt Schmälzle überschwänglich. Dann führt er ihn in einem waldgrünen Overall über den blitzsauberen Fliesenboden zu einem Metalltisch, auf dem die Leiche aufgebahrt ist. Oft hat Schmälzle hier an der vorletzten Ruhestätte eines Toten gestanden. Aber an den süßlichen, beißenden Geruch, an die chromblitzenden Messer und die filigranen Rippenscheren, die präzisen Knochensplitterzangen und die surrenden Sägen hat er sich nie gewöhnt. Bei einem Tötungsdelikt kommt es ihm stets vor, als meuchle man damit das Opfer ein zweites Mal. Ob T- oder Y-Schnitt, Schmälzle ist froh, dass Lothar diese Arbeit übernimmt.

Die Leiche liegt friedlich da, mit geschlossenen Lidern, auf dem Seelenflug ins Paradies. Sie ist aufgedunsen. Die Wangenpartien sehen weich aus, wie bei einem Mann mit hohen Blutfettwerten. «Wachsgesicht», sagt der Mediziner, «ein Indiz dafür, dass der Tote mit dem Gesicht nach unten im Wasser gelegen hat.»

«Sunny side down», zitiert Schmälzle.

«Ich brate mein Spiegelei lieber mit dem Eigelb oben», sagt Lothar lachend und klärt weiter auf: «Der Tod kann nicht länger als zwölf Stunden vor eurer Meldung eingetreten sein, ich vermute, es liegen sechs Stunden zwischen der Tat und dem Fund.»

«Man hat ihn Sonntagfrüh entdeckt, gegen sieben. Also muss es nachts passiert sein, um eins», sagt Schmälzle.

«Auf alle Fälle liegt hier ein atypisches Ertrinken vor», sagt Lothar.

Schmälzle sieht ihn fragend an.

«Man nennt das auch den Badetod», sagt Lothar. «Das heißt, der Mann ist nicht ertrunken, sondern unter der Wasseroberfläche erstickt.»

«Wie kommt das?»

«Zuviel Alkohol oder Medikamente genügen. Wer abgefüllt ist, atmet eher unkontrolliert, verkrampft sich. Er wird bewusstlos und erstickt. Der typisch Ertrinkende schnappt nach Luft, reflexartig, immer wieder. Dadurch entsteht ein Schaumpilz vor Mund und Nase. Das hat der hier nicht gehabt, folglich ist er vermutlich hacke gewesen, als er ins Wasser gestiegen ist.»

«Oder gestiegen worden ist.»

«In der Tat führt auch äußere Gewalteinwirkung zu atypischem Ertrinken.»

«Könnte man ihn in den Fluss gestoßen haben? Festgehalten und unter die Wasseroberfläche gedrückt?»

«Theoretisch ja. Praktisch gibt es keine Hinweise darauf. Keine Kampf-, Abwehr-, Aufprallspuren, keinerlei Hämatome.» Lothar schreitet um die unbekleidete Leiche herum.

«Du tippst also, dass er unter Drogen stand.»

«Den Einstichen nach, aber die sind zum größten Teil älteren Datums. Ich hätte längst alle Bluttests vorgenommen, dann wüsstest du, ob Alkohol, Medikamente oder Drogen im Spiel waren.»

«Aber?»

«Keine Anordnung vom Staatsanwalt.»

Schmälzle fürchtet, dass der Staatsanwalt nicht begeistert ist, wenn er ihn auf dem Golf-Parcours stört. «Dauert zu lange», sagt er.

«Also, Vitamine hat er sich bestimmt nicht gespritzt. Und Heroin ist schon nach acht Stunden nicht mehr nachweisbar. Beim Zustand seiner Zähne würde mich eine schwere Abhängigkeit nicht wundern.» Lothar deutet auf das Gebiss eines Greises: vier Backenzähne fehlen, die anderen sind löchrig, vorne nichts als braune Stummel.

«Wie alt ist der Kerl?»

«Achtundzwanzig, neunundzwanzig Jahre? Höchstens. Wenn er kein Heroinabhängiger war, könnte er ein Obdachloser gewesen sein.»

«Oder einer auf Crystal. Bei Meth dauert es nur ein paar Jahre, bis du so aussiehst.»

«Ich hab euch gesagt, dass eine forensische Toxikologie nötig wäre.»

«Ja», sagt Schmälzle. Dann ändert er seine Strategie: «Lothar, du weißt ja, das ist mein erster Fall in Bad Wildbad. Man muss sich beweisen, wenn man eine neue Stelle antritt ...»

Der Rechtsmediziner schaut ihn an und schüttelt den Kopf. «Das machen die Forensiker, Just.»

Schmälzle versucht es mit: «Gefahr im Verzug?»

Lothar grient. «Weil du es bist.»

Schmälzle fragt noch, ob es irgendeine Möglichkeit gäbe, den Toten zu identifizieren, aber die Antwort ahnt er:

«Du weißt, dass er keine Dokumente bei sich geführt hat, Just. Er hat seinen Perso nicht verschluckt und keinen Chip im Ohr gehabt.»

«Der Zahnstatus hilft uns auch nicht weiter.»

«Die Stummel, die der Kerl im Mund trägt, haben seit Ewigkeiten keinen Dentisten gesehen», sagt Lothar, und Schmälzle nickt. Sie haben nichts. Bislang hat keiner den Toten für vermisst erklärt.

Als Schmälzle geht, klappt Lothar seinen Mundschutz herunter und winkt dem Hauptkommissar mit der oszillierenden Knochensäge hinterher. Ein fieses Surren geleitet ihn hinaus.

Der Himmel über Heidelberg erscheint lieblich blau, als Schmälzle wieder ins Freie tritt und einen guten Liter Badener Luft einatmet. Wie Lothar das bloß aushält.

Er hat kaum die Autobahnausfahrt Pforzheim-West genommen und ist in Brötzingen in die B294 eingebogen, auf der das Industriegebiet von Birkenfeld in Riechweite ist, als der Rechtsmediziner anruft. «JWH-122», sagt Lothar. «Ein synthetisches Cannabinoid.»

Schmälzle fährt rechts ran. «*Spice*?»

«Nee, in *Spice* ist JWH-018. Das JWH-122 findest du in *Lava Red*.»

Volltreffer. Mit *Spice* hatten sie zuletzt in der Südstadt zu tun, als sie auf dem Indianerplatz Jugendliche beim Rauchen von Kräutern der Sorte *Tropical Synergy* erwischt hatten.

«Und noch etwas: Außerdem haben wir Scopolamin nachgewiesen, ein Alkaloid. Das kommt in Nachtschattengewächsen vor – davon hatte er aber keine im Magen. Man kann es aber auch synthetisch herstellen. Manche gewinnen es, indem sie eine bestimmte Sorte Magentabletten in Öl aufkochen. Die Leute brauchen mehr Hobbys ...»

Kurz vor Höfen simst Schmälzle seinen neuen Kollegen an: *Lust auf einen Rotwein? Dein Jahrgang?*

Der schreibt zurück: *Bin unterwegs!*

Fünfzehn Minuten später steht Scholz vor der Haustür und singt ein Klagelied: «Das sind über fünfzig Stufen!»

«Achtundsechzig», antwortet Schmälzle lachend und geht in den Keller, einen alten Rotwein suchen.

Scholz ist ihm dicht auf den Fersen. Sie passieren drei hohe Stapel Umzugskartons, die an einigen Stellen gerissen sind, daneben stehen ein paar ausrangierte Polstermöbel, die sie mit dem Haus gekauft haben, notgedrungen, weil die Besitzer verstorben sind und die Kinder in Berlin wohnen und offenbar kein Interesse an Retromöbeln haben. Schmälzle hält vor einem Weinregal an und schaut auf die sorgfältig einsortierten Flaschen. Dreißig, vierzig edle Tropfen lagern einträchtig nebeneinander im wohltemperierten Raum. Kein Stäubchen hat sich auf ihnen breitgemacht, völlig unbefleckt liegen da Grauburgunder neben Grünem Veltliner, vor Bordeaux, hinter Beaujolais. Bio, klar.

«Ich dachte, du bist Kostverächter?», sagt Scholz, und seine Mundwinkel heben sich.

Kurz darauf sitzen beide andächtig im Wohnzimmer, Scholz auf der Couch, Schmälzle im Sessel, jeder ein Rotweinglas mit burgunderfarbener Flüssigkeit in der Hand. Scholz versucht sich im Smalltalk. Der Creedence-Clearwater-Revival-Charme sei doch gemütlich. Schmälzle gibt zu, dass er für so was auch kein Auge habe. «Aber Claudia stört es», sagt er. «Massiv.»

«Die Frauen», sagt Scholz.

«Wir müssen erst mal einen Batzen Haus abzahlen, bevor wir uns neu einrichten. Die Designerstühle, auf die meine Frau steht, kosten mehr, als ich in einer Woche verdiene. Pro Stück.» Er nimmt einen großen Schluck. «Interesse an den Ergebnissen der rechtsmedizinischen Untersuchung?»

Scholz nickt.

«JWH-122», sagt Schmälzle.

«Was ist das jetzt wieder?», nuschelt Scholz.

«Synthetische Droge.»

«In unserem Kurstädtchen?» Scholz zieht beide Brauen hoch.

«Ich gehe davon aus, dass du die im Internet bestellen kannst. Es sei denn, du hast einen Headshop deines Vertrauens.»

«In Pforzheim gibt es einen Headshop.»

«Frag dort mal nach Räuchermischungen. Es würde mich sehr interessieren, was du zu hören bekommst.»

«Ich kann da nicht hin, die kennen mich!» Scholz nippt an seinem Rotweinglas und fügt hinzu: «Als Polizeipostenleiter von Bad Wildbad werden die mir keinen Stoff verkaufen.»

«Und als ehemaliger Kunde?»

«Schmälzle, zu meiner Drogenzeit gab es keine Headshops.»

Sie haben beschlossen, den 1965er Barbera Mascarello erst dann zu entkorken, wenn der Fall gelöst ist, und so schlürfen sie genüsslich einen 1996er Burgunder.

«Diese synthetischen Stoffe werden völlig unterschätzt», erklärt Schmälzle, «sie sind viel gefährlicher als Marihuana. Weil sich die Zusammenstellung dauernd ändert, kommt man den Dealern so schwer bei. Die Kids glauben: Alles harmlos, Lufterfrischer, Raumduft, Badesalz, hallo, das hat sogar Oma auf der Gästetoilette stehen! Das Zeug heißt ja auch ‹Legal High› oder

‹Herbal High›. Und Kräuter, setzt man ihnen ins Ohr, wären besser für sie als Junkfood.»

«Das kann nicht legal sein!»

«Ist es auch nicht, weil synthetische Cannabinoide im Betäubungsmittelgesetz als nicht verkehrsfähig aufgeführt sind. Aber kaum ist ein Stoff auf dem Index, wird was Neues gepanscht, schneller, als die Behörde reagieren kann. Sobald einer ins Krankenhaus oder im schlimmsten Fall ins Leichenhaus gebracht wird und du in der Zeitung darüber liest, zack, gibt es einen neuen Mix im Angebot, der auf keiner Liste steht.»

«Wird das geraucht?»

«Oder gesnifft. Wie Koks.»

«Wirkt wie Koks?»

«Schlimmer. In Baltimore hat ein Student seinen Mitbewohner getötet. Und Teile von Hirn und Herz gefressen. Cloud Nine, ein Badesalz, das auch als ‹Kannibalendroge› bekannt ist, macht so aggressiv, dass du unter seinem Einfluss auf deine Mitmenschen losgehst. Touristen sind am Strand angefallen und gebissen worden.»

Die Worte lösen einen Hustenreflex bei Scholz aus. «Bestimmt in Amerika», sagt er, kaum hat er die Stimme wiedergefunden.

«Nicht nur. Seit ein paar Jahren wird die Partydroge auch auf Mallorca und Ibiza gedealt. Vor allem in Clubs. Massives Problem für die Kollegen», sagt Schmälzle, der seine Hausaufgaben gemacht hat, im vergangenen Jahr, als sie in der Karlsruher Südstadt mit Spice zu tun hatten.

Scholz wagt einen vorletzten Versuch des Verdrängungsmanövers: «Bei uns kauft kein Mensch Badesalz! Wir haben zwei Thermen hier, Schmälzle, da geht man zum Baden hin. Ins Palais Thermal solltest mal mitkommen. Da sind alle nackt. Auch die Frauen.» Beim Wort ‹nackt› schaut er den Kollegen an wie einer, der einen anderen zum nächtlichen Schaufensterbummel auf die Reeperbahn einlädt.

Schmälzle seufzt. «Der Stoff wird als *Lava Red*, *Manga Hot*, *Jamaican Gold* oder unter sonst einem Phantasienamen verhökert. Und verspricht Hochgefühle, du feierst die Nächte durch, fühlst dich übermächtig, stehst weit über deinem kleinen beschissenen Leben, aber in Wahrheit warten schwere Kreislaufstörungen, Halluzinationen und Panikattacken auf dich. Endstation Klinik. Im besten Fall. Manche stürzen sich vom Balkon.»

«Kann ich mir in Wildbad schwer vorstellen.» Scholz’ letzter Versuch.

«Ihr lockt Touristen an wie die Motten. Weißt du, wer alles in eurer reizenden Kurstadt absteigt?»

Scholz’ allerletzter Versuch: «Vielleicht ist das Badesalz ein neuer Marketing-Gag der Stadt! Unser Bürgermeister hat vor kurzem Wildbader Luft in Flaschen packen lassen, für die vom Feinstaub geplagten Stuttgarter. Schmälzle, bei uns liegen die Werte bei 7,3 Mikrogramm. Zehnmal weniger als am Pragsattel.»

«Harald!»

«Ja?»

«Drei Flaschen reichen. Lass uns morgen weitermachen.»

«Tss!» Scholz schwankt zur Tür. «Badesalz …»

Die Sonne hat ihren Heimweg angetreten

*S*ie hat Wolframs Schrei noch im Ohr. Sie vermutet, dass er weiter hinter ihr her ist. Auch wenn sie ihn noch nicht sehen kann, wird es nicht mehr lange dauern, bis sie seinen Atem spüren wird. Ihr Herz schlägt so ungezügelt, dass sie eine Pause einlegen muss. Kurz. Nachdenken. Vielleicht sollte sie doch eine andere Route einschlagen, eine Strecke nehmen, die er garantiert nicht findet? Yvonne weiß, dass es sechs Rundwege gibt, die ausgeschildert sind. An jeder wichtigen Abzweigung steht ein Wegweiser. Statt zur Waldgaststätte zu eilen, könnte sie zurück zum Infozentrum Kaltenbronn laufen, wo immer Menschen sind, denn dort gibt es ein Hotel. Und da fahren die Busse ab. Aber das ist die einzige Strecke, die Wolfram vertraut ist. Er wird noch eine Weile hinter ihr herhecheln. Aber er hat keine Ausdauer, sie hätte stutzig werden müssen, dass er sich überhaupt darauf eingelassen hat, mit ihr sechs Kilometer zur Waldgaststätte zu marschieren. Und sechs zurück. Dennoch wird er nicht sofort aufgeben. Erst wenn er merkt, dass sich ihre Spur verliert, wird Wolfram genervt zum Infozentrum und von da in die Klinik zurückkehren. Er wird sich an die Straße stellen und einen Autofahrer anhalten. Das macht er immer so. Yvonne kennt ihn gut. Zu gut. Es fröstelt sie beim Gedanken an ihren Verfolger. Sie darf nicht zulassen, dass er sie findet, sie muss ihr Hirn einschalten, gleich. Das heißt: eine Alternative finden. Nach Sprollenhaus laufen? Ergibt wenig Sinn, obwohl sie vor ihm sicher wäre, denn diese Route wird er nicht nehmen. Die gute Stunde Fußmarsch schreckt sie nicht, auch wenn es ein Irrweg ist, an dem selbst Ortskundige verzweifeln können. Aber in Sprollenhaus fährt der Bus nur am Tag. Und ein Tag endet dort um halb fünf. Sie weiß das, weil Aline eine Weile dort gewohnt hat. Sie weiß auch, dass es in der Nähe eine Gaststätte gibt, aber die liegt am Schönblickweg, und sie ist nicht sicher, ob sie den in der Dämmerung findet. In dieser Gegend ist es noch unwahrscheinlicher, dass sie einem Spaziergänger begegnet.

Sie könnte den Weg zum Lauterhof einschlagen, dann wäre sie fast im Städtchen, und da würde sie Wolfram nicht vermuten. Soweit sie sich erinnern kann, geht die Abzweigung an der Waldgaststätte ab, aber die ist noch fern – sie hat gerade erst den Wildsee passiert. Auf dem Weg zur Waldgaststätte ist sie jetzt schon viel zu lange unterwegs. Und mit jedem Schritt, den sie nach vorne geht, steigt ihre Angst. Denn der Weg ist verräterisch, schnurgerade und breit. Ihr farbenfröhlicher Sommerrock weht wie ein Fähnchen im Wind, Wolfram wird ihn bald sehen können. Sie wird langsamer, sie ist müde, die nackten Fußsohlen tun schrecklich weh. Sie könnte sich im Gebüsch verstecken und warten, bis es dunkel ist. Dann jedoch hat sie zwei Feinde: Wolfram – und die Angst, die sich mit jedem Rascheln, das ihr in die Ohren dringt, in ein Monster verwandeln wird.

Was, wenn sie den bekannten Pfad verlässt, um auf kleinen Seitenwegen voranzukommen? Sie wäre vor seinen Blicken gefeit, aber würde sie von dort einen der Rundwege erreichen? Die Nebenstrecken führen durch dichten Wald, und der ist voller Irrwege. Wolfram wird kaum auf die Idee kommen, sie dort aufzuspüren. Er mag Wald nicht. Das hat er gesagt, als sie vorgeschlagen hat, einen Ausflug mit ihm zu unternehmen. Warum hat sie das nur getan?

Yvonnes Gedanken überschlagen sich, einer fällt über den anderen. Wolfram abzuhängen, ist eine Vorstellung, die sie beflügelt. Und beängstigt, denn auch sonst wird sie keiner finden, wenn sie den Weg verlässt. Nicht einmal ihre beste Freundin. Yvonne seufzt. Die starke Aline, die sie so bewundert. War sie es nicht, die ihr geraten hat, mit Meißner spazieren zu gehen?

Yvonne trifft eine Entscheidung. Es ist die erste spontane Entscheidung, die sie fällt, seit sie in diesen Kurort geflüchtet ist, fern von ihrer alten Heimat, einfach so, aus Verliebtheit, für Mischa, der sie bald darauf verlassen hat. Doch das Glücksgefühl, das in ihr aufkeimt, wischt das Bild ‹Wolfram ist hinter mir her› gleich wieder weg. Dennoch: Sich jetzt zu entscheiden, birgt ein süßes Versprechen, an dessen Existenz sie nicht mehr geglaubt hat. Sie wird ihrem alten Leben davonlaufen. Nie wieder auf andere hören, endlich ihrer inneren Stimme gehorchen. Yvonne ist durchflutet von der Gewissheit, dass sie genau in diesem Augenblick ein neues Leben beginnt. Sie wird in eine Zukunft rennen, die ihr gehört. Nur ihr, nicht den Freunden, nicht der besten Freundin, dem Ex schon gar nicht, noch weniger dem Professor oder dem Kirchenkreis – und auf keinen Fall, auf gar keinen Fall Wolfram Meißner.

Im Forum Junge Künstler
wird Bach gespielt

Kaum betritt Schmälzle die Polizeistube, zusammen mit Leonie, die er beim Bäcker getroffen hat, eine Tüte Mohnschnecken im Arm, dröhnt ihm der Bass des Polizeipostenleiters entgegen: «Der Ladenbesitzer hat heute Morgen bei mir angerufen, und haltet euch fest: Gestern am späten Abend, als wir deine Kellerschätze leer getrunken haben, hat ein langer Kerl mit russischem Akzent zwei Schüler angesprochen. Auf der Wilhelmstraße.»

Schmälzle hebt die Brauen.

Scholz redet unbeeindruckt weiter: «Nachdem sie eine Weile herumdiskutiert haben, hat der Typ den Teenies ein Päckchen in die Jackentasche gesteckt. Dabei hat er sich wohl dreimal versichert, dass ihn keiner beobachtet. Erwin Müllerschön hat hinter den Vorhängen gestanden. Der wohnt über dem Geschäft. Da hat er alles im Blick. Die Schüler haben dem Kerl Geldscheine in die Hand gedrückt. Er hat nicht gesehen was für Scheine, aber es waren mehrere.»

Schmälzle schluckt. Schüler! Womöglich kaum älter als sein Sohn. Sam ist zehn. In wenigen Jahren wird Schmälzle sich wieder mit dem Thema auseinandersetzen. Nicht mehr nur beruflich, sondern auch im Wohnzimmer.

Scholz legt noch mehr Fakten auf den Tisch: «Der Gangster hat vorher in den Enzkübeln gegruschtelt und Päckchen herausgefischt. Der Erwin ist schnell wie ein Blitz die Treppe runtergeflitzt, hat den Kerl gestellt und gefragt, was er damit vorhat.»

«Drogen.» Schmälzle setzt sich auf den Schreibtisch des Kollegen.

«Er verkaufe Lufterfrischer, hat der Kerl behauptet. Mama, Oma, Tante hätten ja mal wieder Geburtstag, und das sei ein super Geschenk. Man müsse es nur anzünden, wie eine Kerze, schon flute es den Raum mit frischer Schwarzwaldluft. Es sei der Renner, komme direkt aus China.» Scholz schlägt mit der Faust auf den Schreibtisch. «Der ist wohl verkehrtrum zusammengenäht!»

«Lufterfrischer in Bad Wildbad! Das ist, als würde man einer Schwarzwaldkuh Gras verkaufen», sagt Leonie und beißt ins Mohn.

Scholz nickt. «Der Müllerschön hat gemeint, der Kerl habe nicht ausgesehen wie einer, der frische Luft vertickt, sondern wie einer, der seine Großmutter verkauft. Deshalb hat er auch ein Foto geschossen, heimlich. Leider verwackelt, man sieht nur eine dunkle Kapuze.»

«Und die Schüler?», fragt Schmälzle.

«Sind abgehauen. Aber der Erwin hat sie erkannt. Ich habe heute Morgen bei einem von den beiden geklingelt. Mit der Großmutter hatte ich mal was.»

Schmälzle grinst.

«Bin ins Frühstück geplatzt. Danach gab's Zoff.»

«Der Opa hat dich verprügelt?»

«Der Paul musste seinen Lufterfrischer auf den Tisch legen.» Scholz zieht ein weißes Papiertaschentuch aus der Hosentasche, legt es vorsichtig auf den Tisch, faltet es auseinander. Es ist gefüllt mit getrocknetem, krümeligem Grünzeug.

«So hat er das gekauft?»

«Das Päckchen hat er weggeworfen. Behauptet er.»

Schmälzle schnuppert an dem Kraut und verzieht das Gesicht. «Shit!»

«Ich glaub nicht, dass es Gras ist. Das wäre nicht so klumpig», sagt Scholz.

«Herbal Highs, wie vermutet. Wir müssen die dringend von den Kriminaltechnikern untersuchen lassen.»

«Dann musst du sie nach Stuttgart schicken, das dauert! Aber ich fahr nachher zum Bäsle. Dann haben wir das ratzfatz.»

«Ist die Forensikerin?», fragt Schmälzle, der inzwischen weiß, dass Schwaben Cousinen ‹Basen› nennen. Und nette Cousinen ‹Bäsle›.

«Chemielehrerin gewesen», sagt Scholz, «am Gymnasium.»

«Das macht sie zur toxikologischen Spezialistin?»

«Biggy kennt sich aus, glaub mir.» Scholz schickt einen multifunktionalen Blick über den Tisch.

«Auch mit JWH-018, -19, -122?» Schmälzle ist skeptisch.

«Die hat *Breaking Bad* gesehen, alle fünf Staffeln. Sie ist total verliebt in den Chemielehrer-Kollegen, der in seinem Drogenlabor *Crystal Meth* hergestellt hat. Seitdem experimentiert sie ein wenig herum, im Keller.»

«Birgit Renschler stellt Methamphetamin her?» Leonie ist platt. «Crystal, frisch aus Wildbader Katakomben!»

«Sie wohnt in Calmbach. Und es war nur für eine Art Feldstudie.»

Auch Schmälzle hat es kurz die Sprache verschlagen. Freie Fahrt für Scholz, der sich auf seine Hauptkompetenz besinnt: Anweisungen erteilen. «Du gehst an die Enz», sagt er zu Schmälzle.

«Wozu?»

«Erzähl ich dir, wenn du eine mitrauchst.» Scholz befiehlt Schmälzle per Handzeichen, ihm nach draußen zu folgen. «Tu wenigstens so!»

«Harald …», warnt Leonie.

Auf der Treppe zündet sich Scholz eine Zigarette an. «Ich hab erst vor kurzem aufgehört und Leo gesagt, sie soll aufpassen, dass ich nicht wieder anfange. Aber egal – ich habe eine Mission für dich.»

«Die lautet?»

«Rumlungern. Fall lösen.»

Schmälzle fältelt die Stirn.

Scholz erklärt, er solle an einem Tag, an dem sich die Jugendlichen auf der Wilhelmstraße herumtreiben und die Wahrscheinlichkeit hoch ist, dass sich die Drogenkerle blicken lassen, dort ermitteln. Topsecret, verstehe sich. Dann drückt er seine Zigarette aus.

«Du meinst, ich lege dem Lufterfrischerdrogenring das Handwerk, indem ich rumlungere? Wir haben einen Todesfall aufzuklären!»

Schmälzle steht auf der unteren Treppenstufe, Scholz auf der oberen, sodass er Schmälzle um ein paar Zentimeter überragt. Als wollte Scholz die Tatsache ausnutzen, dass der Kollege endlich zu ihm aufschauen muss, sagt er: «Schmälzle, das sind ein, zwei Täter. Du hast selbst gesagt, die kaufen ihr Zeug in irgendeinem Headshop. Da fährt der Russe einmal im Monat nach Frankfurt und vertickt seinen Stoff dann in Wildbad für zwei Euro mehr pro Pack. Davon verkauft er fünfzig Stück und hat einen Hunderter verdient. Taschengeld. Als Depot hat er die Enzkübel gewählt, ich meine, wer ist so idiotisch und bewahrt seinen Stoff in öffentlichen Blumenkübeln auf?»

«Wieso fährt der nach Frankfurt?»

«Sündenpfuhl, Schmälzle. Da gibt es keine Kehrwoche.»

Schmälzle will protestieren. Der Kollege lässt sich nicht ablenken. Nachdem er an seinem Zigarettenpäckchen schnüffelt, eine rausholt und sie wieder in die Packung steckt, erklärt Scholz: «Du holst die Drogen aus den Kübeln und schlenderst damit über die Wilhelmstraße. Lässig, als würdest du den ganzen Tag nichts anderes machen. Dabei hältst du Ausschau nach Jugendlichen.»

Schmälzle fragt sich, ob er noch immer in seinem Albtraum steckt und wann er endlich aufwachen wird.

Scholz klopft ihm auf die Schulter. «Du schaffst das, Schmälzle.»

«Und weiter?»

«Du sprichst die jungen Leute an und fragst sie, ob sie Lust auf Lufterfrischer haben.»

«Ich latsche als Dealer durch die Gegend? Ich bin neununddreißig! Und Kommissar.»

«Du bist schwarz, Schmälzle.»

«Harald!»

«Sorry, die Leute haben ein einfaches Gemüt.»

«Ich spreche also Schüler an, künftige Schulkameraden von Sam, die später zu ihm sagen: ‹Ey, dein Alter hat uns auf der Wilhelmstraße Drogen verkauft, der ist nie und nimmer bei der Polizei.› Dann sagt mein Sohn: ‹Papa, du hast sie nicht mehr alle.› Super, Harald.» Schmälzle sucht nach einer Potenz von Kopfschütteln, findet aber keine.

Der Kollege doziert weiter: «Dann fragst du die Schüler, ob sie deinen Kumpel gesehen hätten, so einen langen dürren Checker, du hättest dich mit dem verabredet, er sei aber nicht aufgetaucht und du müsstest ihn dringend sprechen.»

«Erstaunliche Ermittlungsmethoden.»

«Es ist noch nicht zu Ende. Wenn du den Checker hast, fragst du ihn, ob du bei ihm mitmachen kannst. Du hättest eine Quelle aufgetan, die ihn interessieren könnte. Lufterfrischer 4.0, quasi.»

«Klar. Ich zeig ihm, was ich aus den Enzkübeln gefischt habe. Die Päckchen, die er vorher eingebuddelt hat. Glaubst du, der ist so blöd?»

«Auf jeden Fall! Schmälzle, das ist kein harter Hund, wie du das aus dem mafiaverseuchten Karlsruhe kennst.»

«Ich frage den Kerl, ob er mich ins Geschäft einsteigen lässt. Ich sag: ‹Voll fett, was du da tust, ich hab eine Menge Kumpels, die mit ihren Blingbling-Goldkettchen ständig bei mir auf der Couch abhängen. Wenn die in ihren gepimpten BMWs heim in ihre Lofts cruisen und die verzogenen Schmollmünder, die auf ihren Sofas lungern, beeindrucken wollen, habe ich ihnen was anzubieten: Schwarzwaldduft. Aber ich hab nicht genug Stoff. Nimmst du mich mal mit zu deinem Händler nach Frankfurt? Es springt auch was für dich bei raus.›»

«Du bist mein Mann! Und in Frankfurt schießt du ein Foto, am besten ein Gruppenbild.»

«Ich fahre mit dem Drogendealer nach Frankfurt und mache mit den toughen Jungs ein Foto fürs Familienalbum?»

Scholz fasst sich an den Kopf. «Du schießt ein Selfie! Mit den anderen im Hintergrund! Wir machen einen Abgleich mit der Datenbank, nehmen die Gangster hoch, finden raus, wer den Junkie im Wasser kaltgemacht hat, und auf der Wilhelmstraße kehrt wieder Ruhe ein. Deine P2000 hast du dabei, oder?»

«Harald!»

Der nickt zufrieden.

«Okay, wann soll die Aktion steigen?», fragt Schmälzle.

«Am Samstag. Da hängen die Kids nachmittags in der Fußgängerzone ab. Und noch was, Schmälzle: Du musst in die kleinen Seitengassen gehen, nicht nur auf der Wilhelmstraße flanieren und Schaufenster gucken.»

«Gibt's da was zu sehen?»

«Einen schicken Rollator für die Schwiegermutter?»

«Die läuft Halbmarathon.»

Im Tal werden die Bürgersteige hochgeklappt

*Y*vonne keucht noch keine Stunde durch den Wald, da bereut sie ihre Idee bereits. Nichts ist vom Glücksgefühl geblieben – der Gedanke, mitten im Wald ein neues Leben zu beginnen, hat sich als ausgesprochen dämlich erwiesen. Sie hat drei-, viermal abbiegen müssen und sich aus dem Bauch heraus für eine Strecke entschieden. Dabei hat sie geahnt, dass sie sich gleich wieder entscheiden muss, ob sie sich links oder eher rechts halten soll, in wenigen Minuten aufs Neue und dann gleich noch mal. Überall biegen Wege von Wegen ab, gehen Pfade in andere Richtungen. Längst kann sie nicht mehr ausmachen, woher sie gekommen ist. Der Bannwald ist wie ein Labyrinth. Warum hat sie nur die Hauptstrecke verlassen? Längst könnte sie in der Waldgaststätte sein und bald darauf auf dem Weg zur Sommerbergbahn ins Tal!

Es wird nicht lange dauern, bis die Sonne ihren Rückweg antritt, bis der Wald sie in Dämmerung, dann in Dunkelheit hüllen wird und die Panik hinter jeder düsteren Silhouette lauert. Sie wird alleine sein, kein Mensch weit und breit. Sie spürt, wie ihr die Angst den Rücken hinaufkrabbelt, bis zum Nacken, wo sie sich festsetzen wird, jederzeit bereit zuzupacken. Fast wünscht sie Wolfram herbei, der bis heute immer gut zu ihr gewesen ist. Immer wenn er sie gesehen hat, hat er gefragt: «Mein Wonnchen, mein Sonnchen, geht es dir gut?» Nein, Wolfram, deinem Wonnchen geht es gar nicht gut.

Noch vor der großen Bannwald-Tour

*S*chmälzle ist mit den Grünfinken aufgestanden. Bevor er seine Mission an der Enz antritt, nimmt er die Stufen, die sich vor dem Haus befinden. Heute nicht wie gewohnt nach unten, zur Straße, sondern nach oben, zum Wald. Denn der Zenmeister hat im Traum zu ihm gesprochen. «Wenn wir einen bewussten Atemzug machen und uns dabei unserer Augen, unseres Herzens, unserer Leber und unserer Nicht-Zahnschmerzen bewusst sind, werden wir unmittelbar ins Paradies getragen», hat er gesagt. Also passiert Schmälzle ein vermodertes Gartentor. Der Weg ins Paradies quietscht beim Öffnen. Schmälzle tritt auf einen Weg, der von unbeschnittenen Bäumen gesäumt ist und ihm das Gefühl gibt, noch von keiner zweibeinigen Spezies jemals betreten worden zu sein. Vor dem Einzug hat er sich vorgenommen, sich hier frühmorgens den Kopf freizujoggen. Jetzt saugt er frische, klare Luft ein, die ihn für vieles entschädigt, was Umzug plus Neuanfang mit sich gebracht haben. Zieht den Sauerstoff tief durch die Nase und atmet die Dauerspannung, in die ihn der unerwartete Fall versetzt hat, langsam durch den Mund aus. Während er den Kiesweg nach unten nimmt, flutet er seine Lungen und lässt den Druck ab, mit der Kurstadt warmzuwerden, das Haus zu renovieren, sich um seine Familie zu kümmern und mit dem neuen Kollegen klarzukommen. Zwei junge Frauen joggen an ihm vorbei. Sie grüßen. Schmälzle nickt.

Es ist kurz vor elf, als Schmälzle auf der Wilhelmstraße eintrifft. Zunächst checkt er die Lage. Die Enzbrücke trennt die Hauptstraße des Städtchens, in der alles geschieht, falls was passiert. Sie heißt Wilhelmstraße, weil Kaiser Wilhelm I. seine Kutsche dort entlangsteuerte, als er die Kurstadt im Jahre 1863 mit einem Besuch beehrte. Die Straße verläuft von der Linde bis zur Evangelischen Kirche. Vom Elektrogeschäft, vor dem er steht, zum Buchladen, zur Kneipe, Pizzeria, Baulücke. Dann kommen Leerstand, Gebrauchtwarenladen, Boutique, Blumengeschäft. Es folgen Ölgemälde, Leerstand, Modegeschäft, Metzger, Optiker, Café, Modegeschäft, Friseur, Leerstand, Juwelier, Leerstand, Leerstand, Sanitätsfachgeschäft. Auf der gegenüberliegenden Seite Wohnhaus, Leerstand, Wirtschaft, Schuhladen, Kneipe, Leerstand, Leerstand, Gemischtwarenladen, Gemischtwarenladen, Leerstand, Leerstand, Café, Schuhladen, Modegeschäft, Leerstand, Leerstand, Geschenklädchen, Seniorenhaus, Geschenklädchen, Bäckerei. Dazwischen ein Streifen Fußgängerzone, auf den Stühle, Bistrotische und Strandkörbe gestreut wurden.

Vor der Bäckerei muss Schmälzle an seine Kindheit denken. An seine Cousinen, die mit ihm spielen wollten. «Justin, du bist der Bäcker», haben sie gesagt, «du verkaufst uns das Brot.» Das hat er ihnen verkauft, aber es hat ihnen nicht gefallen. «Du musst weiß sein! Du musst weiß sein vom Mehl.» Er hat Mehl aus dem Schrank geholt und sich das Gesicht damit eingerieben, aber es hat nicht funktioniert: Es wollte nicht auf seiner Haut haften. Sie ist schwarz geblieben wie zuvor. Da hat die ältere Cousine gesagt: «Du bist der böse Mann.» Die jüngere hat vorgeschlagen: «Du kommst mit einer Pistole herein und überfällst den Kaufladen!» Dann haben sie in die Hände geklatscht vor Freude. Justin aber hat nicht geklatscht, er hat geheult, weil er den Kaufladen nicht überfallen wollte, und Mama hat dazwischengehen müssen. In dieser Zeit hat er viel gelernt. Über die Welt. Und über doppelte X-Chromosomen.

«Lungern», hat sein Kollege gesagt, «rumlungern.» Schmälzle kann Menschen nicht ausstehen, die sich gehenlassen. ‹Faules Pack› hießen die in der Sprache seines Adoptivvaters. Er ist sich seiner Sache immer hundertprozentig sicher gewesen, schließlich ist er Richter. Wenn auch im Ruhestand. Schmälzle versucht, sich in faules Pack hineinzufühlen, stiefelt im gemächlichen Schlendrian die Wilhelmstraße hinauf, im Wipp-Modus, die Hände tief in den Taschen seiner blauen Bomberjacke versteckt. Er späht in die Gassen, die fast menschenleer sind. Und stolziert wieder hinab. Späht erneut in die Gassen. Wippt lässig, schaut grimmig. Nein, nicht grimmig schauen, faules Pack schaut gelangweilt. Und wippt auch nicht. Noch mal von vorne. Gelangweilt schauen, nicht wippen, in die Gassen spähen. Aber da ist immer noch nichts. Also – die Straße hinauf und wieder hinab.

«He, Sie!»

Ein vornehm aussehender älterer Herr tritt aus einem Café und zeigt mit zwei Fingern nach vorne, als wollte er ein Loch in den Sauerstoff bohren. In der anderen Hand hält er eine Lederleine, an deren Ende sich ein haariges Knäuel befindet. Das Knäuel bellt den Kommissar an.

«Ja?», sagt Schmälzle, ohne zu wippen. Inzwischen weiß er, dass er in der ersten Liga spielt.

«Suchen Sie vielleicht einen Job?», sagt der vornehme Herr.

«Danke, hab einen.»

«Schaffen Sie beim Daimler?»

«Um Gottes willen.»

«Bei mir müsste man mal den Garten machen. Ich zahl acht Euro. Die Stunde!»

«Für einen, der sich um meine Botanik kümmert, würde ich auch zwölf Euro zahlen.»

«Zehn!», schlägt der Vornehme vor. «Bar, ohne Quittung. Wissen Sie, meine Frau ist gestorben, und mein Sohn ist Investmentbanker, der kann kein Buschwindröschen von einer Pelargonie unterscheiden! Aber das bleibt unter uns, nicht wahr?» Der distinguierte Mann sieht sich aus den Augenwinkeln nach allen Seiten um. Nachdem er sich vergewissert hat, dass keine fremden Ohren die Unterredung belauschen, hält er Schmälzle seine gepflegte Hand zum Gruß hin.

Schmälzle zögert.

«Ah, entschuldigen Sie, mein Enkel hat es mir gezeigt. Man reicht sich ja nicht mehr die Hand», sagt der Herr und hält ihm die Faust zum Fist Bump hin.

Schmälzle kann sich das Lachen nur verkneifen, indem er die Zähne so fest aufeinanderbeißt, dass sie abzubrechen drohen. «Ich komme nicht aus South L.A.», sagt er, als sich seine Zähne wieder enthakt haben.

Der Vornehme zieht seinen haarigen Begleiter mit einer zackigen Bewegung eng an sich. Der jault kurz auf. «Sie handeln nicht mit Drogen oder Waffen, oder?»

Schmälzle schnaubt, als hätte er plötzlich Nüstern bekommen.

«Hier sind manchmal merkwürdige Gesellen unterwegs. Haben Sie von dem Toten gehört, den man letzten Sonntag aus der Enz gefischt hat?»

«Wissen Sie etwas darüber?»

«Nun, der ist seit Wochen hier in der Fußgängerzone herumgestromert und hat versucht, Kindern irgendein Zeug anzudrehen. Sie verstehen? Zum Rauchen – aber keine Zigaretten.»

«War er alleine?»

«Die waren zu zweit. Der eine stand oben an der Kirche, der andere meist unten, an der Brücke. Wir haben die Polizei gerufen – na ja, Herr Müllerschön hat angerufen. Das ist …»

«Jaja, der Ladenbesitzer.»

Der Vornehme schaut Schmälzle neugierig an und fährt fort: «Herr Scholz, unser Polizeipostenleiter, wollte sich persönlich der Sache annehmen. Als er eine Stunde später aus der Wirtschaft kam, waren die Kerle weg. Na, den einen hat's ja dann erwischt.»

«Sind Sie sicher, dass es der Mann war, den man aus der Enz gefischt hat?»

«Wenn es darauf ankommt, funktionieren meine Augen wie bei einem alten Luchs!»

«Wissen Sie, wie der zweite Mann ausgesehen hat?»

«Blonde kurze Haare, grobe Gesichtszüge, ellenlanger Lulatsch. Um die zwei Meter hoch. Dunkel gekleidet. Sportsachen, was die jungen Leute heute so tragen.»

«Können Sie eine genaue Täterbeschreibung abgeben? Uns helfen, ein Phantombild zu erstellen?»

«Sie stellen seltsame Fragen», sagt der Vornehme und runzelt die Stirn.

«Entschuldigung, ich habe mich gar nicht vorgestellt!» Schmälzle zieht seinen Ausweis aus der Tasche und hält ihn hoch: «Mein Name ist Schmälzle. Ich bin der Kollege von Harald Scholz.»

«Der den Wagen vorfährt?» Der Vornehme studiert den Ausweis von Justin Schmälzle, Kriminalhauptkommissar, sehr genau.

«Auch das», sagt Schmälzle, «kommt vor.»

«Die Sache mit dem Garten», der Vornehme räuspert sich, «die hätte ich dem Finanzamt gemeldet, nicht, dass Sie denken ...»

Schmälzle nutzt den Vorteil des schlechten Gewissens seines Gesprächspartners aus und spricht ein Wort der Autorität: «Kommen Sie in die Bätznerstraße, meine Kollegin nimmt Ihre Zeugenaussage auf. Gleich morgen früh, es ist wichtig.»

«Und mein Garten?» Der Vornehme schaut auf seinen Hund, der mit einer alten Socke beschäftigt ist, die er auf den Pflastersteinen gefunden hat.

Schmälzle betont noch einmal: «Wir nehmen die Zeugenaussagen aufmerksamer Bürger sehr ernst.» Dann verabschiedet er sich.

Inzwischen schlägt die Kirchturmuhr. Viermal lang, zwölfmal kurz. High Noon. Schmälzle schreitet zur Tat und inspiziert die Kübel, die beide Geländer der Lindenbrücke zieren. Aber unter den rosa-lila-weiß-blau-gelben Blütenwogen ist rein gar nichts. Außer dreckigen Fingern und irritierten Blicken, die sich in seinen Rücken gebohrt haben, hat er kein Ergebnis vorzuweisen. Er ändert seine Strategie: Er wird observieren. Am besten vom Bistro gegenüber aus. Da hat er alles im Auge. Nach gründlichem Händewaschen setzt er sich auf einen der wenigen freien Stühle. Die Enzbrücke im Blick, bestellt er eine Holunderbionade.

Drei Stunden vergehen. Schmälzle beobachtet gut gelaunte Passanten, die einkaufen, sich auf einen Kaffee und ein Schwätzchen in die Lokale setzen oder ihre Nasen an die Schaufensterscheiben drücken. Er schreibt fünfunddreißig WhatsApp-Nachrichten an Claudia, an Sam, seine Mutter, an die alten Kollegen in Karlsruhe, selbst an Scholz.

Als er einnickt und davon träumt, wie er, ein Samurai-schwert schwingend, das Böse an den Wurzeln aus der Erde reißt, zerrt ihn das Vibrieren seines Handys zurück in die beschauliche Wirklichkeit.

«Kaffee und Kuchen stehen auf dem Tisch», sagt Claudia.

«Bin noch an der Enz.»

«Veganer Kuchen, Just.»

«Verlockend, aber bin im Dienst.»

«Was tut sich?»

«Nichts. Außer einem älteren Herrn, der mich als Gärtner anheuern wollte.»

«Du und Gärtner! Ich habe noch nie einen grünen Daumen an dir gesehen», lacht Claudia und fügt hinzu: «Bis gleich.»

«Garantiert tauchen die auf, wenn ich nicht da bin.»

«Du kannst danach wieder an die Enz radeln.»

«Ich hab schon zwanzig Stück Würfelzucker getrunken. Ich glaub nicht, dass Kuchen gut für mich ist.»

«Ich werde dich zur Therapie anmelden. Essstörungen sind ein ernsthaftes Problem.» Dann gurrt sie: «Sam freut sich, dich zu sehen, beeil dich.»

Zeit für eine Familienpause, denkt Schmälzle. Sein Sohn hat übermorgen den ersten Schultag am neuen Gymnasium. Es wird nicht leicht für ihn. Er wird neue Freunde finden müssen. Schmälzle will nicht, dass er mit den falschen Jungs abhängt. Und in einer Stadt, in der die Dealer in der Haupteinkaufsstraße operieren, scheut sich keiner, auch dem Sohn eines Hauptkommissars Drogen anzudrehen. In ein, zwei Stunden wird er wieder am Tatort sein. Er wird den Fall sowieso lösen. Bevor die Sonne untergeht.

Es ist fünf vor sechs.
Oder sechs vor fünf?

*S*ie wird ihm seinen Tag nicht vermasseln, sie wird büßen, sie muss bezahlen. Wolfram keucht den Berg hoch, folgt dem Weg, auf dem er Yvonne vermutet: zur Waldgaststätte. Er kennt die Strecke nicht, aber er hat gesehen, dass überall Schilder stehen. Er glaubt, dass sie nur wenige Meter vor ihm auf dem Bohlenweg unterwegs ist. Er lacht in sich hinein. Bald wird sie müde sein, er wird sie abfangen, spätestens am Wildsee, im Hochmoor, wo er mit ihrer Angst spielen kann. In bunten Farben malt er sich aus, was er mit ihr anstellen wird, wenn er sie zu fassen kriegt. Er wird sie packen, und nicht nur das. Es wird ihre Schuld sein. Er drückt die Fäuste zusammen, fest. Genau so wird er es mit ihr machen. Ihr Hals ist so dünn, die Haut so zart. Und das Lied hat ihn vorgewarnt, es hat ihm erzählt, wie es kommen wird.

«War so jung und morgenschön, / lief er schnell, es nah zu sehn», stimmt Wolfram an. Erst leise, dann lauter und roher schickt er das Heideröslein in den Wald, der das Moor umsäumt: «Knabe sprach: Ich breche dich, / Röslein auf der Heiden. / Röslein sprach: Ich steche dich, / dass du ewig denkst an mich ...»

Jede Zeile des Liedes ist ihm vertraut, ach, er kennt alle Volksweisen auswendig. Und die Lieder leiten ihn, sie erklären ihm die Welt. Auch dieses Lied lehrt ihn, wie es weiterzugehen hat: «Und der wilde Knabe brach, / 's Röslein auf der Heiden; /

Röslein wehrte sich und stach, / half ihm doch kein Weh und Ach, / musst es eheben leiiiiiden.»

Er schnauft. Seine Wut steigert sich, die Rage weicht purer Lust, in die er sich hineinfallen lässt, ja, er taucht ein in ein erhabenes Gefühl, das alles andere aussperrt und ihn wissen lässt, wie groß sein Leben sein kann. Doch bevor seine Gefühle das Ruder komplett übernehmen, zerren ihn irdische Bedürfnisse auf den Schwarzwaldboden zurück. Wolfram muss seine Hose aufknöpfen. Er ist aufgeregt. Ungeschickt nestelt er an seinem Hosenschlitz herum. Los! Endlich. In hohem Bogen pinkelt er in die Böschung. Als er die letzten Tropfen abschüttelt und sich die Hose zuknöpfen will, ruft der Gegenstand, auf den er sich erleichtert hat, nach seiner Aufmerksamkeit. Ein Ast, kein Ast, was ist das? Er kann es nicht erkennen, es dämmert bereits, die Sonne versinkt langsam hinter den Bäumen und lässt ihr Licht nur noch spärlich auf die mystische Seenlandschaft scheinen. Doch das, was aus der Düsterkeit hervorragt, lässt sich nicht übersehen. Vorsichtig beugt er sich nach vorn, um dem Ominösen sein Geheimnis zu entlocken. Er sinkt auf die Knie. Ellenlang, schlank und schwarz gefärbt vom Schlamm des Moorrandes, der im Sommer eingetrocknet ist, ragt ein Knochen aus dem Waldboden. Es ist eine Wade. Oder ein hauchdünner Oberschenkel. Es ist eine Leiche. Wolfram hat auf eine Leiche gepinkelt.

Im Quellenhof lesen die Waldpoeten

Der Samstagabend war ein Reinfall. Eine Handvoll Flanierer, vorwiegend Pärchen, haben die Schaufenster mit ihren Nasen sauber gewischt. Eine Horde Kids hat sich kichernd vor einem Café postiert und an Smartphones herumgedaddelt. Sonst? Keine Auffälligkeiten. Keine Lufterfrischer. Kein Marihuana, keine Amphetamine, nur Drogen legaler Natur: Zigaretten, Schnitzel, Schnaps, Sekt und Bier. Also kehrt Schmälzle am Sonntagnachmittag zurück auf die Wilhelmstraße. Die meisten Geschäfte haben geöffnet: verkaufsoffener Sonntag. Das passt ihm gut, da sind mehr Leute unterwegs, denen er Fragen stellen kann.

Kaum da, steht er im Zentrum der Aufmerksamkeit. Sogar eine chinesische Reisegruppe bleibt stehen, als der Kommissar eine Verkäuferin anspricht, die rauchend vor der Tür eines Bekleidungsgeschäfts steht: «Ich bin Justin Schmälzle, komme von der Polizei und brauche Ihre Mithilfe!»

«Wo wellet Sie herkomme?» Die Verkäuferin, sie dürfte vierzig, fünfundvierzig Jahre alt sein, schaut neugierig auf.

Schmälzle lacht, betritt den Laden, und eine zweite Verkäuferin, die an der Kasse steht, taxiert ihn skeptisch. Sie könnte die Mutter der Raucherin sein. «Ich komme von der Bätznerstraße», sagt Schmälzle.

Die Verkäuferin verschränkt die Arme vor ihrer Bluse im Ton Rosenquarz.

«Ach so», klärt Schmälzle auf. «Ursprünglich komme ich aus Karlsruhe.»

«Im Lebe net!», kontert ein Kunde im gelb karierten Pullunder.

Wie der Genscher, denkt Schmälzle. Er stellt sich vor: «Mein Name ist Schmälzle. Justin Schmälzle. Ich bin von der Polizei und brauche Ihre Mithilfe.»

«Wie heißt der, Schmälzle?», quäkt eine Frau mittleren Alters unter einem akkurat geföhnten Shag hervor, schrill.

«Im Lebe net!», wiederholt der gelb karierte Pullunder.

«Der kommt daher, wo mer den Räggi spielt», sagt eine zerbrechliche alte Dame, die neben den Kleiderständern mit den Nachthemden steht. Sie strahlt, als hätte sich nach dem Tod des Gatten der Schalk bei ihr einquartiert.

«Nein, das sind die Jamaikaner», erklärt Schmälzle freundlich.

«Pop Marley, des isch der midde Droge», quäkt der Shag und beäugt den Kommissar höchst argwöhnisch.

Hat sie Pop Marley gesagt?, grübelt Schmälzle, aber er muss sich konzentrieren, denn die Fragestunde geht weiter: «Haben Sie in den letzten Tagen auf der Fußgängerzone einen Mann gesehen, der kleine Päckchen an Jugendliche verkauft hat?»

«Mir verkaufet bloß große Päckle», sagt die jüngere Verkäuferin, die ihre Raucherpause beendet hat. Die Ladenbesucher antworten mit einem vielstimmigen Lachen.

Schmälzle rubbelt seine Stoppelhaare. Dann erhebt er die Stimme: «Ich ermittle in einem Drogendelikt!»

«Hot der Honger?», fragt die ältere Verkäuferin, nachdem sie Schmälzle von oben bis unten inspiziert hat. Offenbar muss ein schwarzer Mann, der keinen dicken Bauch vorweisen kann, einen leeren Magen haben.

«Noi, Mama, der isch bei de Polizei», sagt die jüngere Verkäuferin, die noch nach Rauch riecht. Sie tätschelt der älteren Frau einen Oberarm, der Geschichten erzählen könnte.

«Ha was, so a T-Shirt kammer im Internet b'stelle!», blökt der Pullunder, während er die Windjacke abschüttelt, die ihm der Shag aufzuzwängen versucht. Als wäre ihm die Ablenkung willkommen, schreitet er auf Schmälzle zu. Ein ganzer Kerl, mit Bart, Bierbauch und blitzendem Blick.

Schmälzle!, denkt Schmälzle, wieso hast du dieses bescheuerte Polizei-T-Shirt angezogen!

«Die danzet doch den Samba», sagt der Shag.

«Des sind die Brasilianer», klärt der Pullunder auf, wendet sich ab und widmet sich wieder der Abwehr seines aufgezwungenen Kleiderkaufs.

Ganz ruhig!, denkt Schmälzle, greift in seine Hosentasche, zieht den Dienstausweis hervor und schreitet die Runde ab. Er hält das Plastik vor jedes der zehn Augen. Keiner sagt etwas.

Nur die Oma mit dem Schalk im Nacken lächelt ihn an: «Des isch in der Zeidung g'stande!»

Schmälzle lächelt zurück. «Also noch mal», sagt er. «Hat jemand von Ihnen einen Mann gesehen, der auf der Wilhelmstraße kleine Päckchen an Jugendliche verkauft? Vermutlich handelt es sich um Drogen, und die wollen Sie nicht in Ihrer schönen Kurstadt haben, nehme ich an.»

«Bei uns gibt's keine Droge!», sagt die ältere Verkäuferin.

«Überall gibt's Droge!», sagt die jüngere.

«Was sollet des für Droge sei?», fragt der Pullunder.

«Kräuterdrogen, verkauft als Lufterfrischer oder Badesalz. Die werden geraucht und sind gefährlich, denn sie können schlimme Nebenwirkungen hervorrufen.»

«Der veräppelt uns!», sagt der Shag.

«Derf der des?», fragt die ältere Verkäufern und hält ihr Ohr an den lachsfarbenen Lippenstift der jüngeren.

Schmälzle kapiert: schwerhörig. Laut sagt er: «Das darf der oder die keinesfalls, das ist illegal! Außerdem werden die Drogen an Schüler verkauft. Das könnten Ihre Kinder oder Enkel sein.»

«Was isch mit'm Jo?», fragt die ältere Verkäuferin.

«Der nemmt keine Droge», sagt die jüngere.

«Wenn Sie etwas beobachten sollten, rufen Sie bitte sofort an. Unser Posten ist immer besetzt. Und der AB, der ist auch nachts an.» Schmälzle verteilt seine Visitenkarten.

Die Oma mit dem Schalk im Nacken schaut auf die Karte mit dem amtlichen Wappen, dann strahlt sie dem großen Mann ins Gesicht und sagt: «Die Polizei, dein Freund und Helfer.»

«Sen jetzt Flüchtlinge au scho bei der Bolizei», kommentiert der Pullunder, nimmt dem Shag die Windjacke aus der Hand und hängt sie zurück auf den Kleiderständer. Der Shag holt die Windjacke vom Ständer und steuert die Kasse an.

Schmälzle verabschiedet sich und denkt an seinen Zenmeister. «Warum suchst du Idylle», flüstert der ihm leise ins Ohr, «wenn du Realität haben kannst?»

Im trauten Heim läuft die Tagesschau

*Y*vonne stolpert. Über die unförmige Waldwurzel, die sich im Moos versteckt hat. Ihre Füße schweben für Sekunden in der Troposhäre, die Arme ignorieren die Kontrollinstanz im Gehirn und rühren die Luft um, bevor Yvonne wieder auf den nackten Füßen landet. Ihr Puls pocht laut, aber der Schmerz, den der rechte Knöchel mit Eilkurier verschickt, übertönt alles: Er ist so heftig, dass sie meint, sich übergeben zu müssen. Sie setzt sich auf den trockenen Waldboden, ins dicke Moos, die Tränen laufen ihr über die Wangen, bahnen sich beidseitig eine Spur zum Kinn. Sie fühlt sich verlassen, so einsam wie noch nie in ihrem Leben.

Yvonne reibt sich den Fuß, den sie in Blätter eingewickelt hat. Sie hat sich an ihre Pfadfinder-Vergangenheit erinnert und Kastanienblätter gesammelt, die sie in mehreren Lagen um ihre schmerzenden Füße gelegt hat. Mit langen Halmen, die sie auf dem Boden gefunden hat, hat sie die Blätter umwickelt und verknotet, bis das Werk trittfest gewesen ist. Wie die eingebundenen Füße einer Geisha, hat sie noch gedacht. Aber jetzt, nach diesem unglücklichen Sturz, ist ihr rechtes Gelenk geschwollen, sie kann den Fuß unmöglich aufstellen. Verstaucht oder gebrochen, die Diagnose wird ein Arzt schnell gestellt haben, aber sie ist im Niemandsland, und da hat keiner Sprechstunde.

«Warum bin ich bloß vom Hauptweg abgebogen? Wie

komme ich zurück auf einen der Rundwege? Ich muss auf jemanden warten, der Pilze sucht oder Feuerholz oder mit dem Rad unterwegs ist, einen, den ich nach dem Weg fragen kann, am besten einen starken Mann, der mich huckepack nimmt und zur Waldgaststätte trägt», murmelt sie vor sich hin. «Der Bike-Trail ist nicht weit. Irgendwo müssen doch Menschen sein.» Aber es dürfte sieben Uhr sein, vielleicht auch später, es ist keiner mehr da, zumindest nicht auf ihrer Strecke. Sie erinnert sich an Christopher McCandless, einen jungen Aussteiger, der in der Wildnis Alaskas verhungert ist und erst neunzehn Tage nach seinem Tod gefunden wurde. Wieder schießen ihr Tränen in die Augen.

Seit einer gefühlten Ewigkeit irrt Yvonne planlos im Bannwald umher, ein winziger Punkt inmitten einer riesigen Erholungslandschaft, die nicht mehr märchenhaft mystisch, sondern düster und bedrohlich wirkt. Die einsetzende Dunkelheit lässt die abgebrochenen Zweige und geknickten Bäume wie Skelette in die Dämmerung ragen, wo sie sich lautlos zu bewegen scheinen.

Sie hat Hunger. Schrecklichen Hunger. Die letzte Mahlzeit ist das Frühstück gewesen, und das ist mager ausgefallen, abgesehen davon, dass es sich auf Wolframs Schuhen befindet. Ein kleines Schälchen Müsli und etwas Obst. Das war vor zehn Stunden. Sie hat mit ihrem Begleiter Kaffee trinken wollen, hat ihn einladen wollen in die Waldgaststätte.

«Ein Blaubeerpfannkuchen», murmelt sie vor sich hin, während der Schmerz ihren Blick verschleiert. «Ach was, mindestens zwei. Ich könnte jetzt auf einer warmen Holzbank sitzen. Mich mit jemandem unterhalten, jemanden anlächeln oder einfach neben einem Menschen sitzen, der mir nichts Böses will.» Während sie überlegt, woran man erkennt, ob ein

Mensch einem etwas Böses will, holt sie ein Fläschchen Wasser aus ihrer Handtasche. Sie gönnt sich einen Schluck, aber nur einen kleinen. Das Fläschchen ist alles, was sie dabeihat. Wer weiß, wie lange die Flüssigkeit reichen muss.

Bei Daimler ist gleich Schichtwechsel

Schmälzle ist vor Scholz am Ort des Geschehens. Er hat die Vorfreude auf ein wenig Action genutzt, um sein Bike zu traktieren, seine Muskeln zu strapazieren. Bei der Abfahrt von der Alten Steige in die Hundertachtzig-Grad-Kurve zur Bismarckstraße hat er in der Spitze fünfundsiebzig Stundenkilometer geschafft.

Der Sommer gibt noch mal alles. Achtundzwanzig Grad, völlige Windstille, Niederschlagsmenge null, und es ist genau dieser Moment, in dem Schmälzle zum ersten Mal denkt: Es ist gar nicht so übel hier. Nett, könnte man sagen. Ja, wirklich, doch, durchaus. Er wird sich mit Claudia bald zu einer Sonntagswanderung aufmachen. Sam wird sich freuen mitzumarschieren.

Mit derart guten Vorsätzen im Kopf ist Schmälzle durch den Tunnel geradelt, wenig Steigung, keine Abfahrt. Die achtzehn Kilometer zum Kaltenbronn hat er mit links zurückgelegt, obwohl es größtenteils bergauf ging. Den Rest des Weges bewältigte er mit dem Rad auf dem Rücken, um die Reifen zu schonen, denn der Untergrund ist uneben, überall liegen spitze Steine und abgebrochene Äste, und das Carbon-Sportmodell hat ein halbes Monatsgehalt verschlungen. Auch wenn es gerade mal zehn Kilogramm wiegt, stöhnte Schmälzle. Ein wenig. Nicht nur seine Oberschenkel verkünden Muskelkater, morgen. Dennoch freute er sich über die ineinander verschlungenen, verwunschenen Waldwege, übers fröhliche Tirilieren, Zirpen, Piepen und Ziepen um ihn herum. All das half ihm über seine Gedanken an den Enztoten, den Drogenfall und die Tatsache hinweg, dass es weder im einen noch im anderen Fall Bewegung gibt. In den letzten Tagen haben sie trotz des schönes Wetters im Nebel gestochert.

Zwei Sanitäter mit einer Krankenbahre sitzen neben einem Mann, Ende dreißig, der auf dem Boden kauert, den Kopf gesenkt. Er hat spärliche Haare, mausblond, hinten ist er leicht kahl. Stämmige Figur. Großer Kopf. Schmälzle wundert sich, dass der Mann mit aufgeknöpfter Hose dasitzt, und bespäht den darunterliegenden weißen Feinripp. Ein Sexualstraftäter? Weiter rechts steht ein junger Radsportler und trommelt nervös mit den Fingern auf dem Sattel seines Mountainbikes. Schmälzle stutzt kurz, überlegt, ob das wirklich 27,5-Zoll-Lauffräder sind, das Teuerste, was derzeit zu kaufen ist. Einer der beiden Sanitäter hat eine Wolldecke um die Schultern des Feinrippträgers gelegt und redet auf ihn ein.

«Waaaa ...», sagt der Feinrippträger und stiert geradeaus.

Schmälzle begrüßt die Sanitäter. Dann versucht er sein Glück. «Hallo?» Er geht in die Hocke. «Können Sie mir Ihren Namen sagen?»

Schmälzle versucht, Blickkontakt aufzunehmen. Die Augen, deren Farbe irgendwo zwischen hellblau und hellgrau liegt, sind wässrig, glasig, starren ins Leere. Schmälzle versucht es erneut, aber er bekommt die gleiche Antwort: «Waaaa ...»

Früher war ich erfolgreicher, denkt es in einer Nische seines Kopfes, zu der er schnell die Tür zuschlägt. Er inspiziert die nähere Umgebung, findet aber nichts außer Bäumen, Sträuchern, Gestrüpp, Geröll. Grün, braun, grau. Nur über ihm kündigt das Blau des Himmels einen Lichtblick an, doch auch der

hat sein Leuchten bereits an die Abenddämmerung abgegeben.

Schmälzle wendet sich an die Sanitäter. «Was ist mit ihm?»

«Schock», sagt der Sanitäter, «vermutlich.» Dann versucht er
gemeinsam mit der Kollegin den reglos am Boden Kauernden
hochzuheben und auf die Trage zu hieven. Die Kollegin hat
Mühe, die Trage unter dessen Hintern zu schieben.

Mit einem freundlichen «Danke» wendet sich Schmälzle
dem Mountainbiker zu.

«Ich müsste langsam wieder», sagt der in leichtem Schweizer
Dialekt.

«Gleich», sagt Schmälzle. «Wenn Sie mir erzählt haben, was
passiert ist. Und ich Ihre Personalien aufgenommen habe.»

«Also, der hat gebrüllt.» Der Biker deutet auf das Häufchen,
das inzwischen auf der Trage liegt. «So wie jetzt, nur viel lauter.
Ich war in der Nähe, weil ich für die Downhill-Meisterschaft
trainiere. Als ich ihn angesprochen hab, ist er durchgedreht. Er
stand hier vorne und hat immer wieder auf den Ast dahinten
eingeschrien. Und mit der Faust in seine Richtung geschlagen.» Der Biker deutet auf einen Stab, der aus dem Morast
hervorlugt. Er ist rabenschwarz, sodass er sich kaum von der
Abenddämmerung abhebt.

Schmälzle geht auf das Mysterium zu, das zwischen Moor-
birken und Kiefern kaum zu erkennen ist. Er bewegt sich vorsichtig, denn er weiß nicht, ob er vielleicht einsinkt, doch jetzt
im Sommer sind die Moorrandgebiete trocken und begehbar.
Er wirft einen Blick auf den Stab und sagt: «Das könnte ein
Knochen sein!» Dann kehrt er zum Biker zurück.

«Tot, hat er dauernd geschrien, Mama tot. Papa tot. Luisa
tot. Wonnchen tot!», erzählt der Schweizer. «Dann hat er nichts
mehr gesagt. Ich hab die 110 gewählt und gewartet. Er kam

mir seltsam vor, ich wollte ihn hier nicht alleine sitzen lassen.»

Schmälzle nimmt die Daten des Zeugen auf und entlässt ihn gerade mit einem Kopfnicken in die Freiheit, als Scholz auftaucht, sich die Schweißperlen mit einem Taschentuch von der Stirn tupft und hechelt: «Tut mir leid, war beim Kumpel.»

«Hat der kein Telefon?»

«Kein Netz», sagt Scholz und fügt hinzu: «Im Keller.»

«Wo die neue Lok steht», ergänzt Schmälzle, dann weiht er den Kollegen ein.

«Was weiß man über den Mann?» Scholz deutet auf den Verwirrten, der von den Sanitätern auf der Trage festgeschnallt wird.

«Sagt nichts.»

«Wann ist er vernehmungsfähig?», fragt Schmälzle die beiden vom Roten Kreuz.

«Schwer zu sagen», sagt die Frau.

«Werde ich überhaupt gebraucht?», stänkert Scholz.

«Ohne dich geht nichts», sagt Schmälzle.

«Kann dem mal einer klarmachen, dass er die Hose zuknöpfen soll?», blafft Scholz die Sanitäter an.

Die Frau macht sich knurrend an der Hose zu schaffen. Dann legt sie eine Manschette um den Arm des Mannes und pumpt ihr Blutdruckmessgerät in schwindelerregende Höhen.

Scholz setzt sich neben dem Feinrippträger in die Hocke. «Haben Sie einen Ausweis dabei?»

Der Mann schaut ihn mit leerem Blick an.

«Papiere», sagt er, «Ihren Pass?»

Der Mann reagiert nicht, auch nicht, als Scholz ihn vorsichtig abtastet. «Nichts», sagt der Polizeipostenleiter enttäuscht.

Die Sanitäterin hat die Manschette wieder abgenommen

und erklärt ihrem Kollegen: «Hundertsiebzig zu achtzig. Wir nehmen ihn mit.»

«Wohin?», fragt Schmälzle.

«Calw.»

Die beiden Sanitäter fixieren den Mann auf der Trage, hieven ihn hoch und machen sich auf den Weg. Der Mann ist noch immer reglos, tonlos. Nur seine zwei Pupillen scheinen in einem fernen Universum auf Reisen zu sein.

«Was hat den wohl so erschreckt?», fragt Scholz, als er mit Schmälzle alleine ist.

«Ein Knochen, vermutlich. Er hat gesagt: ‹Mama tot. Papa tot. Luisa tot. Wonnchen tot.›»

«Wer ist Luisa? Wer ist Wonnchen?»

«Keine Ahnung.»

Sie inspizieren das ominöse schwarze Teil, das noch immer aus dem Morast ragt.

«Meinst du wirklich, es ist ein Knochen? Das ist ein bisschen lang für einen Arm», sagt Scholz.

«Ich weiß, und es ist ein bisschen dünn für ein Bein», meint Schmälzle. «Trotzdem könnte es eine Moorleiche sein.»

«Ich ruf die Spusi», sagt Scholz.

Schmälzle beäugt den Fund. «Wenn es eine Moorleiche ist, kann sie von gestern sein. Oder aus dem letzten Jahrhundert.»

«Ey, Jungs, der Kaffee steht auf dem Tisch», bellt Scholz in sein Telefon und gibt den Kollegen von der Spurensicherung die Koordinaten durch. «Ja, natürlich sollt ihr ihn trinken, solange er heiß ist.»

«Wenn die nicht zufällig in der Gegend sind und aus Karlsruhe anfahren müssen, werden sie nicht vor eineinhalb oder zwei Stunden eintreffen», sagt Schmälzle.

«Sie sind morgen früh da», sagt Scholz.

«Wer von uns bleibt hier?»

«Wie meinst du das, Schmälzle? Keiner!»

«Was?»

«Wer sollte hier schon herumstöbern? Du musst wirklich lernen, die Dinge etwas entspannter zu betrachten.»

«Und was machen wir so lange?»

«Die Personalien rausfinden.»

«Und die anderen Leichen? Er hat von vier Personen gesprochen!»

«Seit du da bist, Schmälzle, gibt es hier Leichen», grummelt Scholz, «massenweise Leichen. Aber wir kümmern uns später um das Massaker. Fürs Erste nehmen wir den Kerl noch mal in die Mangel. Am besten im Krankenhaus.»

«Du meinst, er wird gesprächiger, wenn er in weichen Kissen ruht?»

Die beiden Ermittler schlendern zurück zur Weggabelung, wo es rechts nach Bad Wildbad geht. Neben dem Youngtimer von Scholz haben sich Spuren des Krankenwagens in den Kies gegraben.

«Nimmst du mich mit?», fragt Schmälzle, der sein Bike neben sich herschiebt.

«Hab keinen Fahrradständer», sagt Scholz.

«Dach auf?»

«Sommergrippe holen, immer gerne, Schmälzle. Dann kannst du mir auch vom Stand deiner Ermittlungen in der Wilhelmstraße berichten.»

«Muss ich?»

«Du wirst dich hier schon noch einfinden», sagt Scholz und klopft Schmälzle väterlich auf die Schulter.

Kurz vor der *Tagesschau* rast ein blaues Cabrio bei 28,3 Grad

Celsius über Calmbach, Oberreichenbach und Hirsau nach Calw ins Kreiskrankenhaus. Einer der beiden fühlt sich wie David Bowie, während der andere verzweifelt zu verhindern versucht, dass das Rad auf dem Rücksitz in den Kurven das Fliegen lernt. «We can beat them, just for one day. We can be heroes, just for one day.»

Die Salzgrotte steht unter Wellness-Hypnose

*A*lter!»
Eine männliche Stimme dringt durchs Unterholz, die von einem Einschlag gefärbt ist, den Yvonne nicht deuten kann. Ein baumlanger, schmaler Mann im dunklen Sweatshirt tritt aus dem Dickicht der Bäume hervor. Die blaue Kapuze hat er tief über den Kopf gezogen, als würde er ‹Eckstein, Eckstein, alles muss versteckt sein› spielen. Die Wahrscheinlichkeit, dass er anderes im Sinn hat, ist höher, denn als Yvonne einen kurzen Blick auf sein Gesicht erheischen kann, nimmt sie eine finstere Miene wahr. Der Baumlange hat ein Büschel in der Hand. Yvonne späht in die Lichtung, wo ein zweiter Mann in der Hocke sitzt. Auch er sieht nicht aus wie die Wanderer, die zumeist fröhliche Lieder und einen freundlichen Gruß auf den Lippen haben, wenn sie durch den Bannwald streifen.

Merkwürdig, wundert sie sich. Aber sie ist müde, hat eine nicht enden wollende Nacht im Freien verbracht, in einer verfallenen Hütte, ohne Wasser, ohne Strom, ohne Sicherheit. Vermutlich sieht sie bloß eine Luftspiegelung. Menschen, die lange nichts trinken, sehen Trugbilder, das hat sie bei den Pfadfindern gelernt. Und sie hat nicht viel getrunken, sie hat nur an ihrem Fläschchen genippt. Aber das Trugbild verschwindet keineswegs. Im Gegenteil, es schreit – schwäbisch: «Leggmiamarsch», ruft das Trugbild. «Des babbt!»

Der Mann in der Lichtung hat sich über einen gut halben

Meter hohen Busch voll hellgelber Blüten gebeugt. Sie sind von seltsamen dunklen Adern überzogen, ausgehend von einem tiefvioletten Kreis in der Mitte. Die Blüten verbreiten einen Duft, so intensiv, dass er in Yvonnes Nase kitzelt. Sie humpelt ein wenig näher heran, steht kaum fünf Meter entfernt zwischen dicht bewachsenen Büschen. Auch die Blätter der Pflanzen sind merkwürdig: gezackt, haarig. Wie Löwenzahn, denkt sie.

Der Schwabe pult an einer daumengroßen Kapsel und versucht, ihr winzige Samen zu entnehmen, von denen der Großteil über seine breiten Hände gleitet und auf den Boden fällt. Der Gefrierbeutel, der an seinem linken Handgelenk baumelt, ist halb gefüllt.

«Dirmo!», ruft der baumlange Kerl und gibt der Pflanze vor ihm einen Tritt.

Der Schwabe sieht zu ihm rüber und sagt: «Da kannsch du Scheiße schreie, so viel du willsch! Zopfe musch trotzdem.»

Obwohl die Männer sonderbar wirken, freut sich Yvonne, endlich Hilfe gefunden zu haben. Sie wird die beiden bitten, sie zur Seilbahn zu bringen. Sie wird ihnen zeigen, wie man eine Trage aus Weiden baut, das hat sie bei den Pfadfindern gelernt. Aber nein, die beiden werden keine Trage benötigen, sie haben starke Arme! Sie werden sie huckepack nehmen. Zur Sommerbergbahn sind es sicher nur wenige Kilometer. Sie hofft, dass sie den Kaltenbronn bald hinter sich lassen kann, dass sie ihn nie wieder sehen muss, und sehnt sich nach dem lauschigen Sommerberg. Von dort wird die Bahn sie ins Städtchen bringen, weg von dieser Einöde, weg vom Hunger, weg von Wolfram.

Vor Übermut hüpft Yvonne eine Fußlänge in die Luft. Beim Aufprall jagt ihr der verletzte Knöchel einen Schmerz durch den Körper, der die Welt verschwimmen und sie die Zähne zusammenschlagen lässt.

«Da isch ebbes», sagt der Schwabe und horcht.

«W's is?», sagt der Baumlange und lugt unter der Kapuze hervor.

«'s hat graschelt.» Der Schwabe streckt sich und späht in Yvonnes Richtung. Er lauscht, scheint aber nichts mehr zu vernehmen.

«Is Karnickel, Hasenfuß», sagt der Baumlange. Mit einem «Huahhhh!» springt er auf den Schwaben zu und drückt ihm seine rechte Pranke ins Gesicht. Der Schwabe weicht zurück, fällt ins Feld, landet auf dem Hosenboden.

«Du bist noch bescheuerter, als ich dacht», sagt der Baumlange, wobei er das ‹Ch› hart ausspricht, wie einer, der seinen Kehlkopf in die Freiheit befördern will, so angestrengt klingt das.

Osten, denkt Yvonne, das ist ein Russe oder ein Georgier oder ein Aserbaidschane. Während sie darüber nachdenkt, ob es Aserbaidschane oder Aserbaidschaner heißt – als hätte dies eine Bedeutung, aber immerhin hilft es ihr, sich wieder als Herrin ihrer Gedanken zu fühlen –, tritt eine dritte Gestalt aus dem Unterholz.

«Oryctolagus cuniculus.» Der dritte Mann ist kleiner als die beiden, ein bisschen weniger hager, aber nicht minder düster. «Habt ihr euch wegen eines Osterhäschens in die Hosen gemacht?»

«Ist nicht Ostern, ist Idiot», sagt der Baumlange.

«Und, wie viele Körbchen sind voll?», fragt der Dritte.

Yvonne verharrt in ihrer Position. Der Schmerz im Fuß hat nachgelassen. Ihre Gedanken fahren Achterbahn: Ist das der richtige Moment, mich zu erkennen zu geben? Doch da ist etwas, das sie zurückhält. Eine Stimme, die ihr zuraunt: «Du darfst denen nicht trauen.»

«Des dauert a Ewigkeit!», sagt der Schwabe, der mit einem Satz wieder auf den Beinen ist. «Die Viecher schtinket und sen voll bäbbich!»

«Hä?» Der Dritte ist offensichtlich des Schwäbischen nicht mächtig.

«Klebrig», haucht Yvonne. «Er meint, die Pflanzen sind klebrig!»

«Babbig isch der Scheiß, und die Dinger sen sauwinzig, dafür musch Jahre inveschtiere.»

«Oh, bist du schon schwach? Hat Mama nicht genug Butterbrote geschmiert?» Der Dritte spuckt auf den Boden.

Yvonne reckt sich, um mehr sehen zu können, ganz vorsichtig.

«Ist zu nix zu gebrauchen!» Der Baumlange zeigt mit dem Finger auf den Schwaben. «Soll ich machen kalt?»

Er zieht eine silbrig glänzende Pistole aus der Gesäßtasche. Yvonnes Herz klopft so laut, dass sie ihre Hand aufs Dekolleté legt, als könnte dies das Pochen besänftigen.

«Du blöffsch», sagt der Schwabe.

Der Baumlange lässt sich in die Knie fallen, hält die Pistole in die Luft und schießt ein imaginäres Loch in die Idylle.

Yvonne erstarrt. Dann folgt sie dem imaginären Loch und denkt, dass Dobel in der Richtung liegt. Das Gefühl, es könnte eine gute Idee sein, sich dieser Gruppe anzuvertrauen, hat sich endgültig aus dem Staub gemacht.

Der Schwabe wendet sich dem Dritten zu. «Den kannsch net zum Kräutersammle brauche. Der zopft net, der latscht bloß in der Gegend hin on her on schwätzt domm romm. Der isch z'blöd zum Kacke.»

«Ich kann jeden Mann gebrauchen, und wenn der Idiot nichts taugt, musst du eben doppelt so viel pflücken», sagt der Dritte und fügt hinzu: «Pfosten.»

Das darfst du dir nicht gefallen lassen, denkt Yvonne, und der Schwabe scheint Gedanken lesen zu können. «Was fängsch du eigentlich mit dem Zeig an? Für medizinische Studie isch des im Lebe net.»

«Das hat dich nicht zu interessieren», sagt der Dritte. Ein eisiger Schauer läuft Yvonne den Rücken hoch. Der Dritte ist kalt wie Schnee in Sibirien.

«Ich regle das», mischt sich der Baumlange ein und fuchtelt mit der Pistole in der Luft herum.

«Später», sagt der Dritte.

Die drei sind Yvonne nicht geheuer. Der Einzige, der halbwegs vernünftig erscheint, ist der Schwabe. Ob sie sich an ihn wenden soll? Sie muss einen Moment erwischen, in dem sie ihn unter vier Augen sprechen kann. Doch zunächst zielt der Baumlange mit seiner Knarre auf ein Eichhörnchen, das einen Baumstamm emporhuscht. Er schießt. *Paounnggg.* Daneben. Schießt wieder. *Paounggg.* Blitzschnell versteckt sich das Eichhörnchen in der Baumkrone. Nur ein winziger Rest orangebraunes Fell lässt auf seine Existenz schließen.

Kurz meint Yvonne, das aufgeregte Pochen unter dem orangebraunen Fell zu spüren, dann taucht das Eichhörnchen unter. Was, wenn sie mit ihr genauso umgehen? Das sind keine netten jungen Männer, die sind schlimmer als Wolfram! Sie werden sie nicht zum Lift tragen, oh nein, die werden einen Teufel tun, ihr zu helfen! Und was sind das überhaupt für Kräuter? Sie weiß, dass es Menschen gibt, die sich von Wildkräutern ernähren. In Kalifornien wird ein richtiger Kult daraus gemacht. Sie selbst hat gestern Abend Giersch, Liebstöckel und Schafgarbe gepflückt und wie eine Ziege pur gegessen. Sie war froh, dass sie überhaupt etwas gefunden hat in dieser Wildnis. Aber das Kraut auf der Lichtung kennt sie nicht. Und die Männer führen was im Schilde, etwas, von dem sie besser nichts weiß. Denn wenn sie feststellen, dass sie beobachtet werden, werden die Kerle sie erledigen. Sie hat oft genug bei *Aktenzeichen XY … ungelöst* gesehen, was Verbrecher mit Mitwissern anstellen. Erschießen, erstechen, erwürgen, in eine Grube stoßen und Erde darüberschütten, an eine Schwarzwaldtanne ketten. Lieber Gott, bring mich weg von hier! Bloß wie? Sie darf sich nicht verraten. Unter ihr ist Raschelterritorium, gefährlich wie ein Minenfeld. Eine falsche Bewegung, und die Männer werden sie hören. Dennoch muss sie abhauen, so schnell wie möglich weglaufen, Risiko hin oder her. Aber der Fuß ist geschwollen, bei jedem Schritt tut er höllisch weh – wie soll sie sich bloß unbemerkt davonschleichen?

«Du triffsch net amal», sagt der Schwabe.

«Ach.» Der Baumlange hält ihm die Pistole vors Gesicht und fragt: «Soll ich's noch mal probieren?»

«Lass das!» Der Dritte schnappt die Waffe und rammt sie dem Baumlangen in die Nierengegend. Der krümmt sich, geht in die Knie, wie in Zeitlupe. Kein Laut kommt aus ihm heraus, denn er presst die Lippen aufeinander, sodass sich Labium superius und Labium inferius aufmachen zu einer Innenschau. Der Dritte inspiziert kurz die Waffe, dann steckt er sie in die Gesäßtasche seiner Anzughose und stapft zurück ins Feld.

Yvonnes Kehle ist wie verschnürt. Sie hat keine Wahl: Sie muss schnellstens weg! Egal wie. Wie immer, wenn es schlimm ist, entwickelt der menschliche Geist neue Ideen, als gäbe es eine Reset-Taste, um die Gegenwart mit all ihren Problemen kurzerhand auszulöschen, um Platz zu schaffen für eine Lösung. Yvonnes Lösung: robben! Ja, das könnte funktionieren. Sie wird vorsichtig in den Vierfüßler-Stand gehen und sich dann sachte auf den Bauch legen. Im Glühwürmchen-Tempo wird sie sich vorwärtsbewegen, mit den Armen den fünfzig Kilogramm leichten Körper in die Freiheit schieben. Den schmerzenden Fuß wird sie nicht beanspruchen, er wird dem Körper folgen und klaglos mitziehen. Aber Yvonne weiß, dass das Gestrüpp pikst und die abgebrochenen Zweige und Äste, die Steine und überhaupt alles, was hier auf dem Boden liegt, sich in ihre nackte Haut bohren wird, in ihre Waden, ihre Knie, ihre Unterarme. Sie wird «Autsch!» rufen, ganz automatisch, sie wird es kaum vermeiden können.

Yvonne beobachtet die Männer, die debattieren und gestikulieren, und hofft auf ihre Chance. Solange die Kerle mit ihren Streitereien beschäftigt sind, werden sie nicht auf sie achten. Diese Sekunden werden nicht wiederkehren, sie muss das Risiko eingehen, denn es sieht nicht so aus, als würden die Kerle das Pflanzenfeld demnächst verlassen.

«I hau ab», sagt der Schwabe, als wollte er sie eines Besseren belehren, «ihr seid doch grasse Arschgeige.» Dabei lässt er die Plastiktüte auf den Boden fallen, gerade da, wo er steht. Dann macht er sich auf und davon. Planlos, denn er wechselt zweimal die Richtung.

«Du gehst nirgendwo hin!», schreit der Dritte. Mit drei Sätzen ist er bei dem Schwaben und packt ihn an der Schulter.

«Schnauze stopfen!» Der Baumlange scheint seine Chance zu wittern. Begeistert rührt er die Luft um, er hat wohl vergessen, dass die Pistole nicht mehr in seinem Besitz ist.

«Halt's Maul», sagt der Dritte und streckt den Schwaben mit einem Kinnhaken nieder. Der Schwabe geht zu Boden.

Yvonne nutzt die Turbulenzen und setzt sich in die Hocke.

Dann legt sie Unterschenkel und Knie vorsichtig auf die Erde, als wäre sie ein Porzellanpüppchen. Sie stützt sich mit den Ellbogen auf dem Waldboden ab, langsam, dann bewegt sie erst den rechten, dann den linken Arm und robbt vorwärts. Rechts, links, rechts, noch mal links. Kurz atmen. Noch mal. Nach nicht mal zwei Metern erkennt sie, dass ihre Anstrengung vergeblich sein wird. Denn kurz vor ihr weicht das Gestrüpp und macht einer Wiese Platz. Auch wenn sie dort schneller vorankommen kann und sich weiter von den Männern entfernt, selbst wenn das Gras samtweich aussieht und sie lockt, wird sie auffallen. Yvonne kann nicht erkennen, wo die drei gerade sind und was sie tun, aber sie hört den Baumlangen wieder schimpfen.

Sie robbt weiter, Zentimeter für Zentimeter, Ellbogen vor Ellbogen, rechts, links, rechts, links, schneller und noch ein wenig schneller, bis sich der verletzte Knöchel erneut mit ihrem Schmerzzentrum gegen sie verschwört. Eine Träne rinnt über ihre Wangen, gefolgt von einer zweiten, dritten, und Yvonne erkennt: Wenn nicht ein Wunder geschieht, wird gleich ein Bach aus ihren Augen strömen.

Das Haus des Gastes
macht die Tore weit

*L*uisa tot, Wonnchen tot», zitiert Schmälzle den Mann, den sie gestern auf dem Kaltenbronn aufgestöbert haben. Er hält ihn für einen Triebtäter, nicht nur wegen der offenen Hose. Es ist seine Spürnase, und auf die ist Verlass.

In einem Tonfall, der wenig Widerspruch duldet, sagt der Professor: «Herr Meißner hat eine eigene Sicht auf die Welt. Er drückt sich anders aus als die meisten Menschen.»

«Tut er das?» Schmälzle rückt auf seinem Besucherstuhl ganz nach vorne und verringert die Distanz zum wuchtigen Eichenschreibtisch, hinter dem sich geschätzte neunzig Kilogramm auf einem großzügig gepolsterten Lederstuhl verteilen. Neben ihm sitzt Scholz auf dem zweiten Besucherstuhl und schaut aus dem Fenster in den Wald, in ein Idyll, aus dem keiner flüchten kann.

Nachdem sie den Feinrippträger im Calwer Krankenhaus besucht haben, war seine Identität schnell herausgefunden: Wolfram Meißner, vierunddreißig Jahre alt, Patient in der Psychiatrischen Klinik. Die hat den Mann als vermisst gemeldet, gestern, am späten Abend. Leonie hat sogleich um einen Termin beim betreuenden Arzt gebeten, für heute, in der Früh. Und dort sitzen sie jetzt. Vor einem Professor, der Werner heißt. Prof. Dr. Dr. Werner.

«Wie kann man etwas anders ausdrücken, wenn man von Toten spricht?», fragt Schmälzle.

Der markante kahle Kopf des Professors bewegt sich keinen Deut. «Er versteckt seine Emotionen in Metaphern. In Reimen. Manchmal auch in Liedern. Wenn ihn etwas bewegt, singt er sich die Gefühle von der Seele.»

«Ein Witzbold?», fragt Scholz, der von den finsteren Schwarzwaldtannen abgelassen hat.

«Ein Traumatisierter», sagt der Professor. «Seine Eltern sind bei einem Unfall ums Leben gekommen. Er war drei. Man hat ihn neben den toten Eltern und der kleinen Schwester gefunden. Alle hat es aus dem Wagen geschleudert. Das Radio war in voller Lautstärke an. Es hat Volkslieder gespielt.»

«Wie hieß die kleine Schwester?» Schmälzle studiert den Professor, der ein edles schwarzes Hemd und eine schwarze Steve-Jobs-Brille trägt.

Der Psychiater blättert in mehreren Stapeln Papier und liest vor: «Luisa. Luisa Meißner, sieben Jahre alt.»

«Mama tot, Papa tot, Luisa tot», wiederholt Schmälzle.

««Wonnchen tot.› – Wer soll das sein: Wonnchen?» Scholz gibt sich die Antwort selbst: «Gab es noch eine Beteiligte am Unfall?»

«Nein. Aber halt, warten Sie – Yvonne! Verniedlicht zu Wonnchen, genau das meine ich, es ist seine Art, sich auszudrücken.»

«Und wer ist diese Yvonne?», fragt Schmälzle.

«Die junge Frau, mit der er unterwegs war. Yvonne Lauer. Sie holt ihn jeden Dienstag ab, zum Spaziergang.»

«Dann könnte er sie getötet haben, beim Spaziergengehen?»

«Was für ein Quatsch! Warum soll er sie getötet haben?»

«Wir haben ihn neben einer Leiche gefunden.»

«Wolfram, ein Mörder? Nein.»

«Er wäre nicht der Erste», mischt sich Scholz ein.

«Gewaltphantasien, möglicherweise. Aber töten?», sagt der Professor und schüttelt den Kopf.

«Wie können Sie da so sicher sein?»

«Herr Meißner hat seine komplette Familie verloren. Er hat monatelang nicht gesprochen, dann nur gestottert. In der Therapie hat er sein Stottern dadurch überwinden können, dass er gesungen hat», sagt der Professor.

«Beim Singen stottert man nicht?», wundert sich Schmälzle.

«Nein. Beim Sprechen wird der linke Frontallappen des Gehirns benutzt, beim Singen der rechte. Auch rhythmisches Sprechen wird neuronal anders gesteuert, deshalb reimt er so gerne.»

«Mit Ottern stottern, mit Drachen lachen», fällt ihm Scholz ins Wort.

«Sie haben es verstanden, Herr Scholz. Herr Meißner hat in den Jahren nicht nur ein enormes Repertoire an fidelen Weisen angehäuft, er ist ganz besessen davon, alle Volkslieder zu kennen, die er ausfindig machen kann. Wenn kein Lied passt, reimt er sich was zurecht.»

«Und das Stottern?»

«Hat er überwunden.»

«Schön für ihn, aber wo ist Yvonne Lauer?», unterbricht Schmälzle das Geplänkel.

«Ist es nicht Ihre Aufgabe, sie zu finden?»

Auch Scholz ist wieder ganz Kollege. «Er war mit einer jungen Frau unterwegs, die offensichtlich verschwunden ist. Sie war auch nicht da, als wir ihn gefunden haben. Mit aufgeknöpfter Hose. Was glauben Sie, Herr Professor, wie oft wir es erleben, dass jemand eine Frau vergewaltigt und dann beseitigt, erdrosselt, erstickt, erwürgt!» Er deutet einen Exitus an, indem er sich mit der rechten Hand an den Hals fasst und röchelt.

Der Professor wirkt unbeeindruckt. Seinem Gesichtsausdruck zufolge zieht er in Erwägung, den ungebetenen Besucher bei sich einzuquartieren.

«Die Leiche wird gerade obduziert. Sollte sich herausstellen, dass es sich um die junge Frau handelt, die Meißner Wonnchen nennt, ist er dran», sagt Schmälzle.

«Er ist nicht schuldfähig», sagt der Professor.

«Auch die Mafia glaubt immer, sie ist schlauer als die Polizei», sagt Scholz.

Der Professor reagiert gelassen: «Herr Meißner kann keinen Menschen töten. Überdies sind in der Klinik keine Waffen zulässig. Auch keine Messer.»

«Kann man überall kaufen», sagt Schmälzle.

«Sogar im Supermarkt», sagt Scholz.

Professor Werner lehnt sich auf seinem Stuhl zurück, weit, als säße er in einem Kinosaal und würde die Szenerie aus der Ferne betrachten. «Sind Sie sicher, dass Frau Lauer tot ist?»

«Was unterstellen Sie uns da!» Schmälzle ärgert sich, dass diese aufgeblasenen Hirnzellen ihn aus dem Konzept bringen. Ihn, den die Ex-Kollegen den chilligsten Kommissar dies- und jenseits von Rhein und Donau genannt haben. Er bohrt: «Warum wollen Sie nicht kooperieren? Und warum ist er überhaupt hier, der Meißner?»

«Er hat eine bipolare Störung», erklärt der Professor, «und er ist freiwillig hier. Um sich vor sich selbst zu schützen. Ab einem bestimmten Schweregrad der depressiven Episode ist das Suizidrisiko deutlich erhöht. Jeder vierte Betroffene versucht im Verlauf der Erkrankung mindestens ein Mal, sich das Leben zu nehmen. Wir müssen solche Patienten medikamentös in Schach halten, aber die Problematik besteht darin, dass man sie in der manischen Phase oft dazu zwingen muss, ihre

Medikamente einzunehmen. Was man hierzulande nicht ohne weiteres darf, auch wenn es für die Patienten das Überleben bedeutet.»

Schmälzle fragt noch mal: «Wieso verteidigen Sie Meißner? Welches Orakel flüstert Ihnen zu, dass er keine Gefahr für andere ist – für Frauen, beispielsweise.»

«Nun, Wolfram hat vielleicht ein gespaltenes Verhältnis zu weiblichen Wesen, aber er ist kein Triebtäter», antwortet der Professor.

«Gespalten», sagt Scholz. «So, so.»

«Auch wenn damals im Unfallfahrzeug eine Frau am Steuer saß», ergänzt der Professor nachdenklich.

«Was?» Schmälzle ist kurz vor dem Ausrasten. «Und Sie wollen nicht einmal die Möglichkeit in Betracht ziehen, dass Meißner jemanden tätlich angeht?»

«Er ist kein Vergewaltiger und schon gar kein Totschläger», sagt der Professor, «das passt nicht in seine psychische Struktur. Er kann seine Gefühle nicht ausdrücken, er reimt, er singt – das darf man heute sogar im Fernsehen. Und ‹Wonnchen tot› kann auch symbolisch gemeint sein. Wahrscheinlich bedeutet es, dass sie verschwunden ist, vielleicht davongelaufen.»

«Verschwunden.»

«Davongelaufen.»

«Damit ist sie aus seinem Umkreis, seiner Wahrnehmung herausgefallen, was bedeutet, dass sie für ihn tot ist. Es wäre möglich, dass er ihr zu nahe gekommen ist und sie sich sozusagen aus dem Staub gemacht hat.» Unerwartet nimmt die Stimme des Professors einen sanften Unterton an. «Er mag Frau Lauer mehr, als ihr lieb ist. Gerade deshalb würde er ihr niemals etwas antun.»

«Wie viele Indizien brauchen Sie denn noch?», ruft Schmälzle und erhebt sich, um näher an das Gesicht des Professors zu rücken und ihm das Sehfeld zu versperren.

Auch der Professor steht auf. Seelenruhig sagt er: «Meine Herren, ich muss zurück an die Arbeit. Es warten Patienten auf mich.» Mit einem kräftigen Händeschütteln verabschiedet er sich von den Kommissaren.

In Schmälzle kocht es, und was da brodelt, ist nicht vegan! Er folgt Scholz zum Tisch von Professor Werners Sekretärin, um sich nach der Adresse von Yvonne Lauer zu erkundigen.

«Meisternhang 27», säuselt die junge Frau, schüttelt ihre langen dunkelblonden Haare und rückt den Ausschnitt ihrer Bluse zurecht. «Sie erinnern mich an Mario Kopper – und an John Luther.»

«Wer ist wer?», fragt Scholz.

«Na, Sie sind Mario Kopper.»

«Ist das nicht dieser Spaghettitarzan mit der alten Giulia und dem kaputten Kreuz?», nörgelt Scholz.

«Und ich der Gesetzesbrecher Luther? Da würde meine Frau widersprechen», sagt Schmälzle.

«Wir könnten ja mal gemeinsam Gesetze brechen», antwortet die Sekretärin lächelnd und blickt Schmälzle tief in die Augen.

«Der Kollege ist verheiratet», sagt Scholz, «und Sie sehen zu viel fern.»

Schmälzle lacht gequält und versucht, mit Scholz Schritt zu halten. Der strebt beleidigt den Ausgang an.

Noch vor der Late-Night-Sauna
im Palais Thermal

*D*ass ihr der Schwabe zu Hilfe kommt, weil er endlich Reißaus nimmt, bemerkt Yvonne erst, als sie die Stimme des Baumlangen hört. «Eh, haut ab!», ruft der. «Echt jetzt!»

«Halt ihn auf», ruft der Dritte.

«Ich knall ihn ab», droht der Baumlange. «Gib mir Knarre! Das ist meine!»

«Du knallst keinen ab», sagt der Dritte.

Der Baumlange flucht unverständliche Worte. Der Dritte schreit: «Du brauchst keine Knarre, du brauchst Hirn! Mann! Und jetzt Tempo, schnapp dir den Kerl.»

Yvonne hebt den Kopf leicht an und dreht sich in die Richtung der Männer, um zu sehen, was vor sich geht. Der Dritte durchbricht gerade die Komfortzone des Baumlangen, tritt ganz nah an die feinen Schweißperlen auf dessen Stirn heran. «Sonst knall ich dich ab, du Opfer!»

Der Baumlange weicht dem Blick des Dritten aus. «Du beleidigst mich?», schreit er, lässt seine Rechte vorschnellen und zieht dem Dritten die Pistole aus der Gesäßtasche. Der fängt an zu lachen. Der Baumlange fuchtelt mit der Waffe herum, schwenkt sie vor der Nase des Dritten hin und her, bis sie fast die Spitze berührt. Der Dritte packt den Arm des Baumlangen. Ein Schuss löst sich. Yvonne fährt zusammen. Das Lachen verstummt. Der Wald steht schwarz und schweiget.

Yvonne liegt noch immer längs auf dem Boden, auf der

Wiese, die sie inzwischen erreicht hat. Die Männer sind so mit ihren Streitigkeiten beschäftigt, dass sie nicht auf sie achten werden. Mutig hebt sie den Oberkörper höher. Wo ist der Schwabe? Er ist der Einzige, auf den sie bauen kann! Aber der ist getürmt. Oder hat ihn die Pistolenkugel erwischt? Hat ihn der Baumlange auf der Flucht erschossen? Die beiden Kerle flößen ihr Angst ein, besonders der Dritte. Schon als er in seinem Anzug und dem Komm-mir-nicht-zu-nahe-Lächeln auf dem Feld aufgetaucht ist, ist ihr eine eisige Windböe die Wirbelsäule hinaufgesaust, gerade so, wie das Eichhörnchen eben den Stamm emporgeflitzt ist. Wenigstens hat es die Baumkrone sicher erreicht.

Die Männer sind verstummt. Yvonne sieht nur noch den Baumlangen, der unschlüssig auf und ab geht. Vom Dritten ragt nur noch der Kopf aus dem Pflanzenfeld, er sammelt mit flinken Bewegungen wieder Kapsel um Kapsel ein, pult den Inhalt mit einer Hand heraus und steckt die Samen in die Plastiktüte, die er in der anderen Hand hält.

«Ist er tot?», ruft der Baumlange ins Feld.

«Was weiß ich, schau nach», sagt der Dritte, ohne aufzusehen.

«Mausetot», sagt der Schwabe, der plötzlich aus dem Nirgendwo auftaucht. Er hat ein Kaninchen am Kragen gepackt und wirft es auf den Boden, dem Baumlangen zu Füßen. Es blutet.

«Abendessen», lacht der Schwabe.

«Spinnst du?», sagt der Baumlange und klopft sich mehrmals an die Stirn.

«Letschtes Abendmahl», sagt der Schwabe. Er wendet sich an den Dritten und ruft ins Feld: «Dann will i meine fünfhundert Lappe säh!»

Yvonne klopft das Herz bis zum Hals. Das letzte Quäntchen Hoffnung ist gestorben. Auch dem Schwaben kann sie nicht über den Weg trauen, nicht mal über einen Trampelpfad. Kann sie sich auf ihren Instinkt gar nicht mehr verlassen?

Sie robbt weiter, so schnell es geht, beißt die Zähne zusammen. Bloß weg, der Rest wird sich ergeben. Die Männer sind abgelenkt, sie muss jetzt alles aufs Spiel setzen. Sie robbt sich an eine junge Tanne heran, deren Umfang sie gut umfassen kann, sie hangelt sich an der Tanne hoch, kommt zum Stehen, humpelt vorwärts, um endlich schneller voranzukommen, sie hüpft auf einem Bein, humpelt, hüpft, und da, nach dem siebten Schritt in Richtung Freiheit, tritt sie mit dem gesunden Fuß auf einen Ast – trocken und gerade dick genug, um mit einem lauten, verräterischen Knacken in der Mitte durchzubrechen.

Auf der A6 gibt es mehr Baustellen als Autos

Nachdem sie die Psychiatrische Klinik verlassen haben, hängen die Ermittler ihren Gedanken nach, bis Scholz' Handy klingelt. Leonie klingt so aufgeregt, dass sogar Schmälzle ihre Stimme hört: «Ein Busfahrer hat sich im Posten gemeldet. Er hat gestern einen leicht verwirrten Mann mitgenommen, in Begleitung einer jungen Frau. Die beiden sind an der Haltestelle Bahnhof eingestiegen und am Infozentrum Kaltenbronn ausgestiegen. Die Frau hat auf den Mann eingeredet, gesagt, sie hätten das mit dem Ausflug abgesprochen, er habe eingewilligt, mit ihr über den Kaltenbronn zur Waldgaststätte zu wandern. Der Busfahrer hat es gehört, weil sie die einzigen Fahrgäste waren und vorne saßen. Er hat sich gewundert, was die junge Frau von dem Mann will, der einiges älter ausgesehen hat, sie dauernd angeglotzt und ununterbrochen geträllert hat. Volkslieder seien das gewesen.»

«Volkslieder?», schreit Schmälzle und hält sein Ohr dicht an das Handy des Kollegen.

«Gestreichelt hat er sie wohl», sagt Leonie, «am Haar.»

«Niemals, hat der Professor gesagt, würde er ihr etwas antun», sagt Schmälzle.

«Ist halt auch nur ein Professor», sagt Scholz.

Leonie berichtet weiter: «Als der Busfahrer im Radio gehört hat, dass eine junge Frau vermisst wird, hat er Verdacht geschöpft.»

«Haben wir den Rundfunk eingeschaltet?», fragt Schmälzle.

«Das schaffen die alleine», sagt Scholz.

«Woher weiß der SWR, dass Frau Lauer vermisst wird?»

«Schmälzle!»

«Okay, okay: Kleinstadt. ‹Gestreichelt›, hat er gesagt, korrekt?»

«Wir brauchen trotzdem mehr», sagt Scholz. «Etwas Konkretes. Sonst lässt der Professor uns wieder auflaufen.»

«Der Schnösel.»

«Wird das nicht noch einmal wagen.»

Stumm legen sie dann den Weg zur Rechtsmedizin nach Heidelberg zurück.

Dass er für jede Untersuchung nach Heidelberg fahren muss, weil es in Baden-Württemberg nur drei forensische Institute gibt, nimmt Schmälzle gerne hin. Klar, das KTI in Stuttgart hätte es sicherlich auch getan, aber Schmälzle mag nun mal die Heidelberger. Scholz wirkt ein wenig nervös, als sie den Eingang passieren. Bisschen viel für einen Tag, erst die Psychiatrische Klinik und die Konfrontation mit dem Professor, dann die Rechtsmedizin, denkt Schmälzle, aber sie müssen nicht nur den Fall um Wolfram Meißner und die Leiche Nummer zwei lösen, sondern obendrein das Geheimnis von Leiche Nummer eins lüften und einer Dealerbande das Handwerk legen. Den Job in der Kurstadt hat Schmälzle sich anders vorgestellt. Aber als er vor zwei Stunden aus der Rechtsmedizin eine SMS erhalten hat, von Lothar: *Dringend vorbeikommen, es lohnt sich,* hat er sich gefreut. Den Smiley am Ende der SMS hat Schmälzle Scholz gegenüber nicht erwähnt.

«Eh, Just!» Lothar winkt vom Flur und führt die Ermittler in einen Raum, in dem zwei Leichen auf Metalltischen aufgebahrt sind. Beide sind mit Tüchern bedeckt. Ein müde wirkender Anfang-Zwanziger sitzt im weißen Kittel auf einem Drehstuhl und poliert Edelstahlbesteck.

«Ist das unser Totenfund?», fragt Scholz und zeigt auf die Bahre mit der kleineren Gestalt.

«Die Leiche von letzter Woche ist im Eisschrank», sagt Lothar, «sie wird erst freigegeben, wenn die Identität festgestellt wurde.»

«Ihr meint den Toten aus der Enz. Aber was ist mit der Leiche vom Wildsee?», fragt Scholz.

«Die ist im Veterinärschrank», sagt Lothar.

«Wo?» Schmälzle spürt die Schweißperlen auf seiner Stirn.

«Keine Sorge, die Nekroskopie haben wir abgeschlossen», sagt der Rechtsmediziner.

«Wie?» Scholz ist blass um die Nase.

«Kleiner Scherz, oder?» Schmälzle erinnert sich an den merkwürdigen Humor, den Gerichtsmediziner gerne vor sich hertragen, den aber nur sie selbst verstehen. Dass Moorleichen mittels Computertomographie untersucht werden müssen, um Rückschlüsse auf ihr Alter zu ziehen und auf die Zeit, zu der sie gelebt haben, ist ihm klar. Dass dies nicht innerhalb von ein paar Tagen erledigt ist, womöglich nicht einmal in der Rechtsmedizin geschehen kann, nicht weniger. Aber bei Menschen spricht man immer noch von einer Obduktion. Eine Nekroskopie nimmt man bei Tieren vor.

Eine Tür hinter ihnen öffnet sich, und ein grauhaariger Mann tritt mit entschlossenen Schritten näher.

«Justin Schmälzle», sagt Schmälzle.

«Weiß schon», sagt der Mann, «wie der Timberlake», und stellt sich vor: «Keller.»

«Dr. Martin Keller», ruft Lothar von seinem Drehstuhl aus,

«schiebt Urlaubsvertretung für Fabian Bechtle. Dr. Keller ist Spezialist auf dem Gebiet der Toxikologie. Und er ist Naturschützer, so wie ich.»

«Die Formalitäten können wir uns sparen. Ich denke, die Kollegen interessieren die Tatbestände», sagt Dr. Keller. Er nickt dem Mann auf dem Drehstuhl zu, offensichtlich der medizinische Präparationsassistent. Der nickt zurück, schlurft zum Wandschrank und zieht an einer überdimensionierten Schublade, die sich einige Zentimeter öffnet. Kalte Luft dringt den Ermittlern entgegen.

«Wir müssen die Leiche konservieren, sonst zerfällt sie», sagt Dr. Keller und zieht die Schublade ganz auf.

Schmälzle tritt an die Schublade heran, aus der kein Geruch in seine Nase dringt – ein Vorteil von tiefgefrorenen Leichen. Scholz steht hinter Schmälzle und versucht, an ihm vorbeizuspähen: «Junge oder Mädchen?»

«Hirsch», sagt Dr. Keller.

«Kapital», fügt Schmälzle hinzu und betrachtet erstaunt den Toten mit seinen vier langen Beinen, dem langen Rumpf und vielen Verästelungen auf dem Kopf. «Das ist ein kapitaler Hirsch, so ein Geweih hab ich noch nie gesehen.»

Scholz fingert in seiner Hosentasche nach einer Brille, stellt sich auf die Zehenspitzen und schaut über Schmälzles Schulter hinweg auf die Auslage. «Ihr holt uns aus Bad Wildbad, weil ihr hier euren Sonntagsbraten aufgebahrt habt?», ruft er.

«Das ist euer Fund aus dem Wildseemoor», sagt Dr. Keller. «Der hat es sich im Sumpf gemütlich gemacht.»

«Erschossen», fragt Schmälzle, «oder ertrunken?»

«Jetzt ist es aber mal genug, Kollege», sagt Scholz.

Dr. Keller lässt sich nicht aus der Ruhe bringen. «Vergiftet», sagt er, «dann ertrunken.»

«Vergiftet?», fragen die Ermittler im Duett.

Dr. Keller erklärt: «Im Magen des Tieres haben wir eine Überdosis Alkaloide festgestellt – Scopolamin, vermutlich vom Bilsenkraut. Davon hat das Tier zu viel genascht. Da die Fruchtreife von Nachtschattengewächsen von August bis Oktober geht, muss der Vorfall erst kürzlich stattgefunden haben. Oder in einem anderen Sommer.»

«Nachtschattengewächse – schon wieder! Wie bei dem Enztoten, auch wenn der nichts davon im Magen hatte», gibt Schmälzle zu Protokoll.

«In einem anderen Sommer?», fragt Scholz.

«In Hochmooren herrscht ein saures Milieu. Dies und der mangelnde Sauerstoff konservieren die Weichteile von Leichen, sodass sie auch nach Jahrhunderten aussehen, als wären sie eben erst untergegangen», erklärt Schmälzle, und die Rechtsmediziner nicken.

«Normalerweise sind Wildtiere mit einem körpereigenen Entgiftungsmechanismus ausgestattet, aber der hat bei diesem Exemplar nicht funktioniert. Die Dosis, die das Tier zu sich genommen hat, ist erstaunlich», sagt Dr. Keller.

«Ein Hirsch ist nicht so bescheuert, so viel zu fressen, dass es ihn umbringt, das unterscheidet ihn vom Menschen», erklärt Lothar.

«Aber warum hatte er dann zu viel intus?», fragt Scholz.

Die Herren aus der Rechtsmedizin haben keine Antwort. Lothar klärt auf, dass Nachtschattengewächse normalerweise an Wegesrändern oder im Schutt wachsen, wo die Tiere nicht grasen, es sei denn, es herrsche Futtermangel. Und das könne man von der Wildseegegend wahrlich nicht behaupten.

«Ja», sagt Scholz, «unser Naturschutzgebiet ist ein Schlaraffenland für Viecher aller Art.»

Schmälzle fragt: «Und was machen Alkaloide mit so einem kapitalen Hirsch?»

«Alkaloide wirken halluzinogen und haben bei unserem *Cervus elaphus* vermutlich Sehstörungen hervorgerufen», erklärt Dr. Keller. «Ich vermute, der Gute hat Doppelbilder gesehen. Das hat ihn in den Sumpf tappen lassen.»

«Auch das ist unüblich für Rotwild. Bei dem sind innere Sensoren eingebaut, die das verhindern», sagt Lothar. «Serienmäßig, quasi.»

«Das heißt, das Tier ist im Moor versunken, weil es high war», kombiniert Schmälzle. «Aber wenn der Hirsch schon länger da liegt, warum hat ihn keiner gesehen? Sind da keine Förster unterwegs?»

«Bannwald, Schmälzle», erklärt Scholz. «Da überlässt man die Natur sich selbst.»

«Und wieso habt ihr den Hirsch zu euch geholt? Den hätte man doch da liegen lassen können!», wundert sich Schmälzle.

«Der Rotwildbestand ist im letzten Jahr um zehn Prozent zurückgegangen», sagt Dr. Keller.

«Das konnte sich keiner erklären. Deshalb hat uns die Spurensicherung angerufen», sagt Lothar.

«Die sind wie wir aktive Mitglieder im Naturschutzbund», ergänzt Dr. Keller. Lothar nickt.

Auch Schmälzle nickt, nur Scholz tippt auf seine Armbanduhr: «Ich hab auch was zu retten», sagt er. «Frühstück ausgefallen, Mittagessen ausgefallen – höchste Zeit für ein Feierabendbier.» Er wirft den Rechtsmedizinern einen fragenden Blick zu.

Lothar schüttelt den Kopf: «Ich habe noch mehr Leichen, an denen ich herumfleddern muss. Nächstes Mal vielleicht.»

Auch Dr. Keller verabschiedet sich von den Ermittlern. Scholz zuckt mit den Schultern und sieht Schmälzle an.

«Wir werden gut anderthalb Stunden brauchen!»

«Keine Dreiviertelstunde», grinst Scholz. Dann machen sich die Ermittler auf den Weg zu Scholz' Saab, der vor der Rechtsmedizin parkt und sich auf eine Rennerlestour nach Bad Wildbad freut.

«Nach aktueller Verkehrslage eine Stunde und fünfunddreißig Minuten», zitiert Schmälzle sein Smartphone.

«Keine Dreiviertelstunde», wiederholt Scholz. Dann hantiert er im Kofferraum herum und zieht ein Vintage-Blaulicht aus den Siebzigern hervor, mit Metallfuß und Kabel zum Zigarettenanzünder.

«Schicker als die protzige Balkenversion», sagt Schmälzle anerkennend.

«Mir sind doch keine Hemmedscheißer.» Scholz lacht und zündet den Wagen.

Die Waldgaststätte serviert ihren letzten Blaubeerpfannkuchen

*L*os, rüber, *suka!*»

Yvonne schluckt. Sie versteht nicht, was der baumlange Kerl mit dem russischen Akzent von ihr will, aber er klingt so, dass sie es gar nicht verstehen möchte. Der Lauf seiner Pistole gebietet ihr, sich nach rechts zu begeben. Zackig! Yvonne humpelt, soweit es der Schmerz zulässt, folgt dem Pistolenlauf zu einer Schwarzwaldtanne, die kaum anders aussieht als die Tanne, die rechts daneben steht, und nicht anders als jene, die links in den Himmel ragt. Der Arm des baumlangen Kerls bewegt sich auf und ab. Pistolendeutsch: Stehen bleiben!

Warum bin ich bloß auf den Ast getreten, ärgert sich Yvonne. Wie konnte ich nur so blöd sein! Ohne den Blick von ihr zu lösen, bearbeitet der Baumlange einen Rucksack, der an einen Stamm gelehnt ist. Er fördert ein Seil zutage. Das wirft er dem Schwaben zu, der es mit links fängt.

«Fesseln», sagt der Baumlange.

«Hä?», sagt der Schwabe.

«An Baum! Fesseln!»

Der Schwabe zögert.

Der Baumlange hält die Waffe, die einen wesentlichen Teil seiner Persönlichkeit auszumachen scheint, an Yvonnes Schläfe. «Oder ich knall die *suka* ab.»

Yvonne wagt nicht zu atmen. Sie erstarrt, sodass sich ihr Kopf keinen Millimeter bewegt.

«Bravo!» Eine dritte Stimme dringt durch das Nadel- und Blätterblickdicht. Wie ein Phantom taucht der dazugehörige Mann aus dem Gebüsch auf, nähert sich applaudierend dem Baumlangen und sagt: «Knall einfach jeden ab, der dir im Weg steht. So wie den, der seinen Fahrtenschwimmer in der Enz nicht geschafft hat.»

«Das mit Pjetr war ich nicht!», sagt der Baumlange. «Aber die *suka* hat uns gesehen, keine Wahl, Chef!»

«Wer's glaubt», sagt der und wendet sich Yvonne zu. «Wo hast du die her?», fragt er. «Die du ‹Schlange› nennst?»

«Hab ich aus Busch da vorne gezogen!», meint der Baumlange und grient.

«Des war an Heidelbeerbusch», sagt der Schwabe.

«Ich bin gefallen, mein Fuß ist umgeknickt. Ich brauche Hilfe!», wagt Yvonne zu hauchen. Immer wieder läuft die Szene vor ihr ab, sieht sie, wie der Baumlange sich urplötzlich wie ein Turm vor ihr aufgebaut und die Pistole auf sie gerichtet hat. Sie hat die Hände hochgehalten und ihr Blick hat «Nicht!» gerufen. Er schien der Augensprache nicht mächtig zu sein, denn er bugsierte sie hinter dem Heidelbeerbusch hervor, wo sie doch nur kurz ausruhen wollte. Unsanft zog er sie bis auf seine Brusthöhe hoch, weil sie nicht aufstehen konnte.

«Was plappert die da?», fragt der Dritte.

«Helfen Sie mir! Bitte!»

Die Männer starren sie nur an, tonlos.

Also verharrt Yvonne reglos unter der Tanne und hält ihre Atemzüge in Schach.

«Wie konnte ich mich auf euch Trottel einlassen», sagt der Dritte, und Yvonne fragt sich, warum er lackierte Schuhe trägt, mitten in der Wildnis, wo man mit derben Stiefeln, die sie auch hätte tragen sollen, unterwegs ist. Wo man Ice-, Wind- und sonstige Wetterwidrigkeitsbreaker trägt und keinen dunklen Anzug.

«Fesseln!», wiederholt der Baumlange und will den Schwaben zu ihr rüberscheuchen. Der Schwabe jedoch hält das Seil wie ein Lasso in der Hand und fängt an, es sachte zu schwingen.

«Warum fesselst du die *suka* nicht?» Der Baumlange fuchtelt mit der Pistole vor dem Schwaben herum.

«Mach, was du willsch, aber lass mi aus'm Spiel», sagt der Schwabe.

«Aber die hat uns gesehen!»

«Warum hast du sie auch hierhergezerrt, du Pfeife!» Der Dritte verpasst dem Baumlangen eine Kopfnuss. Der verzieht das Gesicht, gibt aber keinen Mucks von sich.

«Des isch bloß a Ablenkungsmanöver, weil der net zopfe will, Chef», sagt der Schwabe und deutet mit dem Kopf auf den Baumlangen.

«Das lass mal meine Sorge sein», sagt der Chef. «Und jetzt los, weitermachen!»

«Und was mache mir mit der?», fragt der Schwabe und zeigt auf Yvonne.

«Was immer ihr mit ihr machen wollt», sagt der Chef. «Hauptsache, ihr macht jetzt weiter.»

«I hab jetzt a Woch lang gschafft und fufzig Gugge voll, Chef. Des isch des Äquivalent von fünfhundert Eier. I mach erscht weiter, wenn i die hab.» Der Singsang des Schwaben klingt so vertraut, dass er das Herzklopfen von Yvonne in gemäßigtere Zonen führt. Das arme Kaninchen verdrängt sie. Er war es ja nicht, der es erschossen hat, er hat es nur an den Ohren gepackt. Wenn auch roh. Sehr, sehr roh.

«Wir müssen die jetzt anbinden!», meint der Baumlange und greift nach dem Seil. Doch der Schwabe hält es fest in der

Hand, lässt es weiter Kreise ziehen. Dabei gibt er eine Darbietung, die Yvonne an einen Rumpelstilzchentanz erinnert, so wild hüpft er auf und ab.

«Sagt mal, habt ihr einen an der Dachlatte?», sagt der Dritte. «Wir müssen zwanzig Kilo fertig haben, und ihr spielt Cowboy fängt Squaw!»

Der Schwabe hängt weiter am Lasso, lässt die Kreise aber kleiner werden. Yvonne regt sich nicht, bewegt sich nicht, nicht einmal richtig zu atmen traut sie sich.

«Mach doch Scheiße alleine.» Auf einmal hält der Baumlange den Stinkefinger in die gute Schwarzwaldluft. «Kannst die *suka* haben. Und die Knarre auch.» Dann wirft er die Pistole weg und verschwindet mit Worten in einer Sprache, die Yvonne nicht versteht, hinter den Tannenbäumen. Sie nutzt die Gelegenheit, um durch den Mund zu atmen. Und gleich noch einmal.

«Hoi!» Der Schwabe ist mit einem Satz bei der Pistole. Er hebt sie auf und pustet die Waldbodenkrümel vom Metall. Dann richtet er ihren Lauf in die Richtung, die der Baumlange eingeschlagen hat.

Yvonne denkt nach: Soll ich fliehen? Die Chance nutzen? Aber ich werde zu langsam sein, mein Fuß wird noch mehr schmerzen, er ist dicker geworden, angeschwollen wie ein Luftballon in den letzten paar Minuten, die ihr vorkommen wie ein langer, langer Tag.

Der Dritte ist außer Sichtweite, wahrscheinlich beugt er sich wieder über einen Busch und pflückt mit flinken Bewegungen die stachligen Früchte, die er zu den anderen stachligen Früchten in die Plastiktüte steckt. Flehend sieht Yvonne den Schwaben an und wagt das Unaussprechliche.

«Helfen Sie mir», sagt sie, leise wie ein Windhauch.

«Ha?» Der Schwabe sieht sich nach allen Richtungen um, den Mund ungläubig geöffnet, einem Einsiedler gleich, zu dem soeben das Baumgeist-Orakel gesprochen hat. Er senkt den Colt und starrt auf die Squaw.

«Bitte.» Yvonne wagt einen Augenaufschlag, den sie mal in einer Fernsehshow gesehen hat, deren Namen sie vergessen hat.

Der Schwabe steckt die Waffe in die Tasche seiner Latzhose und mustert Yvonne. Er studiert ihr Gesicht. Endlich scheint eine Idee seinen Frontallappen zu erreichen: «Verschwind halt!»

«Würde ich gerne, kann ich aber nicht», sagt Yvonne und deutet auf ihren lädierten Fuß.

«Was isch mit dem Haxe?»

«Ich bin über eine Wurzel gestolpert, es tut höllisch weh, und ich kann nicht auftreten.»

Der Schwabe denkt nach. «Dud mir leid», sagt er nach einer Pause und nestelt an einem Träger seiner grauen Latzhose herum. Yvonnes Herz schlägt bis zum Anschlag.

«Was turtelt ihr da!» Der Dritte taucht wieder auf. Er stopft ein paar dunkle Samen, die er vom Boden aufliest, in eine prall gefüllte Plastiktüte, verschließt sie mit einem Knoten und stellt sie neben weitere Taschen, die an einem Eichenstamm lehnen. Streng blickt er rüber zu Yvonne. *Super-Markt*, liest sie. Die Menge gefüllter Tüten schätzt sie auf zehn, elf, zwölf und hegt keinen Zweifel mehr daran, dass die Männer den Inhalt nicht zum Kochen verwenden. Der Chef schlendert lässig herüber und herrscht den Schwaben an: «Wo ist der Idiot?»

«Über alle Berge», sagt der Schwabe.

«Und die ist immer noch da?» Der Dritte zeigt auf Yvonne.

«Ich brauche Hilfe», wispert Yvonne.

«Was bist du für eine bescheuerte Kuh, wieso machst du dich nicht vom Acker?», sagt der Dritte.

«Ich kann nicht laufen!», ruft Yvonne, todesmutig. «Bitte bringen Sie mich zu einem Arzt!»

Der Schwabe zeigt auf ihren Fuß: «Die hat'n Haxe broche.»

Der Dritte folgt dem Zeigefinger des Schwaben, der auf Yvonnes Fuß deutet. Er überlegt eine Weile, während er Yvonne wie eine Ware auf dem Laufband begutachtet: von den Füßen über den bunten Rock übers Hemdchen mit den Spaghettiträgern, unter denen sich ihre kleinen Brüste abzeichnen, über ihren zarten Hals bis zu ihrer bernsteinfarbenen Iris. Dort angekommen, senkt er die Stimme: «Du brauchst keinen Arzt, Süße, du brauchst einen Schamanen.»

«Und wo finde ich den?», fragt Yvonne und denkt im selben Augenblick: Wie kann ich nur so dumm fragen? Zu spät.

«Du hast ihn schon gefunden», sagt der Dritte und fasst ihr ins Haar, legt vorsichtig eine Strähne zurück an ihren Platz. Sie zuckt.

«Guck mal, wie die zittert», sagt der Dritte zum Schwaben.

«Des Karnick'l hat au so zuckt», sagt der Schwabe, «bevor's verreckt isch.»

«Und so rote Flecken hat die.» Der Dritte streicht Yvonne mit dem linken Daumen über den Hals, genüsslich streift er ihre nackte Angst.

«Bitte!» Mehr bringt Yvonne nicht hervor. Tränen schießen ihr in die Augen.

Der Dritte steht so dicht vor ihr, dass sie seine Kaugummisorte ausmachen kann. Spearmint. Der Mann trägt eine lange, dünne Narbe über der rechten Braue. Yvonne fixiert die Narbe, um ihm nicht in die finsteren Pupillen sehen zu müssen.

«Ich verrate Sie auch nicht», sagt sie.

«Dafür sorgen wir», sagt der Dritte, «kannst dich drauf verlassen.»

Die Feuerwehr lädt zur Lösch-Party mit DJ

W's isch?», fragt Scholz und starrt Leonie an, die eine Zettelwirtschaft auf ihrem Schreibtisch sortiert und laut «Harry!» ruft.

«Sag du es mir.»

«Was soll ich sagen?»

«Was ihr heimlich treibt und warum ihr mich nicht involviert! Und vor allem, wieso ich am Wochenende Dienst schieben muss.»

«Wir treiben nichts, Leo! Und ich bin auch hier, obwohl ich am Samstag Besseres zu tun habe. Du weißt doch, dass die Stellen für die Nacht- und Wochenendschicht gestrichen worden sind.»

«Weil wir angeblich nichts zu tun haben! Aber das ist ein Witz: Das Telefon klingelt ununterbrochen. Ich bekomme dauernd Hinweise auf eine blonde Person unter dreißig. Die hätte man gesehen, beim Supermarkt, in der Kirche, auf dem Friedhof, in Pforzheim im Puff, überall.»

Scholz lacht. «Ja, wir haben halt einen Aufruf in den *Schwabo* gesetzt!»

«Und das erfahr ich so nebenbei.»

«Leo! Wenn wir den Fall *Wo ist Yvonne Lauer* nicht in Nullkommanix gelöst haben, kommen wir mit der Aufklärung unseres Drogenfalls nicht weiter.» Der Polizeipostenleiter knackt die Daumen beider Hände.

«Ihr meint, die lebt?», fragt Leonie und zieht den Stecker des Telefons, das dauerbimmelt.

«Die Moortote ist sie jedenfalls nicht.»

«Habt ihr mal bei ihr daheim nachgeschaut?»

«Ich habe dafür meinen Feierabend geopfert. Noch einen!»

«Und?»

«Keiner da. Aber die Nachbarin hat bestätigt, dass Frau Lauer in der Nacht nicht heimgekommen ist, und das hat's wohl noch nie gegeben. Sie hat gesagt, auch ihre beste Freundin würde sich Sorgen machen. Die Lauer ist doch mit diesem psychisch Kranken unterwegs gewesen.»

«Das heißt noch nichts. Vielleicht hat sie ja einen Freund», vermutet Leonie.

«Haben wir alles gecheckt», sagt Scholz, während Leonie die Internetpräsenzen des *Schwarzwälder Boten* durchforstet.

«Sieh dir das an! Die haben das über alle Kanäle verbreitet, inklusive Facebook und Twitter! Und ich hab jetzt den Salat und muss tagelang Anrufer abwimmeln.»

«Es klingelt doch gar nicht?»

«Gleich klingelt es wieder», sagt Leo, nimmt den Stecker und befördert ihn zurück in die Dose. Das Telefon schellt.

«Sorry, ich muss mein Auto in die Werkstatt bringen», sagt Scholz, schnappt seine Jacke und steuert in Windeseile die Tür an.

«Wo ist eigentlich Justin?», fragt Leonie ins Telefongebimmel hinein.

«Bei Frau Rudolph.»

«Die aus dem Kirchenkreis?»

«Hm.» Scholz grinst.

Auch Schmälzle hat Grund zu grinsen, denn Frau Rudolph empfängt ihn mit einer Tasse Filterkaffee und einer Schale Flachswickel. Nach den üblichen Begrüßungsfloskeln nimmt er Platz, und weil er ahnt, dass er keine Informationen erhalten wird, sollte er den süßen Gruß ausschlagen, schleckt er ein paarmal über die Zuckerstreusel. Aber nicht pro forma, oh nein, lustvoll knabbert er am handgearbeiteten Hefeteig. Trotzdem entlockt er Frau Rudolph keine brauchbaren Informationen, sondern nur viele Seufzer.

«Wo endet des noch, Herr Kommissar, des isch a schlimme Zeit, wenn jetzt sogar in Bad Wildbad junge Frauen verschwindet, des kann net sei. Des derf net sei! Aber der Herrgott, der Herrgott, der hat sein Auge uff alles.»

«Okay», sagt Schmälzle und kaut genüsslich weiter.

«Hen Sie scho im Asylantenheim nachgschaut?», fragt Frau Rudolph und fegt die gute Stimmung aus dem Raum. Houisch ist sie wie Jeannie aus der Flasche.

Schmälzle legt das angebissene Gebäckstück achtlos weg. «Man kann nicht alles auf Asylbewerber oder Geflüchtete schieben, weil man zu feige ist, in Betracht zu ziehen, dass der Nachbar der Täter sein könnte. Was ist denn das für eine Religion, die Sie da praktizieren, Frau Rudolph?», fragt er in einer Phonstärke, die gar nicht in die Puppenstube passt.

Frau Rudolph gafft ihn an, mit offenem Mund. Schmälzle lässt den Anstandsrest vom Flachswickel liegen und verabschiedet sich. Während er in langen Schritten zurück in die Bätznerstraße marschiert, hat der Zenmeister das letzte Wort: «Wenn du dem Buddha begegnest, töte ihn.»

«Vergiss es», sagt Schmälzle und knirscht mit den Zähnen. «Ich bin Bulle.»

Als er die Tür zum Posten öffnet, pustet sich Leonie eine Haarsträhne aus dem Gesicht. Sie stöhnt: «Gut, dass du da bist, Justin.»

«Was ist los?»

«Wieder hat einer eine gesehen, die alleine auf dem Kaltenbronn herumgelatscht ist, es aber nicht gewesen sein kann, weil sie zehn Jahre älter ausgesehen hat als die Lauer. Auch hat sie dunklere Haare gehabt. Und ich kündige, wenn ihr weiter alles auf mich abwälzt.» Dann füllt sie einen Notizzettel aus und legt ihn auf ihren Schreibtisch, wo bereits ein Turm gewachsen ist.

Schmälzle nimmt ein paar Zettel vom Stapel und liest: «Mittelgroß, mittelhübsch, mittelschlank.» Und immer wieder einen Satz, den Leonie rot geschrieben und zweifach unterstrichen hat: «Gibt es eine Belohnung?»

Leonie stützt ihren Kopf in die Hände, als würde er zehn Zentner wiegen.

«Geht doch», freut sich Schmälzle und setzt sich an seinen Rechner. Er sucht die Gegend nach Wegen ab, die Yvonne Lauer genommen haben könnte. Er zoomt auf 48° 43′ 6″ N und 8° 27′ 33″ O. Gegenüber dem Wildsee finden sich noch zwei kleinere Moorseen. Daneben und drum herum zeigt das Satellitenbild grün. Wald, Wald, Wald. Durchkreuzt und -quert von Wegen und verschlungenen Pfaden. Schmälzle fragt: «Wo ist eigentlich Harald?»

«Harry!», ruft Leonie der Tür zu, die sich gerade öffnet. «Willst du nicht auch etwas dazu beitragen, dass wir den Fall lösen? Oder sind Justin und ich das Dreamteam hier, und du gehst in Frührente? Dann kannst du dich auf die faule Haut legen, bis sie dir abfällt.»

«Leo!», sagt Scholz in besorgtem Tonfall. Dann stellt er sich hinter Schmälzle und schüttelt den Kopf. «Das ist ein riesiges Gebiet. Wie sie da rausgekommen ist, ist mir schleierhaft!»

«Harald, zum Sommerberg ist es nicht weit», sagt Leonie.

Schmälzle hat gerade eine Distanz vom Infozentrum Kaltenbronn über die Seen zur Sommerbergbahn von rund elf Kilometern errechnet. Er vermutet: «Sie wird die Bahn angepeilt haben, die sie ins Tal bringt. Ist an der Waldgaststätte vorbei zur Sommerberg gelaufen. Ein Klacks.»

«Für dich, Schmälzle, mag das ein Klacks sein. Aber elf Kilometer sind gut zwei Stunden Fußmarsch. Das ist kein Klacks», meckert Scholz. «Ich bin völlig fertig, ein Ende ist nicht in Sicht. Und wir schieben eine Überstunde nach der nächsten – das gab es hier noch nie! Erst seit du da bist. Schmälzle, Schmälzle.» Der Polizeipostenleiter saugt scharf die dicke Luft ein.

«Ich geh zum Bäcker und hol uns ein paar Stückle», sagt Leonie. «Danach hecken wir einen Schlachtplan aus – gemeinsam.»

«Für mich bitte nichts. Ich habe eben einen drei viertel Flachswickel verspeist!», ruft Schmälzle ihr hinterher.

Bepackt mit Gebäck und Leonies Notizzettelstapel, setzen sich die drei wenig später in den kleinen Besprechungsraum hinter der Polizeistube, den sie so gut wie nie nutzen. Aber heute kommt er gelegen, denn das Zimmerchen ist ohne Fenster. Und ohne Telefonanschluss. Nur vier weich gepolsterte Stühle und ein runder Tisch stehen in der Mitte.

«Sie könnte älter ausgesehen haben, nachdem sie nicht geschlafen und geduscht hat», sagt Schmälzle. «Und vielleicht waren ihre Haare einfach dreckig.» Er findet kein Gehör. Die Berechtigung von *da capo al fine* ist ihm schon als Kind im Klavierunterricht bewusst geworden, und so probiert er es noch mal, ein wenig vehementer: «Wir müssen jedem Hinweis nachgehen!»

117

Scholz kaut und knackt parallel mit den Fingern. Daumen. Zack. Zeigefinger. Zack. «Wir können nicht alle Ausflügler befragen, die im Sommer jeden Tag auf unserem Berg herumflanieren», sagt er mit vollem Mund. «Das sind Zigtausende!»

«Vielleicht hat sie einen heimlichen Liebhaber», sagt Leonie.

«Einen Verheirateten, mit dem sie durchgebrannt ist?» Scholz lacht.

«Jetzt haben wir die Wildbader um Mithilfe gebeten und wollen ihre Hinweise nicht verfolgen, weil sich die Herrschaften lieber Telenovelas erzählen?» Schmälzle schaukelt auf einem Stuhl, der dafür nicht geschaffen ist. Dann nimmt er Scholz ins Visier.

Der sagt: «Was ist mit ihrer Familie?»

«Der Vater ist nicht bekannt», sagt Leonie. «Die Mutter lebt auf Teneriffa, aber unter dem Namen Lauer ist kein Eintrag zu finden, nicht in Telefonbüchern, nicht in sozialen Netzwerken.»

«Sie könnte geheiratet und einen anderen Namen angenommen haben», meint Schmälzle.

«Leo, check das mal», befiehlt Scholz.

Die denkt nicht daran. «Während die Herren ständig ihre Schnitzel vom freien Fall über den Tellerrand bewahren, recherchiere ich mir die Finger wund. Mir reicht es. Aber echt!»

«Ich helfe dir beim Recherchieren», verspricht Schmälzle.

Scholz sagt: «Nicht nur im Internet surfen, Schmälzle, da ruft man die Kollegen an!»

Schmälzle deutet mit einem breiten Grinsen an, dass er nicht auf der Brennsuppe aus Haiti hergeschwommen ist. «Meine Frau spricht fließend Spanisch», sagt er.

«Du willst deine Frau da anrufen lassen?»

«Ärztin. Lebensgefahr und so.»

«Checker», sagt Scholz.

«Ermittler», sagt Schmälzle, und es gefällt ihm, Claudia zu involvieren. Eine gute Gelegenheit, einen Abend mit ihr zu verbringen, auch wenn er vielleicht nicht so lauschig wird, wie er es sich wünschen würde. Seit sie umgezogen sind, haben sie noch kaum eine Minute alleine verbracht. Entweder er hat Dienst. Oder sie.

Die Porsche-Aktien klettern wieder

Der Dritte holt ein paar dunkle Samen aus der Plastiktasche und hält sie Yvonne auf der flachen Hand hin, wie Hasenfutter. Sie steht noch immer unter der Tanne, die gut fünfzig Meter hoch ist und vielleicht sogar Hunderte Jahre alt. Der Umfang misst geschätzte eindreiviertel Meter. Das Seil, mit dem er sie hätte fesseln sollen, hat der Schwabe achtlos fallen lassen. Es liegt neben ihr auf dem Boden.

«Du gibsch ihr von dem Zeig?», fragt der Schwabe.

Yvonne verschließt den Mund, versiegelt ihn, indem sie krampfhaft die Lippen in die Mundhöhle zieht.

«Keine Angst, Süße», sagt der Dritte. «Ich hab dir gesagt, wir sind Schamanen! Das ist Medizin, die dir hilft. Wirst sehen, gleich schläfst du ein, schlummerst wie ein dralles Baby und wachst im Schlaraffenland auf.»

«Ist das giftig?» Bevor sie den Satz beendet hat, weiß Yvonne, dass es nicht klug war, den Mund zu öffnen. Denn blitzschnell hat der Dritte zwei winzige Kerne auf ihre Zunge gelegt. Dann hält er mit beiden Händen ihren Kiefer fest. Siegesrausch erhellt seine Gesichtszüge, als er den Befehl erteilt: «Erst kauen, dann schlucken.»

Der Baumlange, der mit einem Mal wieder da ist, läuft vor Yvonne auf und ab. «Hast gehört, *suka*, runter damit!», sagt er. Er hat beide Hände in den Hosentaschen versteckt.

Yvonne weiß, dass sie ihn nicht provozieren darf, auch den

Dritten nicht. Sie kaut auf den Kernen herum, sie schmecken bitter, sie schluckt sie schnell herunter. Wenig später fasst sie einen mutigen Entschluss: Sobald sich eine Gelegenheit findet, wird sie die Widerlinge vertreiben. Gemeinsam mit dem Schwaben. Der hat die Pistole! Er kann bestimmt damit umgehen, so, wie er das Häschen an den Ohren gepackt hat. Das tut keiner, der Angst hat vor der Welt! Sie wird seine Kameraden ablenken, wird ihnen eine Geschichte erzählen, wie Scheherazade wird sie die Typen mit Worten becircen, ja, das wird sie tun. Und wenn sie an ihren Lippen hängen, der Baumlange und der Dritte, wird der Schwabe seine Waffe ziehen und die Kerle abknallen, wie im Western, *ciaohnggg, pängg* und tot. Wie das Karnickel. Der Schwabe wird über den Lauf pusten und den Colt mit einer Drehung ins Holster stecken. Dann wird er mit ihr in den Sonnenuntergang reiten. Yvonne erschrickt über ihre Gedanken. Das ist nicht sie! Sie denkt nicht so! In ihrem Mund hängt noch immer der fade, bittere Geschmack der kleinen dunklen Kerne.

«Und?», fragt der Dritte.

«Ja», sagt Yvonne.

«Siehst du, nimm zwei – und Naschen ist gesund.» Der Dritte legt noch eine Handvoll Samen in ihre Handfläche, bis ihn das Vibrieren seines Handys unterbricht. Er kümmert sich nicht weiter um Yvonne, sondern redet in einem gewählten und höchst präzisen Oxford-Englisch mit dem Anrufer, bespricht einen Auftrag und diskutiert über Zahlen, die für Yvonne wenig Sinn ergeben. Aber eines kann sie gut verstehen: «Haaaaarlemmerstraat.» Das klingt nicht nach einer Straße in Bad Wildbad, auch in Calmbach heißen die Straßen Jahnstraße, Waldstraße oder Friedhofsweg, und selbst in Gernsbach oder Nonnenmiß gibt es keine *Straat*.

Gerade will sie die Samen, die in ihrer Handfläche liegen, auf den Boden werfen, da blafft sie der Schwabe an: «Brav! Schmeiß des Zeig weg! Au des in deiner Gosch.» Breitbeinig stellt er sich vor sie und tätschelt ihr die Wangen, bis sie den Mund öffnet und die restlichen Krümel auf den Boden spuckt. Dann streift sie mit der linken Hand die Samen aus ihrer rechten Handinnenfläche. Der Mann mit dem vertrauten Dialekt holt ein Blättchen Zigarettenpapier aus der Tasche und legt mit flinken Bewegungen getrocknetes Kraut aus der anderen Hosentasche hinein. Nachdem er sich versichert hat, dass der Dritte, der sein Gespräch beendet hat, wieder klebrige Früchte pflückt und nicht hersieht, stopft er noch ein anderes Kraut in die Zigarette und klebt die voll bepackte Rolle zu. Schließlich zündet er das dickere Ende an, zieht kurz daran und reicht Yvonne die Zigarette.

«Ich rauche nicht.» Yvonne fixiert angewidert die unförmige Zigarette.

«Zieh!» Seine Stimme klingt nicht, als dulde er Widerspruch.

Yvonne gehorcht. Zieht kräftig. Hustet. Und entschuldigt sich: «Ich habe noch nie geraucht.»

«Du bist ja richtig zu gebrauchen, Mann», freut sich der Dritte, der wieder neben Yvonne auftaucht ist. «Doppelt hält besser.» Er schnippt mit seinem Mittelfinger an den Hinterkopf des Schwaben und wird von einem Fluchen abgelenkt.

Der Baumlange steht vor einer Reihe gefüllter Plastiktüten. Er scheint sie zu zählen, hält bei der fünften verwirrt inne und beginnt von vorne.

Der Dritte schüttelt den Kopf und wendet sich erneut dem Schwaben zu. «Sammle weiter, wir müssen unsere zwanzig Kilo schon morgen abliefern. Wir haben erst die Hälfte. Ich sorge dafür, dass der Pfosten mitzieht und nicht nur die Plaste zählt. Wenn die Alte breit ist, gibst du Gas, verstanden?»

«Klar, Chef. Und dann krieg i meine Mäuse – sonsch hol i sie mir», sagt der Schwabe und wendet sich wieder Yvonne zu. Hat er gezwinkert? Keineswegs! Er umfasst sie mit einem derben Griff von hinten und schiebt die Zigarette tief in ihren Mund. «Zieh!», befiehlt er.

Yvonne versucht, den Rauch einzuatmen, verschluckt sich erneut, hustet, zieht abermals, bemüht sich, den aufkommenden Würgereiz zu unterdrücken, und schließt die Lider. Der Schwabe lässt von ihr ab. Langsam atmet sie den Rauch aus. Plötzlich ist es mucksmäuschenstill.

Yvonne spürt eine tiefe Entspannung, die ihren Körper flutet. Der Atem wird flacher, die Augen spähen ins Grüne, das unwirklich erscheint, freundlich, lieblich. Yvonne lächelt, die Welt ist wundervoll, alles um sie herum ist hell-, dunkel-, mittelgrün, und der Mann vor ihr sieht nett aus, so nett.

«Danke», sagt sie und schmachtet den Schwaben an. «Darf ich?» Gierig saugt sie an der Zigarette, die auszugehen droht.

«Des langt», sagt der Schwabe und zupft ihr den Stummel aus dem Mund. Dann pafft er selbst, zieht einmal, zweimal, wirft die geschrumpfte Kippe auf den Boden, tritt zu.

«Dud mer leid», sagt der Schwabe und lässt Yvonne stehen.

Sie überlegt, wofür sich der freundliche Mann bei ihr entschuldigt, und ergötzt sich am puren Dasein. Ihr Magen ist nicht mehr leer, der Schmerz hat sich in wohliges Gefallen aufgelöst. Einfach so.

Auf einmal ist sie allein. Vor ihr erstreckt sich das Feld, auf dem diese eigenartigen Gewächse stehen, deren Samen die Männer gepflückt haben. Yvonne hat solche Pflanzen noch nie gesehen.

Sie streift durch das Feld, alle Pflanzen sehen gleich aus, messen gut fünfzig Zentimeter, manche sind fast einen Meter hoch. Sie sind übersät mit zarten, blassen Blüten und haselnussgroßen Früchten. Das war es, was die drei gepflückt haben! Einige der Früchte sind offen und geben Einblick in ihr üppiges Innenleben, das aus unzähligen Samen besteht.

Yvonne tritt näher an das Grünzeug heran, beugt sich ein wenig nach unten, steckt ihre Neugierde in die Blüten. Ein strenger Geruch dringt in ihre Nase, doch die Pflanzen duften nicht, sie müffeln, nein, sie stinken, merkwürdig – so schön sie anzusehen sind, so abstoßend riechen sie. Sie pflückt ein Blatt, reibt es zwischen zwei Fingern, schnuppert daran. Sie schreckt zurück, auch das Blatt riecht scharf, wie ein Arzneimittel. Sie legt es auf ihre Zunge, leckt kurz an dem Blatt, spuckt es aus. Bitter! Die Pflanzen sind ihr nicht geheuer.

Es muss Zeit verstrichen sein. Der Hunger ist wieder da, es ist dunkel geworden. Die Männer sind nicht zurückgekehrt, auch die Plastiktüten sind verschwunden. Sie hat eine Weile geschlafen, obwohl sich Yvonne nicht daran erinnern kann, sich hingelegt zu haben. Wie spät es sein mag? Auch die Sonne ist von dannen gezogen, also müssen gut ein, zwei Stunden verstrichen sein. Yvonne huscht weiter durchs Feld, das gar nicht aufhören will, und kommt sich vor wie in einem Maislabyrinth. Sie wird waten, bis sich magische Kornkreise vor ihr auftun, Bilder im Boden, Botschaften, die zu deuten kein Mensch je vermochte. Warum hat sie der Schwabe zum Rauchen gezwungen, warum hat er ihr die Kerne aus dem Mund genommen? Vielleicht verkaufen sie die. Womöglich an die Kliniken hier, ja klar, der Dritte hat gesagt, sie sind Schamanen! Wahrscheinlich sind die Kerne kostbar, und natürlich wollen sie die Ware nicht einfach hergeben. Aber der Dritte wollte sie ihr schenken! Und sie hat sie achtlos auf den Boden geworfen.

Vorsichtig öffnet Yvonne eine der Früchte und löst mit den Kuppen von Daumen und Zeigefingern die Samen aus der Kapsel. Sie fallen auf den Boden – so fein sind sie, dass sie sofort aus den Fingern schlüpfen. Yvonne versucht es noch einmal, geht vorsichtiger ans Werk und behält ein Körnchen zwischen den Fingern. Kaum hat sie es in den Mund gesteckt, antwortet es wieder mit diesem bitteren, aber nicht unangenehmen Geschmack. Yvonne lässt ein, zwei weitere Samen auf ihre Zunge gleiten, kaut bedächtig, schluckt und fühlt sogleich, wie sich eine Wohligkeit in ihrem Körper ausbreitet, die dafür sorgt, dass sich der Hunger verkrümelt. Ein schweres, müdes Gefühl steigt in ihr auf, das sie wenig später in einen dornröschenartigen, von allen Sorgen erlösten Schlaf versetzen wird. Kurz darauf breitet sie die Arme aus und verliert sich im Himmel. Irgendwann legt sie sich ins Gras neben das Feld. Sie hat den Schmerz vergessen, sie weiß nicht, wo sie ist, wie spät es ist, und es ist auch völlig gleichgültig.

Sie guckt in die wolkenlose Weite, und ihre Augen folgen schemenhaften, gesichtslosen Silhouetten in bunten Farben, sie ergötzt sich an grün-gelb-blauen Drachen, die über ihr vorüberziehen, und streichelt ein Einhorn mit Glitzersteinchen auf dem Fell. Es fühlt sich an, als wäre es ganz nah. Es ist bei ihr, alle sind bei ihr, sie ist ein Teil von ihnen, vom ganzen Universum, sie ist stark. Yvonne versinkt im Spektrum des Regenbogens. Sie wird es schaffen. Sie wird alles schaffen. Nur sprechen wird sie nie mehr, denn ihr Mund ist trocken, und sie bringt keinen Ton heraus. Aber ihr Herz rast, es fühlt sich gut an. Es ist so groß, so rund und, ach, so weit.

Der Baumwipfelpfad
meldet Hochbetrieb

*E*s gibt Neues von der Enz.» Nachdem ihn vier Augenpaare neugierig taxieren, lässt Schmälzle den Luftballon platzen: «Claudias Teneriffa-Einsatz hat nichts gebracht.»

«Wieso?», fragt Leonie, heute in Blassgelb.

«Frau Lauer ist nicht auf Teneriffa, nicht auf Gran Canaria, nicht auf Lanzarote bekannt.»

«Fuerteventura?»

«Fehlanzeige.»

«Weil sie nicht mehr Lauer heißt. Weil Frauen immer noch so blöd sind, die Namen ihrer Männer anzunehmen», motzt Leonie. «So weit waren wir schon.»

«Da muss man halt das Standesamt bemühen», mischt sich Scholz ein.

«Läuft», sagt Schmälzle. «Aber erst müssen wir uns um Wichtigeres kümmern: Mein Informant, der Doktor im Ruhestand, hat gestern angerufen. Er hat einen Mann gesehen, der beim Super-Markt Kräuter gekauft hat.»

«Das steht bei mir auch auf dem Programm. Immer wenn ich meinen Wocheneinkauf mache», gibt Leonie zu bedenken.

«In horrenden Mengen», ergänzt Schmälzle.

«Der wird keinen originalen Borschtsch kochen!» Scholz leckt sich Lippen und Zweitagebart.

«Nimmt man dafür nicht Rote Bete?», sagt Leonie.

«‹Borschtsch› kommt vom polnischen ‹barszcz›, und das

heißt ‹Bärenklau›», sagt Scholz. «Aber du hast recht, da kommt Rote Bete rein. Plus Zwiebeln, Weißkohl, Karotten, Tomaten und, Schmälzle, pass auf: Rindfleisch! Wichtigste Zutat.»

«Du kochst?» Leonie klingt baff.

«Slawische Ex?», fragt Schmälzle.

«Großmutter, väterlicherseits», sagt Scholz.

«Justin, was ist mit den Kräutern?», fragt Leonie.

«Der Doktor hat den Mann gefragt, was er mit so vielen Kräutern vorhat. Stellt euch vor, der ganze Einkaufswagen ist voll davon gewesen. Der Kerl hat behauptet, das sei alles für ein spezielles Kräuterbad, das er am Wochenende nehme. Mit den Kumpels.»

«Der hat doch seinen Christbaum nicht weggeräumt», sagt Leonie.

«Es sei gut für die Potenz», sagt Schmälzle weiter.

«Echt?», fragt Scholz.

«Er hat den Doktor dann stehen lassen und ist aus dem Laden raus. Aber der Doktor ist ihm gefolgt und hat gesehen, wie der Kerl das Zeug im Heck eines Kastenwagens verstaut hat. Der Doktor hat sich rangeschlichen und hinter dem Hähnchengrillwagen versteckt.»

Leonie rümpft die Nase.

Schmälzle berichtet weiter: «Im Kofferraum standen noch mehr Plastiktaschen mit dem Aufdruck diverser Geschäfte. Mega-Markt, Hyper-Markt, was du willst. Überall haben Kräuter rausgelugt. Die Kräuter vom Super-Markt hat er danebengestellt. Der Doktor hat schnell gezählt, ist bis zweiundzwanzig gekommen, dann hat der Kerl die Hintertür geschlossen.»

«Der fährt von einem Laden zum anderen und kauft die Kräutervorräte leer?», fragt Scholz erstaunt. Bis die Erleuchtung über ihn kommt: «Dann geht es doch um Drogen.»

«Du meinst, die dealen Küchenkräuter? Das heißt, die rauchen Petersilie und Salbei?»

«Ein lohnendes Geschäft wär's», sagt Schmälzle.

«So ein Kräutertopf kostet keine drei Euro», sagt Leonie.

«Die hacken das klein, füllen es in Zwei- oder Drei-Gramm-Päckchen, sprühen synthetisches Cannabis drüber und verticken die Tüte für einen Zwanziger», überlegt Schmälzle.

«Und das Grünzeug dient als Füllstoff», sagt Scholz.

«Ein Kräutertopf füllt bestimmt zwanzig Tüten», schätzt Leonie.

Scholz holt einen gigantischen Taschenrechner, der vermutlich die Jahrtausendwende erlebt hat, aus der Asservatenkammer und hackt auf die Maschine ein. Dann rechnet er vor: «Die verdienen sich goldene Nasen! Zwanzig Päckchen mal zwanzig Euro macht vierhundert Euro minus ein Topf Salbei, Petersilie, Basilikum oder Dill für drei Euro. Das Ganze potenziert mit zehn, weil die sich ja nicht mit einem Topf zufriedengeben.»

Der Rechner rattert.

Scholz liest: «Dreitausendneunhundertsiebenundneunzig Euro. An einem Wochenende.»

«Vergiss das synthetische Cannabis nicht!», sagt Schmälzle.

«Was kostet das?», fragt Scholz.

«Geschätzte fünf Euro pro Gramm. Wenn sie sparsam sind, reicht ihnen ein Gramm für mehrere Tüten.»

«Wo bekommst du das?», fragt Leonie.

«Vermutlich da, wo Schmälzle seine Unterwäsche bestellt», sagt Scholz.

«Ich kann mir kaum vorstellen, dass du im Webshop von Hess Natur Cannabis ordern kannst. Synthetisches schon gar nicht», lacht Leonie.

«Check mal www.chillshop.de», knurrt Schmälzle.

Sie kehren zurück an ihre Schreibtische. Kurz darauf bearbeitet Leonie im flinken Zehnfingersystem ihre Tastatur und öffnet mit einem Affenzahn Fenster, schließt sie wieder und stellt fest: «Kein synthetisches Cannabis im Angebot von chillshop.de. Nur jede Menge Bongs und Vaporizer und Zutaten zum Pflanzen und Züchten, sogar Grow-Komplettsets sind im Angebot, auch ein Bewegungsalarm. Falls wir mal klingeln und das Cannabis-Wohnzimmer begutachten wollen.»

«Steht heute nicht auf der Agenda», sagt Scholz. «Vielleicht über die holländischen Shops?»

Leonie stöhnt auf. «Oh Gott», ruft sie, «das wird dauern.»

Schmälzle schlägt vor: «Gib mal ‹JWH-122› ein. Das hat Lothar im Blut des Enztoten festgestellt.»

«Die Wirkung kann sehr ‹couchlastig› sein», liest Leonie vor. «Wo steht das?»

«In einem Forum, Harald. Davon gibt's Hunderte. Die meisten sind mit *Seed*, *Grower* oder *Hanf* betitelt und hören auf den Nachnamen *Zone* oder *Burg*. Aber es gibt auch medizinische Einträge. Die Substanz JWH-122 wurde zunächst als Schlafmittel verwendet. Das Cannabinoid hat man hauptsächlich in die Räuchermischung *Monkees go Bananas* gemischt.» Leonie sucht weiter und wird fündig. «*Monkees go Bananas ist leider nicht mehr verfügbar, wir empfehlen stattdessen Crazy Monkees.*» Sie zitiert: «*Die alten Crazy Monkees wahren so strak und sehr unangehnem zu rauchen das sie nur für ein chilligen abend zuhause gedacht wahren ... Aber die neue Crazy Monkees wahr der ganze gegenteil von der alten ... wir wahren auch chillig drauf aber nicht so das die couch der beste freund wahr, es wahr sogar sehr lustig.*»

«Heißt, man kann sich das Zeug problemlos übers Internet besorgen?», fragt Scholz. «O tempora, o mores!»

Leonie wundert sich. «Warum kann man nicht einfach normales Cannabis nehmen, um die Küchenkräuter zu veredeln, wozu die ganze Synthetik?»

«Das wäre sonst viel zu schwach!», erklärt Schmälzle und weist auf den Erfinder der synthetischen Drogen hin, der das selbst gesagt hat.

«Der Mafiaboss ist hoffentlich hinter Gittern!», findet Scholz.

«Er lebt eher hinter hohen Mauern. Der ist Professor, im Ruhestand.»

«J. W. Huffman», liest Leonie und spricht das JW als Dschey Dabbelju aus: «Der plädiert selbst dafür, Marihuana zu legalisieren, weil die Wirkung der chemischen Drogen um ein Vielfaches höher und vor allem unberechenbarer sei.»

«Wozu hat er den Scheiß dann hergestellt?»

Schmälzle zuckt mit den Schultern. Nur Leonie hat eine Antwort parat: «Neurowissenschaft – er wollte herausfinden, wie das Gehirn auf cannabinoide Stoffe reagiert.»

«Hätten die feinen Herren nicht einfach einen Joint rauchen können?», sagt Scholz und schlägt vor, dass Leonie ihre Kinder in spe Google und Wikipedia nennen solle.

«Oder Tor», meint Leonie, und Schmälzle fragt: «Du surfst im Darknet?»

«Du nicht?», fragt Scholz.

«Hallo? Bin ich Cyberkriminalist?»

«Schmälzle, auch wenn wir hinter dem Mond leben, sind wir näher an der Sonne als ihr in Karlsruhe.»

«Kaum.»

«Allein unser Baumwipfelpfad ist vierzig Meter hoch. Plus die höchste Erhebung Wildbads mit siebenhundertsechsundzwanzig Metern macht siebenhundertsechsundsechzig Meter. Euer Turmberg bringt es nicht mal auf dreihundert.»

Leonie rollt die Augen weit in den Wimpernkranz hinein und sagt: «Dieser Dschey Dabbelju heißt John William Huffman, wurde 1932 geboren und hat vierhundertfünfzig synthetische Cannabinoide hergestellt.»

«Was der wohl verdient», seufzt Scholz.

Leonie berichtet weiter: «Er sagt, dass Vergiftungen durch diese Stoffe mit akuten Psychosen und der Verschlimmerung von zuvor stabilen psychotischen Störungen assoziiert sind. Synthetische Cannabinoide wirken meist euphorisierend und rufen psychoaktive Effekte hervor. Die populärsten unter den pflanzlichen Rauchprodukten sind K-2, K-3, Spice, Genie, Black Mombo, Potpourri, Buzz, Pulse, Hush, Mystery, Earthquake, Ocean Blue, Stinger, Yucatan Fire.»

«Genie?! Genau das Richtige für einen Polizeipostenleiter», sagt Scholz lachend.

«Und hier ist die Verbindung von JWH-122 und unseren Lufterfrischern: ‹Als methyliertes Analogon von JWH-018 wurde JWH-122 als Wirkstoff in spiceartigen Räuchermischungen nachgewiesen›», liest Leonie weiter.

«Passt», sagt Schmälzle.

Scholz zeigt auf die Uhr an der Wand, deren langer Zeiger den kurzen erneut gekreuzt hat. «Wo soll das noch hinführen, wenn nicht mal mehr geregelte Essenszeiten auf der Agenda stehen», schimpft er und zieht die Stirn nach oben, bis sie zerfurcht in seinen Geheimratsecken parkt.

Im KiWi wird die Spielzeit eröffnet

*E*r kickt die Matratze in eine Ecke, setzt sein Käppi auf, die drei fluoreszierenden Tannen schauen nach hinten, in die schöne Aussicht. Er ärgert sich, dass er eines der Käppis liegen gelassen hat, es ist ihm vom Kopf gerutscht, auf den Boden gefallen, irgendwo im Feld, er hat es nicht gemerkt, hatte sich vorher eine Spritze gesetzt.

Diese verdammten stinkenden Pflanzen. Er wird sie abrasieren, jede einzelne wird er plattmachen, bis keine mehr da ist. Von diesen Idioten hat er die Schnauze voll. Sie versauen ihm das Geschäft. Er ist der Profi. Er hat das Ding hochgezogen, hat die Idee mit dem Namen gehabt, mit dem Logo. Er hat das Merchandising in Auftrag gegeben, T-Shirts, Kulis, Käppis, alles voll professionell. Jetzt pfuschen ihm diese Dilettanten mit ihrer bescheuerten Mischung ins Business. Das lässt er sich nicht gefallen, das Imperium schlägt immer zurück. Alle Pflanzen killen, bis keine Wurzel mehr im Boden ist, heißt das im Klartext. Was glauben die, wer sie sind!

Dann hebt er einen Stoff auf, zarter Chiffon. Völlig verdreckt. Ein Damenblüschen. Hellblau. Größe S.

«Jetzt bringen die Spacken auch noch ihre Weiber mit», herrscht er das Ding an. Dann begreift er. Voll. Die Spacken haben sein Versteck entdeckt. Er wird sich eine neue Hütte suchen müssen. «Fuck!» Eine Staubwolke entweicht aus der Matratze, als Carl ihr einen erneuten Tritt versetzt.

Die Kurgäste halten Mittagsschlaf

Vielleicht ist es nicht der Nabel des Nordschwarzwalds, aber Calmbach ist ein bezauberndes Fleckchen mit vielen Friseuren, Metzgereien und Bäckereien. Mit voll behängten Blumentrögen, deren rosa-lila-blaue Pracht sich in der Enz spiegelt, die den Wildbader Stadtteil mittig teilt. Mit Menschen namens Rentschler. So wie Birgit, genannt Biggy – Bäsle von Scholz. Mittsechzigerin im Neo-Hippielook, die zu grauen Wallehaaren lange Kleider mit Ethnomuster trägt, wie Scholz auf der kurzen Fahrt in die Hauffstraße erzählt.

«Das ist sehr praktisch, Schmälzle.»

«Weil sie mit jeder Bewegung eine sanfte Bodenreinigung durchführt? Dann kann sie gern mal bei mir vorbeikommen.»

«Du, die Biggy hat mehr drauf: Die war nicht nur Chemielehrerin am Gymnasium, sie ist auch ein Ass in Biologie. Mit Gewächsen, die Zustände hervorrufen, in denen du nicht mehr Auto fahren sollst, kennt s' Bäsle sich super aus.» Scholz hängt seinen Arm aus dem Fenster und setzt die antike Sirene aufs Dach.

Nach drei Kurven Blaulichttest sitzen beide auf je einem gigantischen Sitzsack in einer Neubauwohnung, die mehr Bücher als Quadratzentimeter zählt. Nachdem sie ihren Vetter überschwänglich begrüßt hat, kocht Biggy Tee.

«Privatmischung», flüstert sie verschwörerisch, als sie die chinesischen Porzellantässchen füllt und aufpassen muss, dass ihre langen Haare nicht in die kostbare Flüssigkeit abtauchen. Die Herren nippen an ihren Tässchen.

«Keine Räucherstäbchen?», fragt Scholz.

«Du bedienst jedes Klischee», sagt Biggy.

«Ich mag Räucherstäbchen», sagt Schmälzle.

«Du isst auch Schnitzel aus Seitan», sagt Scholz.

«Schon mal Lupinenfleisch probiert?», fragt Biggy und wartet keine Antwort ab. Sie legt das getrocknete Kraut, das Scholz Paul abgeluchst hat, auf den Kaffeetisch. «Was ihr sucht, ist Bilsenkraut», sagt sie.

«Ach», sagt Scholz.

«Oh», sagt Schmälzle.

«Neben Salbei, Petersilie, Basilikum und Dill findet sich tatsächlich eine winzige Menge Bilsenkraut in euren Kräutern.»

«Heißt?», fragt Scholz.

«Das ist eine halluzinogene Droge», klärt Biggy auf. «Sie wurde bereits im Mittelalter konsumiert. Damals wurde sie vor Operationen eingesetzt.»

«Das Anästhetikum der alten Quacksalber?» Scholz klingt überrascht.

«Sozusagen. Aber Bilsenkraut hat vor allem eine berauschende Funktion. Es war als Hexenkraut bekannt und Bestandteil von Flugsalben. Weil es hochwirksame sogenannte Tropanalkaloide wie Atropin, L-Hyoscyamin und Scopolamin enthält. Wenn du zu viel davon naschst, kann es dich in die ewigen Jagdgründe befördern.» Obwohl sie ungläubige Blicke erntet, sät Biggy die Saat ihrer botanischen Kenntnis weiter aus: «Keine Pflanze gleicht der anderen, jede ist völlig unberechenbar in der Wirkung. Daher werden bei Ritualen meist die Samen und Blätter geraucht, weil sie niedriger dosiert werden können. Da hat man mehr vom Rausch.»

«Wieso?», fragt Schmälzle.

«Geringe Dosis, lange Rauchzeremonie, nachhaltige Wirkung. Keine wirkliche Gefahr.»

«Du scheinst aus Erfahrung zu sprechen, Bäsle.»

Biggy schmunzelt und weiß mehr: «Wenn du einen im Tee haben willst, kannst du auch ein paar Blätter mit heißem Wasser aufbrühen, Harald. Schmeckt vielleicht nicht, aber wirkt. Du musst nur aufpassen, dass du keinen über den Durst trinkst. Sonst locken Atemlähmung, Koma, Exitus.»

«Was macht so ein Tee mit mir?», fragt Scholz und linst in sein Porzellantässchen.

«Deine Haut rötet sich, dein Mund wird trocken, die Pupillen weiten sich. Dann setzen Halluzinationen ein, du bist erregt, hysterisch, manisch. Du hast Herzrhythmusstörungen, Krämpfe, kommst ins Delirium, du verlierst die Kontrolle. Zum Beispiel über deinen Schließmuskel.»

Amüsiert studiert Schmälzle seinen Vorgesetzten, der beim Wort Schließmuskel den Mund leicht geöffnet hat.

«Dennoch ist es in gewissen Kreisen durchaus an der Tagesordnung, Nachtschattengewächse wie Bilsenkraut als Droge zu konsumieren. Im späten Mittelalter wurde es in den Badehäusern verwendet: Auf glühende Kohlen gelegt, entstand Rauch, der stark aphrodisierend wirkte.» Biggy widmet sich wieder ihrer Teezeremonie. Vorsichtig gießt sie die tiefgelbe Flüssigkeit in die Tässchen.

«Funktioniert das? Mit dem Aphrodisiakum?», fragt Scholz und versucht, auf seinem Sitzsack vorzurücken, doch die Polystyrol-Kügelchen drängen ihn immer wieder zurück.

Biggy lacht. «Probier es aus.»

Schmälzle grient in sich hinein. Die Chemielehrerin gefällt ihm.

«‹Ilse Bilse, keiner willse›», sagt Biggy.

«Das ist ein Kinderreim!»

«Und ein Hinweis auf die Kraft des Bilsenkrauts. Keiner wollte es im Garten haben, so sehr war es verschrien.»

«‹Kam der Koch und nahm sie doch›?», zitiert Scholz.

«Eben, er hat das Kraut in den Topf gesteckt.»

«Nicht sehr romantisch.» Scholz greift nach dem Tee. Erst schnüffelt er kurz daran. Dann taxiert er das Bäsle, das ihm aufmunternd zunickt.

«Das ist ein Märchen von Johann Karl August Musäus aus dem 18. Jahrhundert. Die angeblich böse Bilse, um die sich so viele Mythen und Sagen ranken, hat die Menschen seit jeher fasziniert. Aber sie hat ihnen vor allem Angst eingeflößt.»

Während Schmälzle den Tee in einem Zug leert, nippt Scholz zaghaft an seinem Tässchen, als würde er Biggy nicht trauen.

Die redet weiter: «Zunächst habe ich auch geglaubt, dass in eurem Lufterfrischer nur Küchenkräuter sind. Aber der Geruch hat mich skeptisch gemacht. Auch als ich die Mischung mit meiner Präzisionslupe untersucht habe, war die Zuordnung nicht einfach. Ich habe das Bilsenkraut an ein paar dunklen, winzigen Samen erkannt. Dann habe ich Frau von Bingen befragt.»

«Die Hildegard!», sagt Schmälzle.

«Ja, ich habe meine Kräuterbibel aus dem Bücherschrank geholt und eine Abbildung des Bilsenkrauts entdeckt. Nur deshalb bin ich dem Geheimnis auf die Schliche gekommen.»

«Und was meint die heilige Hildegard zum Kraut?»

«Sie empfiehlt es als Gegenmittel zum Rausch! Das Prinzip nennt sich *similia similibus curentur*, das ist wie in der Homöopathie. Man darf sie nur in winzigen Dosen konsumieren, sonst ist sie hochgiftig, die schwarze Bilse.»

«Die den botanischen Namen *Hyoscyamus niger* hat», sagt Schmälzle, der auf seinem iPhone herumdaddelt. «Aber warum nimmt einer Bilsenkraut, wenn er von einer synthetischen Droge auch high wird?»

«Billiger», vermutet Scholz, «und einfacher zu bekommen.»

Biggy schüttelt den Kopf. «Oh nein, es ist sehr aufwendig, *Hyoscyamus niger* in großen Mengen zu züchten. Dazu müssen die Böden stickstoffreich sein. Das schaffst du nur, wenn du sie regelmäßig düngst. Außerdem ist die Pflanze einjährig, das heißt, du musst sie jedes Jahr neu anpflanzen und hochpäppeln. Auch ist Bilsenkraut eine Langtagpflanze, die erst ab einer Tageslänge von elf Stunden blühen kann, also nur im Sommer. Von Juni bis Oktober.»

«Da muss einer schon Biologe sein oder Landschaftsgärtner! Wer hat sonst so ein umfassendes Pflanzen-Knowhow», sagt Scholz. Biggy zuckt mit den Schultern.

Schmälzle deutet auf sein Handy und sagt: «Kriegst du heute alles raus.»

«Ja, wenn man sich ein 6 s leisten kann!» Scholz beäugt sein Android-Modell der zweiten Generation.

«Noch einen Tee?», fragt Biggy.

Als sie wieder auf der Straße stehen, blickt Scholz lange am Haus hoch. «Mir ist so sonderbar im Kopf. Wattig, irgendwie. Und deine Pupillen sind größer als sonst, Schmälzle. Meine auch?»

Schmälzle sieht ihm in die Augen und schüttelt den Kopf.

«Meinst du, sie hat uns ein Nachtschattengewächs in den Tee getan?»

Schmälzle bekommt seinen Mund kaum auf. Ihm ist, als wären seine Lippen versiegelt, und das Innere seines Kopfes fühlt sich an wie mit Ahoi-Waldmeisterbrause gefüllt. So hat Biggy doch den Tollkirscheneffekt beschrieben! Er behält es für sich. Aber er überlegt, ob es smart ist, in diesem Zustand zu fahren.

Scholz fixiert das Fenster von Biggys Wohnzimmer und sagt: «Ich habe früher immer geglaubt, sie ist eine Hexe. Bestimmt beobachtet sie uns gerade und guckt, ob wir uns lallend um den Hals fallen oder halluzinierend in einen Gully steigen.»

«Harald, du bist paranoid», sagt Schmälzle, folgt aber dem Blick des Kollegen und schreckt zurück, als er einen Schatten im Fenster sieht. Er schüttelt den Kopf und atmet tief durch. «Die Kraft der Einbildung übersteigt die der Bildung um ein Vielfaches», sagt er.

Scholz nickt und sagt: «Du bist außerordentlich weise, Schmälzle. Außerordentlich.» Er versucht mehrfach, mit dem Autoschlüssel das Schlüsselloch zu treffen. «Wenn wir so weitermachen, kehren wir ermittlungstechnisch in die Steinzeit zurück. Aber Schmälzle, hast du gesehen, was da alles in der Küche rumstand, ich meine, diese Töpfe mit dem vertrockneten Grün-, Rot-, Gelb- und Braunzeug drin?»

«Harald, dir haben die Schatten der Nacht zugesetzt», sagt Schmälzle, dem die Worte vom Bäsle nicht aus dem Kopf gehen wollen: «Nicht nur Bilsenkraut und Tollkirsche, auch Engelstrompeten sind ein aggressives Suchtgift, das zu Selbstverstümmelungen führen kann.» Das stimmt ihn ganz und gar nicht himmlisch, denn diese Trompeten wachsen in seinem Rosengarten. «Das im Regal waren sicher bloß Tees», sagt er. «Alles Bio.»

«Auch kein Botaniker, verstehe», sagt Scholz.

«Harald, sie ist deine Cousine!»

«Du kennst meine Familie nicht», sagt Scholz ernst, blickt Schmälzle mit großen Augen und geweiteten Pupillen an und drückt das Gaspedal durch.

Zur Zeit der großen Finsternis

Wolfram ist da!

Er hat sie gegen das Brustbein gestoßen. Er hat den Lauf einer silbernen Pistole gegen sie gedrückt, wieder und wieder. Er hat sie gedrängt zurückzuweichen. Er hat sie gezwungen, sich auf dem weich und weicher werdenden Waldboden rückwärts zu bewegen. Seine blauen Augen haben sich in ihre gebohrt. Sein Blick ist in ihrem verschwunden. Er hat sich in ihrer Seele eingenistet. Sogar an der Schläfe hat sie ihren Puls gespürt. Rückwärts, immer weiter rückwärts. Ganz langsam, mit jedem Schritt, sind ihre Füße tiefer eingesunken, tiefer und tiefer. Während der Wind leise gewispert hat, hat sich das Moor an ihre Knöchel geschmiegt. Es hat ihre Oberschenkel sanft umspielt. Wie ein weiches Bett hat es sich angefühlt, wohlig und warm.

Dann wieder: dieses Kichern, das laut in ihre Ohren gedrungen ist. Wolfram hat sie ausgelacht. Hat sich über sie lustig gemacht. Über die dumme Yvonne, die alles tut, was man von ihr verlangt. «Yvonne ist 'ne Nonne, wiegt 'ne Tonne», hat sie Wolfram rufen hören. Tränen sind ihr ins Gesicht geschossen, der Strom hat sich mit dem Morast vereint, der sich nicht mehr weich und warm angefühlt hat, sondern klebrig war und stinkend.

Sekunden sind Minuten sind Stunden geworden. Die Angst ist in ihr aufgestiegen, ist Millimeter für Millimeter nach oben gekrochen. Bis zum Hals und weiter. Yvonne hat den Mund aufgerissen, um zu atmen, und das Moor hat sie geholt: Ihr Mund hat sich gefüllt mit Schlamm. Mit jedem Atemzug ein wenig mehr. Ein Röcheln noch, dann nichts. Außer Stille. Stille. Endlich Ruhe.

Ein Mützchen Schlaf hätte es noch sein dürfen

Rausch ausgeschwitzt?» Schmälzles muntere Stimme bahnt sich ihren Weg um die Zeitung herum, die Scholz vor sich ausgebreitet hat. Der Polizeipostenleiter blickt auf, sein Blick bleibt mitten im Raum stehen.

«Wer weiß?»

«Ich hab noch mal über das Bilsenkraut nachgedacht.»

«Und?»

«Im Hirsch hat man auch Alkaloide gefunden.»

«Schmälzle! Es ist Montagmorgen! Ich kann noch nicht selbständig denken.»

«Lothar hat gesagt, das schwarze Bilsenkraut ist ein Unkraut, das im Bauschutt gedeiht.»

«Jep.»

«Und dass Tiere so was nicht aus Übermut fressen.»

«Doppel-Jep.»

Scholz knackt mit dem rechten Zeigefinger, bevor Schmälzle loslegt: «Wenn der Hirsch eine Überdosis intus hatte und es zum Moor geschafft hat, obwohl er Doppelbilder gesehen hat und folglich nicht weit gekommen sein kann, muss in der Nähe ein Bilsenkrautfeld sein.»

«Du meinst, jemand baut in der Nähe des Moores Bilsenkraut an?» Scholz schaut von der Zeitung auf.

«Irgendwo auf dem Kaltenbronn.»

«Der Bannwald ist riesig!»

«Da geht so was in großem Stil.»

«Und der Hirsch hat davon genascht, weil er es nicht als Bilsenkraut erkannt hat.»

«Weil es da, wo er es gefunden hat, nicht hingehört.»

«Es wächst an einem Ort, an dem es normalerweise nicht gedeiht», mischt sich Leonie ein, die gerade zur Tür hereinkommt.

Scholz bekräftigt die Theorie: «Sondern dort, wo es ein paar Ganoven hingesetzt haben.»

«Das Einzige, was mich stutzig macht, ist die Aussage deiner Cousine.» Schmälzle setzt sich an seinen Schreibtisch und holt den Reismilch-Macchiato aus seinem Rucksack. «Sie hat gesagt, es sei aufwendig, Bilsenkraut zu kultivieren.»

«Ja.» Scholz lehnt sich auf seinem Schreibtischstuhl zurück und trommelt auf seine Vesperbox. «Aber wenn es einen Haufen Geld abwirft ... Es gibt genug Leute, die dafür Regenwürmer kultivieren würden.»

«Was ist mit dem Ergebnis aus dem Labor?» Schmälzle wendet sich Leonie zu. «Haben die was in Pauls Mischung gefunden?»

«Ja», sagt Leonie und fügt hinzu: «Nichts.»

«Wie nichts?»

«Es gab keine Spuren von synthetischen Cannabinoiden in Pauls Lufterfrischer. Die Forensik hat alle Tests durchgeführt.»

«Biggy hat auch nichts erwähnt», sagt Scholz.

Schmälzle fügt hinzu: «Synthetische Cannabinoide kannst du schwer nachweisen. Nicht mal mit einem THC- oder Cannabis-Test.»

Leonie weiß mehr: «Dazu brauchst du einen Amphetamin-Test. Und Urin.»

«Urin hat das Bäsle nicht gehabt», sagt Schmälzle.

«Das Labor auch nicht», grummelt Scholz vor sich hin.

«Die haben andere Methoden», sagt Schmälzle.

«Okay, ihr Schlaumeier.» Scholz lässt den Polizeipostenleiter raushängen. «Aber da ist was faul. Beim Enztoten wurden JWH-122 und Bilsenkraut festgestellt. Und im Lufterfrischer, den der Kerl auf der Wilhelmstraße an Paul verhökert hat, hat Biggy Bilsenkraut gefunden, aber laut Labor ist kein JWH drin. Ist das so?»

«Korrekt», sagt Leonie. «Das heißt?»

«Es sind zwei unterschiedliche Drogen im Spiel», folgert Schmälzle.

Scholz öffnet die Vesperbox und holt ein Schinkencroissant heraus. «Du brauchst also kein JWH für einen kleinen Drogentrip. Es reicht Bilsenkraut – und womöglich ist das auch noch legal», meckert der Polizeipostenleiter und beißt zu.

«Die Frucht wird als anderthalb Zentimeter lange Deckelkapsel beschrieben, in der man graubraune, grubig vertiefte Samen findet. Fünfzehn davon, und ein Kind ist tot», liest Leonie aus dem Internet vor.

«Und die Küchenkräuter sind Füllstoff», ergänzt Schmälzle. «Damit es sich lohnt.»

Ein Blick auf ihren Bildschirm, und Leonie weiß es besser: «Petersiliensamen wirken psychoaktiv. Sogar Salbei kann geraucht werden. Hier steht, das beruhigt.»

«Und ist nicht illegal», flucht Scholz.

«Auch Beifuß wird gepafft und sogar in der traditionellen chinesischen Medizin verwendet. Und getrocknete Dillspitzen halten als Marihuana-Ersatz her», liest Leonie weiter.

Schmälzle geht ein gigantisches E-Werk auf: «Die mischen Bilsenkrautsamen unter psychoaktive Küchenkräuter und potenzieren den Rausch!»

«Wenn außerdem noch Synthetik im Spiel ist ...», spinnt Leonie den Faden weiter.

«Dann haben wir bald mehr Tote, als diese Kurstadt verkraftet. So eine Mischung ist unberechenbar.»

«Du meinst, wir könnten es mit einer dreifachen Droge zu tun haben, in der Küchenkräuter, Bilsenkraut und synthetisches Cannabis auf einmal stecken?» Scholz schluckt, rekapituliert aber schnell: «Da kauft einer also Küchenkräuter im Laden, hackt die klein, mischt in die einen Tüten Bilsenkrautsamen, veredelt die anderen mit einem synthetischen Cannabinoid. Wenn er Lust hat, nimmt er beides auf einmal – und dann verkauft er das an die Jugendlichen unserer Stadt?»

Leonie schaut vom Rechner auf. «Womöglich ist eine Bande involviert.»

«Eher zwei Banden, die sich vielleicht noch bekriegen», vermutet Schmälzle.

«Die eine verwendet Bilsenkraut, die andere JWH! Das ist es!» Scholz scheint den Ausflug zu den Schatten der Nacht endgültig überwunden zu haben. «Dann bringt die eine den Straßendealer der anderen um, damit der ihnen nicht länger ins Geschäft funkt.»

«Oder weil die erste Bande auf das synthetische Cannabinoid der zweiten scharf ist. Damit sie nicht länger Bilsenkraut pflanzen muss, was eine Heidenarbeit ist.»

«Als Dankeschön legt sie dem Straßendealer Küchenkräuter aufs Grab?» Leonie fältelt die Stirn. «Das ergibt keinen Sinn.»

«Lothar hat gesagt, es gibt keinen Hinweis auf Gewalteinwirkung», gibt Schmälzle zu bedenken.

Scholz knurrt. «Wir konzentrieren uns erst mal auf diesen verdammten Lufterfrischerverkäufer. Wir müssen den endlich festsetzen!»

«Ich lass ihn zur Fahndung ausschreiben», sagt Leonie.

«Hat der Doktor eigentlich eine Beschreibung des Mannes abgeliefert, Leonie?»

«Bei mir nicht.»

«Ich brauch was Handfestes», sagt Scholz und schließt seine Vesperbox.

Schmälzle bittet Leonie, die Adresse des Informanten herauszufinden, damit er eine Täterbeschreibung einholen kann. Wie blöd, dass er ihn nicht nach seinem Namen gefragt hat, aber die Anhaltspunkte «älteres Baujahr», «Praxis in Baden-Baden» und «mit kleinem Kläffer unterwegs» genügen ihr. Nanosekunden vergehen, dann sagt Leonie: «Dr. Vollmer heißt der Mann. Wohnt ganz in der Nähe.»

Scholz zögert kurz, willigt aber ein, Schmälzle zu begleiten. So türmen die beiden Beamten in einem geradezu unanständigen Tempo aus dem Polizeiposten. Man könnte meinen, sie wollten die unendlichen Abgründe der Halbwelt zuschütten, die im Schatten der kleinen Kurstadt ungestört ihr Unwesen treibt. Das werden sie sicher tun. Später. Was sie jetzt im Sinn haben, ist ein Katerfrühstück. In der Wirtschaft.

Die dritte Bahn nach Pforzheim
fährt gerade ab

*J*ust, für dich.» Claudia reicht ihrem Mann das Telefon. Festnetz. Es ist so früh, dass er an seinen Reismilch-Macchiato nicht mal hat denken können. Selbst Claudia steht der Schlaf in den Augenwinkeln.

«Guten Morgen, Herr Kommissar, Vollmer hier, Doktor Vollmer. Ich habe eine Neuigkeit für Sie», kommt eine ältere Stimme, männlich, aus dem Hörer. Es ist der Vornehme von der Wilhelmstraße. «Ich habe eine Entdeckung gemacht», sagt er.

Schmälzle kann seine Freude kaum unterdrücken und meint: «Das passt gut, ich habe sowieso nach Ihnen fahnden wollen.»

«Ist denn noch einer aus der Enz gefischt worden?», fragt Dr. Vollmer.

«Keine Sorge», sagt Schmälzle, «wir haben bloß noch einen Hirsch geborgen. Aber wir brauchen die Beschreibung des Lufterfrischerverkäufers – die sind Sie uns schuldig geblieben.» Dann fragt er höflich nach den Pelargonien und den Buschwindröschen, aber dem Doktor scheint das peinlich zu sein.

«Ich weiß, ich belästige Sie schon wieder», sagt er, «aber es ist wirklich wichtig. Diesmal kann ich nicht nur eine Täterbeschreibung abgeben, ich weiß auch mehr über diesen Dealer. Der hat es wieder gewagt, kleine Päckchen an Jugendliche zu verkaufen. Diese Chuzpe! Das dürfen wir nicht hinnehmen,

Herr Kommissar! Das sind doch Kinder! Unsere Wildbader Kinder.»

«Allerdings», sagt Schmälzle.

«Eine gute Nachricht hab ich trotzdem», sagt der Doktor. «Der ist nicht der Hellste, so wie er sich verhalten hat.»

Als Schmälzle drängelt, erklärt Dr. Vollmer, dass der Mann kein gutes Deutsch spreche, ja, womöglich gar kein Deutscher sei. Ein Schwabe sei es auf keinen Fall und ein Badener auch nicht, der Kommissar müsse sich mal vorstellen, dass ihn der Mann mit «Alter» angesprochen habe. Das tue kein Schwabe! Und ein Badener erst recht nicht. Er wisse, dass er nicht der Jüngste sei, aber das sage man einem nicht ins Gesicht.

Schmälzle tröstet den Doktor damit, dass man ihn auch öfter «Alter» nenne, das sei heutzutage quasi ein Synonym für «Hallo» oder «Guten Tag». Dann verabreden sie sich, im Polizeiposten, in einer halben Stunde. Vorher wiederholt Schmälzle das mit dem Synonym noch einmal, denn der Doktor will nicht glauben, dass man in Bad Wildbad neuerdings «Ey, Alter» statt «Guten Tag» sagt.

«Claudi, ich muss los, bist du so lieb und machst mir einen Kaffee?», ruft Schmälzle, als er mit einem Fuß schon halb in der der Duschtasse steht und den Kaltwasserhahn aufdreht.

«Frühstückst du nicht mit uns?», ruft Claudia aus dem Wohnzimmer zurück. Nur der Wasserhahn gibt eine Antwort.

«Natürlich nicht», meckert sie das Rauschen an und tapst in die Küche. Während sie mit dem Milchaufschäumer hantiert, der im Hause Schmälzle neuerdings «Schäumer» heißt, was sie völlig ignoriert – schließlich nennt man Reismilch ja auch Reismilch, obwohl da kein Tropfen Milch drin ist –, wirft Schmälzle die Haustür in die Angel. Ohne Kaffee. Ohne Abschied. Ohne Servus.

So kommt es, dass der neue Kommissar der Kurstadt noch vor sieben Uhr morgens die Pforte zum Polizeiposten aufschließt, so früh, dass man meint, die Tür wäre in ihrem langen Dasein noch nie zu dieser Zeit geöffnet gewesen, was so nicht sein kann, weil der Posten einst vierundzwanzig Stunden am Tag besetzt sein musste. Das war vor seiner Zeit. Als im Kurstädtchen noch Ordnung herrschte.

Dr. Vollmer steht bereits vor der Tür und meint, er habe gerne auf Schmälzle gewartet. Seinen haarigen Begleiter hat er nicht dabei. Er folgt Schmälzle in die Polizeistube und nimmt seinen Hut ab. Für sein Alter trägt er erstaunlich volles Haar in dunklem Blond, akkurat geschnitten. Dazu einen eleganten Trenchcoat, der aussieht, als wäre er einmal sehr teuer gewesen. So wie die rahmengenähten Schuhe.

«Schön, dass Sie sich Zeit genommen haben, Dr. Vollmer, was haben Sie denn gesehen?», fragt Schmälzle und bittet den Besucher, vor dem Schreibtisch Platz zu nehmen. Dann holt er seinen Stuhl hinter dem Schreibtisch hervor und stellt ihn neben den des Doktors. Einträchtig sitzen die beiden Männer beisammen – Vater und Sohn, könnte man meinen.

«Nun, dieser hochgewachsene Mann hat sich wieder auf der Wilhelmstraße herumgedrückt. Seine Ausdrucksweise hat einen osteuropäischen Einschlag gehabt, ich habe lange nachgedacht, wo der herkommt, ich vermute aus Georgien oder der Ukraine. Ein Russe kann es kaum gewesen sein, das kann ich als ehemaliger Baden-Badener mit fester Überzeugung behaupten, denn da gibt es beinahe mehr Russen als Badener. Ich hatte ja eine Praxis, früher, in meiner Zeit als Internist. Sie müssen wissen, dass ich inzwischen im Ruhestand bin.»

Schmälzle nickt. Dann drängelt er.

«Herr Müllerschön hat mich angerufen, weil ich ihm von

meinem neuen Kontakt zur Polizei erzählt habe. Ich habe gesagt, dass dieser Kontakt aktiver sei als der zum Herrn Scholz, von dem böse Zungen behaupten, er verbringe sein Leben in der Wirtschaft», sagt der Doktor und zwinkert Schmälzle zu.

Der wundert sich, dass ein Doktor der inneren Medizin so weit ausholen kann – die haben doch nur fünf Minuten pro Patient! Aber sein Doktor ist Ex und plappert weiter: «Dieser Lulatsch hat wieder junge Leute angesprochen und Päckchen gegen Geldscheine eingetauscht. Der Erwin ist aus seinem Laden gestürmt und ist dazwischengegangen. Die Kinder …»

«Kinder?», fragt Schmälzle.

«Na ja, Halbstarke halt. Aber das waren Wildbader! Viele von ihnen habe ich behandelt, als sie noch kleine Kinder waren», sagt der Doktor, «ich hatte ja einen Ruf damals, als Arzt. Die Leute sind von überall zu mir gekommen.» Sie einigen sich auf Zwölf- bis Vierzehnjährige. «Aber diesmal konnten die nicht abhauen wie letztes Mal, weil die Helga auch aus dem Laden getreten ist und sich auf die andere Seite der Fußgängerzone gestellt hat. Weiter oben, ans Ende der Fußgängerzone.»

Schmälzle fragt. «Helga?»

«Die Frau vom Erwin.»

«Aha.»

«Der Erwin hat also unten gestanden.»

«Ja, das hatten wir schon», sagt Schmälzle, der das Tempo der Konversation auf Trab zu bringen versucht, denn vom Galopp sind sie weit entfernt.

«Der Kerl mit dem östlichen Akzent hat wieder begonnen, seine Gute-Luft-Geschichte zu erzählen, aber er ist nicht weit gekommen, weil sich der Erwin an den Kopf getippt hat. ‹So blöd kann kein Wildbader sein, Lufterfrischer zu kaufen, wir haben die beste Luft weit und breit, das ist Bullengeschiss!›

hat er geschrien, der Erwin. ‹Bullengeschiss›», wiederholt der Doktor und lacht. «‹Kannst du auch als Badesalz verwenden›, hat der Lulatsch gesagt, ‹Geschenk für Frau. Vielleicht hast du Freundin. Willst Frau loswerden.› Dazu hat er Wellenbewegungen angedeutet und geröchelt. Dem Erwin ist der Kragen geplatzt. Er hat gesagt: ‹Ich hol mein Jagdgewehr!›»

«Jagdgewehr?», fragt Schmälzle.

Der Doktor nickt und sagt: «‹Hol doch›, hat der Lulatsch gesagt, und als der Erwin mit dem Gewehr auf die Wilhelmstraße zurückgekehrt ist, war der Lulatsch weg. Hat sich einfach verdünnisiert», sagt der Doktor.

«Und die Jugendlichen?»

«Die waren auch verschwunden.»

Schmälzle unterbricht kurz und fragt, ob der Gast auch einen Kaffee wolle. Der nickt. Also ruft Schmälzle im einzigen Café der Stadt an, dem die Existenz von Soja- und Reismilch bewusst ist, und ordert einen normalen Kaffee und einen Reismilch-Macchiato. Der Doktor ist erstaunt, dass der Kommissar nicht die Kaffeemaschine benutzt, die im Vorzimmer steht, und fragt, ob er keine Sekretärin habe.

Schmälzle sagt: «Wenn man so hohen Besuch hat, ist der Kaffee vom Café gerade fein genug.»

Als die Bedienung mit zwei großen Kaffeebechern die Polizeistube beduftet, wirft der Doktor i. R. ein Päckchen auf den Tisch. Es ist schwarz. Metallfolie. Mit drei neongrünen Tannen bedruckt. Und neongrünen Lettern: Black Forest High steht darauf. Quer über die Tannen ist handschriftlich in Weiß geschrieben: C'mon fli with me.

Schmälzles Herz hüpft, ob ‹fly› nun falsch geschrieben ist oder nicht. «Wo haben Sie das her?», fragt er.

«Hat der Kerl fallen gelassen, als er getürmt ist.»

«Darf ich das ins Labor geben?»

Dr. Vollmer nickt und zieht einen Zettel aus der Tasche. «Aber es wird nicht nötig sein.»

«Wieso?», fragt Schmälzle.

«Ich habe es untersuchen lassen. Im Labor meines Vertrauens.» Ein Lächeln huscht über das sonst so ernste Gesicht des honorigen Mannes. «Ich bin Internist gewesen», sagt er.

«In Baden-Baden», sagt Schmälzle und fürchtet, dass er seine Geduldsfäden weit dehnen muss.

«Ich habe zwanzig Jahre lang eine Praxis geführt, bevor ich mich hier zur Ruhe gesetzt habe. Und dabei habe ich mit einem Labor kooperiert, zu dem ich noch immer gute Kontakte pflege.» Zu diesen Worten legt der Doktor i. R. ein DIN-A4-Blatt auf den Schreibtisch. Schmälzle lässt von seinem Reismilch-Macchiato ab und liest laut vor: *«Salvia officinalis.»* Langsamer liest er weiter: *«Radix Petroselini, Ocimum basilicum, Anethum graveolens.»*

«Küchenkräuter», sagt der Doktor i. R. triumphierend. «Salbei, Petersilie, Basilikum und Dill. In jeder Wildbader Küche zu finden. Aber», schon landet sein imposanter rechter Zeigefinger auf zwei lateinischen Worten, «jetzt wird's interessant: Sie haben auch *Hyoscyamus niger* gefunden.»

«Schwarzes Bilsenkraut», sagt Schmälzle.

Dr. Vollmer blickt überrascht auf. Woher Schmälzle das wisse, will er wissen, habe er ihm bloß weisgemacht, dass er keinen grünen Daumen besitze? Aber nein! Schmälzle hat mehr auf Lager: «Wird seit dem Mittelalter genutzt, um Rauschzustände zu erzeugen.»

«Korrekt», sagt der Internist i. R., aber so ein Doktor scheint immer noch einen Trumpf in der Hand zu haben. Und so lehnt er sich in seinem Stuhl zurück, genüsslich fast, um zu zitieren:

«Da ich im Garten schlief, / Wie immer meine Sitte nachmittags, / Beschlich dein Oheim meine sichre Stunde / Mit Saft verfluchten Bilsenkrauts im Fläschchen, / Und träufelt' in den Eingang meines Ohrs / Das schwärende Getränk.»

Schmälzle schläft fast ein, da beschleunigt der Doktor sein Tempo wieder: «Nicht nur Hamlet war ein Bilsenkrautkundiger, nein, auch die alten Germanen haben ihre Wurfspieße mit Bilsenkraut vergiftet. Und sogar die Kelten haben den Rauch inhaliert, um in einen Trancezustand zu gelangen. Aber den größten Coup hat ein Kollege aus dem 12. Jahrhundert gelandet. Der hat seinen Schlafschwamm mit Hyoscyamin, Opium und Schierling getränkt und die Mischung in Operationen als Narkosemittel eingesetzt. Ist es nicht unglaublich, was diese Pflanze für eine vielseitige Wirkung hat, Herr Schmälzle?» Der kämpft mit seinen Augenlidern. Bis der Doktor abschließend erklärt: «Bilsenkraut ist sogar Ursprung des Namens Pilsen – des Ortes, wo das gute Pils gebraut wird.»

Das wird Schmälzle dann doch zu viel, und er schüttelt den Kopf: «Nie und nimmer.»

«Sie können mir das ruhig glauben, Herr Schmälzle. Ich bin Wissenschaftler, kein Märchenonkel.»

Hernach gesteht der Doktor noch, dass er einst bei einem medizinischen Kongress Herrn Rätsch getroffen habe, einen Ethnopharmakologen, den man auch den Drogenpapst nenne – weil er jede Droge nicht nur pharmakologisch, sondern obendrein im Selbsttest untersucht habe. «Ein Mann mit großem Wissen! Auch wenn er in medizinischen Fachkreisen ein wenig umstritten ist, ist er doch sehr unterhaltsam.»

Schmälzle kann kaum glauben, dass sich der Doktor endlich leergeredet hat. Er fühlt sich bestätigt: Im Lufterfrischer, von dem er jetzt weiß, dass er *Black Forest High* heißt, stecken Küchenkräuter plus eine geringe Menge Bilsenkraut. «Und synthetische Cannabinoide?», fragt Schmälzle. «Wie sieht es mit denen aus?»

«Ich habe mit dem Labor lange eng kooperiert und mit Dr. Junghans die eine oder andere Golfpartie gespielt, in Bad Herrenalb. Falls es Sie interessiert, Herr Kommissar: Das ist ein hervorragender Neun-Loch-Court! Auch was die Untersuchung angeht, kann ich Ihren Eifer bändigen. Wenn Dr. Junghans sagt, das ist alles, dann ist die Liste vollständig.»

Schmälzles Gesichtsausdruck verrät Anflüge des Zweifels, aber nur dem, der ihn kennt, und der Doktor i. R. kennt ihn nicht so gut. Wie Lothar erwähnt hat, sind Cannabinoide mit einem herkömmlichen THC-Drogentest nicht nachweisbar. Natürlich gibt es spezielle Testverfahren, doch selbst wenn inzwischen alle bekannten JWHs in der Anlage des Betäubungsmittelgesetzes aufgeführt sind: Warum hätte das Labor von Dr. Vollmer sich die Mühe machen sollen, die Kräuter nach sämtlichen synthetischen Cannabinoiden zu untersuchen?

Nachdem sich die beiden Herren kräftig die Hände geschüttelt haben, sagt Dr. Vollmer: «Ich werde die längst fällige Täterbeschreibung bei der Kollegin abgeben, und natürlich halte ich mich für eine Gegenüberstellung zur Verfügung. Falls Sie überlastet sind, Herr Kommissar – einfach durchbimmeln! Ich biete gerne meine Dienste als Hilfssheriff an. Ich möchte nur, dass hier in Bad Wildbad nicht länger Drogen an Kinder verkauft werden – das kann ich nicht zulassen, und wenn es mich meine ganze Freizeit kostet!»

«Keine Sorge, Dr. Vollmer», sagt Schmälzle. «Das kostet Sie gar nichts – außer Steuern.»

Der Doktor i. R. mustert ihn kurz sorgenvoll, dann schreitet er über die Holzdielen zur Tür und nimmt die wenigen Stufen hinunter auf die Bätznerstraße. Zurück bleiben Schmälzle und eine Mordswut: Ganz egal, ob Kinder oder Jugendliche, sobald dieser Dealer wieder auftaucht, wird er ihn am Schlafittchen packen und hinter Gittern absetzen. Ein Schmälzle lässt sich doch nicht am Nasenring spazieren führen!

Der Bäcker geht schon schlafen

Der Geruch im Foyer ist antiseptisch, wie das ganze Ambiente. Ein 1970er Jahre Betonbau, mitten in der Natur. Innen nackte Wände, grauer Boden. Ein paar Gestalten huschen an Schmälzle vorbei, ausdruckslos, durch die Glastür, um den Wald zu verpesten und den Lungen wieder einmal zuzurufen: Macht euch keine Sorgen, es ist die letzte! Oder die vorletzte. Ehrlich, ich habe alles im Griff.

Schmälzle sitzt auf einem Stuhl, der keine Lümmelhaltung duldet. Er wartet auf seine Audienz. Und nein, er wird heute nicht antiseptisch sein. Er wird seine niederen Instinkte gebrauchen. Er wird den Professor dazu bringen, ihn Meißner befragen zu lassen. Er wird laut werden, wird alle Register ziehen, ja, er wird sogar die Joker «Presse» und «Ruf der Klinik» aus dem Kartenstapel ziehen. Er wird das Spiel gewinnen und sich nicht wieder wie ein Schuljunge abkanzeln lassen – der Wichtigtuer soll ihn kennenlernen! Schmälzle wird Meißner so lange in die Zange nehmen, bis dieser sich lückenlos zum Tathergang äußert. Und wenn der Professor Meißners Verhandlungsunfähigkeit aus dem Hut zaubert? Auch dann findet er einen Weg.

«Mit dem Verschwinden der jungen Frau hat Meißner nichts zu tun», hat der Professor am Telefon wiederholt und Schmälzle auf die höchste Palme gebracht, die Haiti je gesehen hat. «Er rührt keine Nahrung mehr an, er ist in Trauer, tief verletzt und zu schwach für ein Verhör. Er hat die junge Frau schließlich vergöttert.»

In Schmälzle sind Bilder der Götterdämmerung aufgestiegen, und er hat geschnaubt: «Und wo ist Frau Lauer dann?»

«Ist es nicht Ihre Aufgabe, das herauszufinden?», hat der Professor gesagt und aufgelegt.

Also hat Schmälzle bei der Sekretärin angerufen. «Ich muss den Professor dringend sprechen, persönlich, in Gegenwart von Wolfram Meißner.» Als die Sekretärin gezögert hat, hat er geschnurrt: «Sie sind doch quasi selbst Profilerin», und geschleimt: «Ohne Ihre Mithilfe kommen wir nicht weiter. Sie wissen, was ‹Gefahr im Verzug› bedeutet, wo Sie doch jeden Krimi dies- und jenseits der Enz gelesen und obendrein gesehen haben? Oder muss ich eine Vorladung schicken?»

Zwanzig Minuten sitzt er jetzt hier und vergräbt sich immer tiefer in seine Gedanken, als ihn die Sekretärin des Professors abholt. «Herr Kommissar, wie schön, Sie zu sehen!», flötet sie, die Haare offen, frisch geföhnt.

«Ja, ja, Sie auch», bemüht sich der Kommissar.

«Professor Werner erwartet Sie!»

Schmälzle folgt dem engen Bleistiftrock und dem Klackklack schwarzer Pumps, läuft einen endlosen Schlauch entlang bis zu einem Zimmer, das nicht das Büro des Professors ist.

«Herr Meißner ist schon da – und der Professor kommt gleich», sagt sie und ist wieder weg. Hat sie gezwinkert?

Schmälzle betritt den Raum. Meißner sitzt an einem langen Tisch, und der Kommissar nickt ihm zu. Meißner sieht kurz auf. Ungelenk stopft er einen Zipfel seines grau gemusterten Hemds in die Hose, die ordentlich zugeknöpft ist.

«Guten Morgen, Herr Meißner», sagt Schmälzle. «Sie erinnern sich an mich?»

Meißner steht nicht auf. Er gibt Schmälzle nicht die Hand, nickt nicht, hält die Arme vor dem graugrünen Muster verschränkt, die Hände unter den Ellbogen versteckt. Mit trotziger Miene studiert er den Tisch. Schmälzle kann sein Glück kaum fassen und überlegt, wie er seine Solo-Minuten maximal nutzen kann. Er setzt sich an den Besprechungstisch, der neben einfachen Stühlen, einer Wanduhr und zwei nichtssagenden Bildern das Mobiliar des Raumes ausmacht. Meißner gegenüber. Spart sich den Smalltalk. Fragt: «Was haben Sie gesehen?»

Meißner versenkt die Arme tiefer.

«Am Wildsee. Auf dem Kaltenbronn», bohrt Schmälzle weiter.

«Hm», grummelt Meißner.

«Sie haben etwas gesehen, als Sie spazieren waren. Mit Frau Lauer.» Schmälzle nimmt Meißner ins Visier. Der studiert den weißen Tisch. Die Uhr an der Wand tickt. *Tack. Tick.*

«Erzählen Sie!» Höflich anfangen funktioniert immer. «Bitte.» Ein zweites Mal auffordern, diesmal weniger höflich, heißt dasselbe noch mal, ohne «Bitte». Dann noch weniger höflich. Mit anderen Worten. Und demselben Ergebnis. Meißner blickt starr auf den Tisch. *Tick, tack, tick, tack.* Die Zeit rennt.

«Was haben Sie mit der jungen Frau angestellt?» Schweigen. Schmälzle spürt, dass ihm bald der frisch gebügelte Hemdkragen platzt. «Ich höre!» Er hebt seine Stimme, erst ein wenig, dann mehr und noch ein bisschen, bis der Schalldruckpegel 65,07 Dezibel misst.

«Was haben Sie mit ihr angestellt? Sind Sie ... klar sind Sie! Sie sind ihr an die Wäsche!» Er umfasst mit beiden Händen die Tischkante.

«Los, reden Sie, meine Zeit ist kostbar!»

Keine Antwort.

«Was ist da oben passiert?»

Keine Antwort.

«Haben Sie sie ins Moor gestoßen? Ich weiß, dass Sie es waren. Also, wie haben Sie's getan?»

«Moment, Herr Kommissar, so funktioniert das nicht.» Eine markante Stimme sticht Schmälzle in den Rücken.

Der Kommissar blickt hinter sich. Der Professor trägt ein weißes Poloshirt. Mit Krokodilabzeichen.

«Bei ihm funktioniert das nicht wie bei anderen», sagt das Krokodil.

«Und wie funktioniert das bei ihm?», antworten Polizeischriftzug, Stern und Stauferlöwe, die Schmälzle heute Morgen aus dem Schrank gezogen hat. Zur Vervielfachung seiner Autorität.

Dennoch beschließt er, auf Los zurückzugehen und es auf Samtpfoten zu versuchen, auch wenn er weiß, dass die ihm nicht stehen. So sagt er erst mal nichts weiter.

«Herr Meißner», sagt der Professor, rückt Steve Jobs auf seiner Nase gerade und setzt sich neben Meißner auf einen der freien Stühle, der ebenso hart aussieht wie der, auf dem Schmälzle hockt. «Wollen Sie dem Herrn Kommissar nicht erzählen, was Frau Lauer und Sie getan haben, oben auf dem Berg?»

Meißner schaut den Professor an.

«Haben Sie vielleicht ein Picknick gemacht und ein wenig geplaudert? Worüber haben Sie denn gesprochen?»

Meißner glotzt den Professor an und fragt: «Wo ist Wonnchen?»

«Das wissen wir nicht, Herr Meißner, der Kommissar versucht, es mit Ihrer Hilfe herauszubekommen!»

«Wieso hat sie mich nicht abgeholt? Heute ist Dienstag!»
Bockig, verschanzt in seinem eigenen Universum, denkt
Schmälzle.

«Gleich treten wir aus dem Samsara ins Nirvana», sagt
er.

«Bitte?», fragt der Professor.

«Hierbei kommt nix rum.»

Der Professor schüttelt den Kopf und wendet sich wieder
seinem Patienten zu: «Sie ist nicht bei Ihnen gewesen, Herr
Meißner, und es entzieht sich unserer Kenntnis, wo Frau Lauer
ist. Die Polizei sucht sie.»

«Ich hab auf Wonnchen gewartet», sagt Wolfram.

Das Jämmerliche in seiner Stimme treibt Schmälzles Blutdruck weiter in die Höhe, und er fragt: «Wo haben Sie Frau
Lauer zuletzt gesehen?»

«Auf dem Berg», sagt der Jammerlappen.

«Wo ist sie dann hin?», fragt der Kommissar.

«Weiß nicht.»

«Weiß nicht?»

«Weiß nicht.»

«Waren Sie nicht bei ihr?»

«Nein, nicht mehr.»

«Was haben Sie mit ihr angestellt?» Schmälzle wird das
Samtpfötchentragen lästig. «Sie ist weg, und Sie sind der Letzte,
der sie gesehen hat!» Dabei hat er sich erhoben und ein wenig
Testosteron ausgebreitet. «Der Allerletzte!» Unbeeindrucktes
Schweigen. Die ventrale Halsmuskulatur des Kommissars hebt
und senkt sich. «Was hast du mit ihr angestellt?»

«Was sie verdient hat», sagt Meißner. Wehklage ade, die
Stimme ist so wenig wahrnehmbar wie die flüsterleise Spül-
maschine, die Schmälzle letzte Woche bestellt habt. Aber der

Mann klingt bestimmt. Klar. Neue Saiten. Neue Tonlage. Neue Wahrheit.

«Moment, haben Sie das gehört?» Der Kommissar verfügt über geschulte Lauscher und richtet seinen Ermittlerblick auf den Professor.

«Was?», fragt der und lugt von seinem Notizblock empor, auf den er unleserliche Kommentare kritzelt. Alles ist weiß an ihm, stellt Schmälzle fest. Der Notizblock, auf dem er schreibt, das Poloshirt, das er trägt, der Tisch, an dem er sitzt, sogar die Wände vor, hinter und neben ihm. Die pure Unschuld.

«Er hat gesagt: ‹Was sie verdient hat›, das müssen Sie doch gehört haben.» Schmälzle hat sich von den Samtpfoten noch ein Stückchen mehr entfernt, und es scheint, als würde er sie heute nicht mehr anlegen.

«Was hat sie denn verdient, Herr Meißner?», mischt sich der Professor ein und legt seinem Patienten die Hand auf den Unterarm.

«Das halt», kommt es aus Meißner, spülmaschinenleise.

«Was?» Schmälzle wird lauter. «Was soll das heißen?» Keine Reaktion.

«Wollen Sie es uns nicht verraten?», fragt der Professor, sanft.

Meißner will es nicht und schüttelt den Kopf. Einmal hin, einmal her.

«Vielleicht ist sie in Gefahr, Herr Meißner! Wollen wir Wonnchen nicht gemeinsam suchen, dann kann sie wieder Ausflüge mit Ihnen machen», sagt der Professor, immer noch ruhig und verständnisvoll.

Meißner reagiert nicht.

Sanftmut kommt vor dem Fall, und dieser Fall ist tief, schreit es in Schmälzle, und er sagt: «Mit dem Gesäusel kommen wir nicht weiter.» Dann ändert er die Strategie und erklärt dem Professor, dass ihm sein Süßholzgeraspel auf den Zeiger gehe – nicht auf den kleinen, nein, auf den großen Zeiger! Danach beugt er sich so weit über den Tisch, wie es sein Oberkörper vermag, stützt die Ellbogen ab, lässt seine Augen in die des mutmaßlichen Täters funkeln. «Was hast du mit ihr angestellt?»

«Herr Schmälzle, ich muss sehr bitten!» Die Stimme des Professors schnappt fast über.

«Mit der Wir-haben-uns-alle-lieb-Stuhlkreis-Methode kommen wir nicht weiter, Herr Professor! Ich spreche jetzt mit Ihrem Patienten. Alleine.» Schmälzle setzt seinen grimmigsten Blick auf und bemüht sich, nicht daran zu denken, dass der Claudia immer zum Lachen bringt.

Der Meister der Psyche hält beide Hände hoch, als würde er verhaftet. Nicht nur das, er verlässt obendrein den Raum. Freiwillig. «Fünf Minuten. Keine Sekunde länger.»

Nachdem der Professor die Tür hinter sich geschlossen hat, steht Schmälzle auf und stellt sich breitbeinig neben den mutmaßlichen Täter. Von oben sieht er auf ihn herab. «Wir zwei reden nun Tacheles.»

Meißner sitzt am Tisch und schweigt. Die Arme hat er nicht mehr verschränkt, sie hängen links und rechts schlaff an ihm herunter. Ohne Vorwarnung schlägt Schmälzle mit der Faust auf den Tisch. Meißner zuckt zusammen.

«Du erzählst mir auf der Stelle, was mit Yvonne Lauer los ist, was du mit ihr gemacht hast, wo du sie hingebracht hast, wo du sie versteckst, kapierst du das?»

Meißner klopft mit dem rechten Fuß auf den Boden. Schmälzle hat den Rhythmus bereits gehört, aber er kann ihn nicht zuordnen.

«Ich rede mit dir!»

Klopf, klopf, tick, tack. Wolfram starrt auf den Tisch. Schmälzle zieht sich einen Stuhl heran, beugt sich nach vorne, ganz nah an Meißner heran, und rührt sich nicht. Ihm laufen die Minuten davon, sein Herz klopft schnell und schneller, als könnte dies die Zeit ausdehnen. Keine Reaktion. Bis Meißner mit dem Oberkörper von ihm abrückt und Schmälzle es hört.

«Die Schlampe.»

Moment! Das sind nicht Schmälzles Worte gewesen, und der Professor hat den Raum verlassen. Meißner hebt den Blick und grient ihm ins Gesicht. Hellwach. Schmälzle ist, als fiele eine überdimensionierte Schwarzwaldtanne auf sein neues Haus. «Sag das bitte noch mal.»

Meißner setzt dazu an, den Blick wieder in den Tisch zu bohren, und Schmälzle weiß, dass er die Fassade seines Gegenübers einreißen muss, bevor die fünf Minuten abgelaufen sind.

«Du nennst Yvonne eine ‹Schlampe›? Was bist du für ein Arschloch!» Er weiß sehr wohl, dass die Aneinanderreihung dieser neun Buchstaben im Wortschatz eines Hauptkommissars nicht vorkommen sollte.

Meißner grinst. «Frag Professorchen, er wird dir beibringen, dass du nicht so schlimme Sachen sagen darfst. Und die fünf Minuten sind um, bumbum.» Meißner verschränkt seine Arme und sieht den Kommissar frech an.

«Ich bestimme, wann die Zeit um ist.» Schmälzle tritt zur Tür und stellt einen Fuß davor. «Eines kann ich dir schon jetzt sagen: Du kommst in den Knast! Du bist der Letzte, der Yvonne lebend gesehen hat. Niemand wird dir glauben, dass du ihr nichts getan hast.»

«Wonnchen, mein Sonnchen», reimt Meißner.

«Du hast sie vergewaltigt! Geschändet hast du sie. Wenn du sie nicht gleich totgeschlagen hast.»

«Wonnchen ist nicht tot.»

«Wo ist sie dann?»

«Bei den drei Männern.»

«Was für drei Männer?»

«Sie ist böse zu ihnen gewesen. Sie wollten sie an den Baum binden.»

«Wer wollte sie an einen Baum binden?»

«Sag ich doch, die drei Männer!» Meißners Ton wird schärfer.

«Und was hast du getan?»

«Nichts.»

«Du hast sie drei Männern überlassen, die sie an einen Baum binden wollten? Was bist du für ein weinerliches Weichei!»

«Ich bin kein Weichei», schreit Meißner und springt auf, «die hatten einen Revolver!»

«Was?» Schmälzle glaubt, sich verhört zu haben.

«Nichts.»

Hat er sich verhört? «Du hast eben gesagt, da war eine Waffe.»

«Nein.»

«Wie, ‹nein›?»

«Hab ich nicht gesagt.»

«Doch, hast du gesagt.»

«Sie hat sich nicht mehr bewegt.»

«Weil du sie getötet hast, erfindest du drei Männer, die es in Wirklichkeit nicht gibt. Du willst von deiner Tat ablenken!»

«Du lügst, ich habe ihr nichts getan.»

«Wer dann?»

«Hörst du mir nicht zu? Die drei Männer, habe ich gesagt!»

«Wie sahen die aus?»

«Weiß nicht.»

«Weil es sie nicht gibt.»

«Wenn ich sage, es gibt sie, dann gibt es sie.»

«Wo sind sie dann?»

«Weiß nicht.»

«Du hast sie erfunden! Du hast Wonnchen umgebracht, hast sie erst gefesselt, dann getötet. Aber vorher hast du dich an ihr vergangen. Anders bist du ja nicht an sie rangekommen. Würstchen, du.»

«Nein, hab ich nicht!», schreit Meißner. Als würde er einer göttlichen Eingebung folgen, singt er auf einmal mit glockenklarer Stimme: «Er reitet durch den grünen Wald.»

«Eh, nicht ablenken.»

«Juja, jujaaaa ...»

Zu spät. Wenn er unter Stress ist, singt er, hat der Professor gesagt. Er ist unter Stress, da ist sich Schmälzle sicher, und auch, dass es diese drei Typen nur in Meißners Phantasie gibt. Er weiß von Claudia, dass Traumatisierte Ich-Anteile verdrängen, von sich abspalten können, dass Meißner seine Tat womöglich auf die Männer projiziert. Er muss den Mann dazu bringen, ein volles Geständnis abzulegen, und er braucht einen Zeugen. Wo ist dieser Professor? Wenn er einmal von Nutzen sein kann ...

«Gar lustig ist die Jägerei», singt Wolfram.

Schmälzle kann Volkslieder nicht ausstehen, aber der Inhalt könnte wichtig sein. «Was ist das für ein Lied, Wolfram, warum singst du das?»

«Ein Jäger aus Kurpfalz», tönt es weiter, «der reitet durch den grünen Wald, / er schießt das Wild daher, / gleich wie es ihm gefällt. / Jujaaaa, juja! Gar lustig ist die Jägerei, / allhier auf grüner Heid. / Allhier auf grüner Heiiiiid!»

Ein Gewehr. Ein Schießwütiger. Eine Vermisste. Der Mann singt ihm seine Geschichte vor! Durch Schmälzles Hirn rattern Gedanken wie aus einer vollautomatischen Handfeuerwaffe. Ergebnis? Schmälzle, Mann! Nichts hast du in der Hand. Gar nichts.

Die Sommerbergbahn wird wegen Wartungsarbeiten ausgesetzt

*E*r hat gesungen», sagt Schmälzle, als er wieder in die Polizeistube stürmt.

«Der Drogendealer?», fragt Leonie, die in einer herben Parfümwolke hereinschwebt.

«Meißner!»

«Respekt, Kollege.» Lobeshymnen singt Scholz für gewöhnlich nicht, und schon gar nicht vor Dienstschluss.

Schmälzle berichtet, dass Meißner ein Lied geträllert habe, worauf der Kollege meint, der tiriliere dauernd, wonach Schmälzle ihn darauf hinweist, dass es der Text sei, der zähle, was Scholz ungläubig die Nase kräuseln lässt. «Stehst du jetzt auf Volkslieder?»

«Er spricht über seine Taten in Form von Volksliedern. Kennst du den *Jäger aus Kurpfalz?*»

««Der rrrrreitet durch den grünen Wald›.» Scholz beendet seine Darbietung mit einem Schnalzer.

«Ich fürchte, das wird nichts mehr mit der Gesangskarriere», sagt Leonie, während sie ihre Handtasche durchwühlt. «Ich glaub, ich habe mich ausgeschlossen! Mein Schlüssel ist weg.»

«Wie geht das Lied weiter?», fragt Schmälzle, der zu sehr in Fahrt ist, um sich um seine Kollegin zu kümmern.

«Was weiß ich», sagt Scholz und zuckt mit den Schultern.

««Und schießt das Wild daher»», zitiert Leonie.

«Genau das hat er mir ins Gesicht gesungen, als ich gefragt

habe, was er mit der Lauer angestellt hat, nachdem er sie an den Baum gefesselt hat!»

«An welchen Baum?», singen Scholz und Leonie im Duett.

«Er hat behauptet, drei Männer hätten Yvonne an einen Baum binden wollen. Und einer von denen habe einen Revolver gehabt.»

«Was für drei Männer?», fragt Scholz.

«Er bildet sich das nur ein, um von sich und seiner Tat abzulenken», sagt Schmälzle. «Es gibt keine drei Männer.»

«Weist es nicht eher auf eine Psychose hin, wenn er Menschen sieht, die es gar nicht gibt?», überlegt Leonie. «Ich dachte, er hat eine bipolare Störung.»

«So hat es der Professor ausgedrückt.»

«Sind die Übergänge da nicht fließend?», fragt Scholz und wendet sich wieder an Schmälzle: «Wenn er Frau Lauer tatsächlich erschossen hat, wo hatte er die Waffe her?»

«Wir müssen ihn so lange bearbeiten, bis er gesteht.»

«Aber wir haben keine Leiche gefunden.»

«Wir haben auch keine Frau Lauer gefunden.»

«Kann einer von euch ein Schloss aufbrechen?», funkt Leonie dazwischen. Sie hat ihre Handtasche auf den Kopf gestellt und sich auf den Boden gekniet, wo sie jetzt die herausgefallenen Lippen-Augenbrauen-Khol- und Kajalstifte aufsammelt. Die Holzdielen kommentieren jede Bewegung mit einem übermütigen Knarzen.

«Klar!» Schmälzle erinnert sich an den misslungenen Überfall des Kaufladens vor zweiunddreißig Jahren. Danach hat ihm der Onkel gezeigt, wie man als Erwachsener vorgeht. Er ist mit Schmälzle zur Nebentür gegangen, hat galant eine Plastikkarte zwischen Tür und Rahmen gesteckt, am Knauf gerüttelt und gleichzeitig die Karte nach unten geschoben, bis die Tür aufgesprungen ist. Schmälzle ist aus dem Häuschen gewesen. Bis der Adoptivpapa, damals noch Richter im Amt, den Onkel gebeten hat, das Haus zu verlassen. Aber Schmälzle, damals noch Justy, hat genau zugesehen. Dennoch schlägt er vor, einen Schlüsseldienst anzurufen und sich lieber darum zu kümmern, Meißner in die Bätznerstraße zu zitieren.

«Der gesteht nicht einfach so», sagt Scholz.

«Ganz abgesehen davon, dass er seinen Rottweiler dabeihat.»

«Du meinst den Professor? Schmälzle, hör zu: Wir sind die Polizei. Wir werden wohl an ein Geständnis kommen, wenn wir eins brauchen.» Hernach spricht Scholz ein Polizeipostenleiterwort: «Leo, du bist dran!»

Die nickt und organisiert eine Vorladung für Meißner. Für morgen. Aber erst kickt sie ihre Tasche unter den Tisch. In die Stube dringt ein klapperndes Geräusch.

«Deine Schlüssel, Leo!» Scholz verdreht die Augen und wendet sich an Schmälzle: «Das ist jetzt das zwölfte Mal.»

In aller Herrgottsfrüh

*E*igentlich kein Grund zur Aufregung, so ein Mittwoch-
morgen, auch die Wolkenformationen zeigen sich im Modus Passiertmalwiedernix, aber: Meißner will der Vorladung in
den Polizeiposten folgen, hat es aus der Psychiatrischen Klinik
geheißen.

Während er seinen Kaffee schlürft, geht Schmälzle das kom-
mende Szenario gedanklich durch. Der Verhörte wird den
Rottweiler im Schlepptau haben. Der wird sich vor seinen Patienten stellen. Er wird behaupten, Meißners Urteilsvermögen
sei zweifelhaft. Die Klinik hat ein Gutachten durchgefaxt, das
ihm eine schwere bipolare Störung bescheinigt. Was könnte
Meißner also passieren? Zwangsunterbringung in einer psychiatrischen Einrichtung? Eine Farce – schließlich ist er da
bereits. Dennoch wird er Meißners Schuld beweisen. Das allein ist Aufgabe eines Kommissars. Alles andere ist Sache des
Gerichts.

Es ist noch keine sieben Uhr, als Schmälzle in die Alte Steige
spurtet und Gluteus maximus, minimus und medius auf den
Fahrradsattel schwingt. Es wird ein Schmälzletag, das spürt
er. Er ist gewappnet – mit einer Strategie und einem eisernen
Willen. Wenige Minuten später bindet er sein Ross vor dem
Polizeiposten mit dem Spiralschloss fest und betritt die Stube.
Er hat seinen Reismilch-Macchiato in einem Thermosbecher
mitgebracht und knallt ihn auf den Schreibtisch.

Es wird heute einen Durchbruch geben. Denn er wird eine Befragungsmethode anwenden, die aus den USA kommt. Aus Chicago, wo es an einem Wochenende schon mal hundert Schießereien gibt. Will sagen: alles höchst effektiv – und illegal. Die Kollegen haben ihm vor zwei Jahren zum Geburtstag ein Webinar geschenkt, das er begeistert absolviert hat. «Damit knackst du die härtesten Hunde», haben sie erklärt. Er würde die Methode niemals einsetzen, hat Schmälzle gedacht. Aber er weiß, dass nie niemals eintritt und der Zenmeister immer recht hat: «Es ist wichtiger, etwas zu können, das man nicht braucht, als etwas zu brauchen, das man nicht kann.»

Er wird damit beginnen, harmlose Fragen zu stellen und ein kleines Geplänkel mit dem Verdächtigen zu führen. Schön lange. Bis der Erste gähnt, sei es nun Meißner oder der Professor. Müdigkeit, Achtlosigkeit – der Moment, in dem er ein, zwei provozierende Fragen einstreut, ganz beiläufig. Meißner wird reagieren, sich am Kopf kratzen oder wegggucken, auf dem Stuhl hin und her rutschen, husten, aufstehen, den Professor ins Visier nehmen oder ein bescheuertes Volkslied singen. Schmälzle wird Scholz bitten, jede körperliche Reaktion zu beobachten und zu notieren, um ein Profil von Meißner zu erstellen: Wie reagiert er, wenn er sich in die Enge gedrängt fühlt, wie verhält er sich, wenn er eine Ausrede sucht, wie sieht er aus, wenn er lügt, was deutet darauf hin, dass er die Wahrheit sagt. In einer Verhörpause werden Schmälzle und Scholz die Aufzeichnungen analysieren. Danach zünden sie Stufe zwei: Sie konfrontieren Meißner mit seiner Tat.

Schmälzle wird sagen: «Ich weiß, dass du es warst. Du hast Yvonne Lauer umgebracht.» Er wird erzählen, dass man eine junge Frau gefunden habe, die Yvonne Lauer gleiche. Die gewaltsam zu Tode gekommen sei. Und auf ihrer Kleidung habe man Blutspuren nachgewiesen, die von Meißner stammten. Dass es keine Leiche gibt, dass sie nicht einmal wissen, ob Frau Lauer tot ist oder quietschfidel, wird er nicht erwähnen, wozu auch. Dass sie keine Blutspuren haben und nicht einmal die DNA von Meißner: Wen interessiert's. Wenn der Rottweiler einhakt, wird Schmälzle etwas von einer Speichelprobe faseln, die sie genommen hätten, als Meißner gefunden wurde.

Dann wird Schmälzle einen Stapel Papiere aus seiner Schreibtischschublade holen, auf der ein Aufkleber prangt: *Beweislage Meißner.* Und ein großer Stempel: *Wichtig! V. S. / Verschlusssache, nur für den Dienstgebrauch.* Den gibt es im Polizeiposten natürlich nicht. Er hat ihn aus einem BND-Geheimakten-Spiel von Sam gezogen, bevor es in den Keller gewandert ist. Schmälzle wird die Akte vor Scholz auf den Tisch knallen. Der Kollege wird die Papiere hochhalten und damit wedeln, immer wenn auf Schmälzles Fragen ein Einwand von Meißner oder dem Professor kommt oder Meißner sich durch seine Reaktionen verrät.

Wenn nichts Quetschbares mehr zu erkennen ist, wird Schmälzle Meißner zwei Szenarien anbieten: Schuldeingeständnis eins oder zwei. Tor eins: Yvonne Lauer vergewaltigt und getötet zu haben. Tor zwei: Beobachtet zu haben, wie einer, zwei oder alle drei Männer, die Meißner angeblich mit ihr gesehen hat, die Frau gefesselt, womöglich missbraucht, schlimmstenfalls getötet haben. Wählt er Tor zwei, dann wird Schmälzle ihm lang und breit erklären, dass er die Männer zu identifizieren und den Tathergang bei einer Gegenüberstellung bis ins kleinste Detail zu rekonstruieren hat. Er wird erklären müssen, warum er Yvonne nicht geholfen und sich wegen unterlassener Hilfeleistung strafbar gemacht hat.

Meißner wird das kleinere Übel wählen, wobei er lange

überlegen wird, um welches es sich dabei handelt. Er wird den Mord nicht zugeben, keine Frage. Aber er wird auch die drei Männer nicht beschreiben können, wird keine Antwort auf die Frage haben, warum er Yvonne diesen Kerlen überlassen hat, er wird sich quälen und die Reihenfolge durcheinanderbringen, wird die Tatsachen verwechseln, sich in Lügen verstricken. Und dann haben sie ihn. An den Eiern! Und Schmälzle wird zum bösen Wolf.

Schmälzle reibt sich schon die Hände. Aber zu Beginn des Verhörs wird Leonie noch eine Aufgabe bekommen: Sie soll dem Professor Kaffee anbieten, und dann wird sie ihm nachgießen, immer wieder sein Tässchen füllen, und gleich noch mal. Bis der Mann austreten muss. Dies ist der Augenblick, in dem Schmälzle ein bisschen fauchen wird und ein wenig die Tatze zeigen. *Roaaarrr* – in Chicago gibt es keine Gnade! Bis Meißner gestanden hat. Bis er weiß, was mit Frau Lauer passiert ist. Wo Wolfram sie liegen gelassen hat, nachdem er fertig mit ihr war. Denn am Tag danach ist er noch mal zum Berg gefahren. So war's. Und jetzt führt er sie zum Tatort. Auf jeden Fall.

Damit haben sie die Leiche.

Sie haben die Tatwaffe.

Mit Meißners Fingerabdrücken.

Auch ein Bullenleben hat seine schillernden Augenblicke.

Wo und wann, weiß keiner so genau

Du Arsch!», brüllt er einen Baum an, wahllos, denn jeder um ihn herum gehört der Kategorie verholzte Pflanze an, und allein wer Augen hat, erkennt den Unterschied. Das ist wie mit den Europäern und den Chinesen. Und den Chinesen und den Europäern. Da denkt auch jeder, einer sähe aus wie der andere.

«Machst dich einfach aus dem Staub!», schreit er den Baum an und stapft mit der Bluse in der Hand durch den Wald.

«Du bist der Arsch!», ruft der Baum zurück, der längst ein anderer ist. «Hast mich auf dem Gewissen!» Dabei wiegt er seine Krone sachte hin und her.

«Das ist nicht wahr!», schreit er, hält inne und keucht wie ein alter Mann.

«Wer hat mich dann auf dem Gewissen?»

«Was weiß ich. Einer deiner Idiotenfreunde!»

«Du hast dich dauernd zugedröhnt! Du warst nicht mehr für mich da.»

«Aber du hast doch diesen Spacko angeschleppt!»

«Der Spacko hat für uns gearbeitet.»

«Für dich hat er gearbeitet! Ich wollte das nie.»

«Wir wären reich geworden! Aber du hast alles vermasselt.»

«Alles Geschwätz.» Carl setzt sich auf den Waldboden, zieht ein frisches Besteck aus seiner Hosentasche, greift wieder in die Tasche, holt einen Beutel mit ockerfarbenem Pulver hervor, kocht es auf, zieht es in die Spritze, setzt sich einen Schuss und wirft die Kanüle in den Wald. Dann wickelt er das Blüschen um seinen Arm. Weich ist es, unschuldig wirkt es, gerade so, als könnte es die Einstiche verschwinden lassen, sein Leben zurück auf Anfang setzen, alles ungeschehen machen.

Die Vitaltherme ruft zum Aqua-Sing

Die erste Viertelstunde von Meißners Vernehmung stand unter dem dadaistischen wie hollywoodreifen Motto *Yeah, yeah,* denn die Befragung verlief wie im Bilderbuch. Schmälzle übte sich in höflicher Konversation, hatte Meißners Aufmerksamkeit, der sogar ein paar höfliche Worte mit ihm wechselte. Scholz notierte, wann Meißner nervös wurde, wann er an der Jacke zuppelte, auf dem Stuhl hin- und herrutschte, sich an die Nase fasste. Leonie spielte mit Bravour die Polizeipostenfee, umgarnte den Professor, servierte ihm ein Käffchen nach dem anderen, lächelte ihn ohne Unterlass an und ermunterte ihn, beherzt zu trinken. Die Temperatur im Posten war auf einer Wohlfühlskala von zehn bei neun. Eine ganze Weile ging das so. Bis das Blatt sich wendete.

Just in dem Moment, in dem Schmälzle im Plauderton gesagt hat: «Sie haben Yvonne Lauer getötet.» Da hat der Professor sein Handy gezückt und eine Nummer gewählt. Sein fünftes Käffchen hat er nicht mehr angerührt. Stattdessen hat er Meißner den Mund verboten und für eisige Stille gesorgt. Auch der Anwalt aus Calw, der wenig später die Bühne betreten hat, hat die Kälte nicht aus dem Posten vertreiben können. Nach weniger als einer Stunde ist die Befragung zu Ende gewesen.

Es läuft nicht gut für mich, denkt Schmälzle, gar nicht gut. Beschissen läuft es! Yvonne Lauer ist schon viel zu lange verschwunden, und mit jeder Stunde sinkt die Wahrscheinlichkeit, sie lebend zu finden.

Schon auf dem Weg ins Büro meckert er vor sich hin. Auch fürchtet er, dass ihn das geplante Nachbarschaftsgrillen am Wochenende noch tiefer in die Depression treiben wird: all die Ratschläge zur Modernisierung von Haus, Hof und Garten, gespeist aus Erfahrungswissen aus diesem, dem letzten oder dem vorletzten Jahrhundert. Allein beim Gedanken daran bricht ihm kalter Schweiß aus.

Als er den Polizeiposten betritt, sitzt Leonie bereits am Platz. Sie winkt ihn zu sich und spielt den Anrufbeantworter ab. Schmälzle hat Mühe zu verstehen, worum es geht, denn eine männliche und eine weibliche Stimme sprechen wild durcheinander, er nimmt nur Wortfetzen wahr: «Junge Frau ... Blätter ... Stalingrad ...»

«Ich hab sofort zurückgerufen», erzählt Leonie. «Zwei Wanderer haben gestern Abend eine junge Frau im Bannwald gefunden – völlig verwahrlost. Sie hat wohl wirr geredet und dauernd gerufen, sie würde ertrinken. Das Ehepaar hat gesagt, die Frau sei höchst merkwürdig gewesen, abwesend, irgendwie apathisch. Leicht bekleidet sei sie gewesen und völlig verdreckt.»

«Ach», sagt Scholz, der gerade hereinspaziert.

«Als der Mann sie angesprochen hat, ist sie aggressiv geworden.»

«Frau Lauer?», fragt Scholz.

«Vermutlich», sagt Leonie.

«Sanft wie ein Lamm», sagt Schmälzle, «so hat man sie im Kirchenkreis beschrieben.»

«Seltsame Schuhe aus Blättern hat sie getragen. Aber sie kenne sich in der Mode ja nicht mehr so gut aus, hat die Frau am Telefon gesagt», sagt Leonie. «Die beiden haben sofort hier im Polizeiposten angerufen, aber keiner ist ans Telefon gegangen.»

Scholz seufzt. «Wir waren der einzige Posten weit und breit, der Tag und Nacht besetzt war.»

«Das war vor den Sparmaßnahmen, Harald. Also, hör zu: Der Mann hat sich beschwert, dass sie die 110 rufen mussten – da sei immer einer am Apparat. Man habe die junge Frau ja nicht alleine auf dem Berg herumirren lassen können, bis die Wildbader Polizei gedenke, ihren Dienst anzutreten, hat er gesagt. Im Gegensatz zu seiner Frau hat er wohl keine Angst vor der Verwirrten gehabt, schließlich habe er die Schlacht von Stalingrad überlebt.»

«Der ist gut», sagt Scholz, und Schmälzle grinst.

«Er vermutet, dass die Frau einer Reisegruppe angehört hat, die ohne sie losgefahren ist. Auf jeden Fall haben sie sonst niemanden gesehen», berichtet Leonie weiter.

«Das kann nur Frau Lauer sein», sagt Schmälzle, und ihm fällt ein Stein vom Herzen, der mindestens die Größe des Menhirs von Weilheim hat.

«Perfekt!», sagt Scholz. «Dann kann der Fall zwischen die Deckel wandern.»

Schmälzle protestiert: «Wir wissen nicht einmal, ob die aufgegabelte junge Frau wirklich Yvonne Lauer ist!»

Aber ja, sie ist es: Nach einem Telefonat mit dem Krankenhaus in Pforzheim weiß Leonie, dass die Frau, die statt Schuhen merkwürdiges Blätterwerk um die Füße gewickelt hatte, mit einem Handtäschchen ausgestattet war. Inhalt: diverse Schlüssel, ein Lippenstift, ein paar Taschentücher, dreiundzwanzig Euro – und ein Personalausweis: Yvonne Lauer, geboren am 22. 11. 1989 in Braunschweig, wohnhaft am Meisternhang 27.

Na also.

Leonie fragt, ob sie einen Termin zur Vernehmung verein-
baren soll. Scholz nickt, und Schmälzle schlägt vor, Claudia
hinzuzuziehen. Die ist schließlich Fachärztin für Neurologie und Psychiatrie und außerdem Traumaspezialistin. Die
Wahrscheinlichkeit ist hoch, dass sie mehr aus Yvonne Lauer
herausbekommt als die Kommissare mit ihren nebulösen Be-
fragungstechniken.

Leonie meint: «Gute Idee! Ich melde gerne zwei Schmälzles
zum Besuch an.»

«Meine Frau heißt nicht Schmälzle», sagt Schmälzle.

Scholz schüttelt den Kopf. «Im Ländle heißt Frau wie Mann.
Also, Leo: Schmälzle/m und Schmälzle/w.»

Claudia jedoch geht nicht ans Handy. Schmälzle hat ihr an-
derthalbmillionenmal gesagt, dass sie auf den grünen Knopf
drücken soll, wenn Sabrina Setlur «Hier kommt die Schwester»
singt. Aber seine Frau mag das Lied so gerne, dass sie's nicht
übers Herz bringt, es wegzudrücken.

Scholz drängelt: «Dann fahren wir zwei jetzt ins Krankenhaus.»

«Ich warte auf die Genehmigung für Claudia, ich hätte sie
gerne dabei.»

«Schmälzle, du stehst unter der Fuchtel deiner Frau?»
Schmälzle protestiert. Scholz lenkt ein: «Also gut. Wir sind ja
auch neugierig, wie eine aussieht, die es mit so einem veganen
Attila-Typen wie dir aushält. Gell, Leo?»

Leonie raunt: «Ich mag Attila Hildmann! Ist doch besser,
einer brutzelt Seitanschnitzel als Crack.»

Scholz ist schon wieder mit anderen Dingen beschäftigt,
und Schmälzle hat den Reißverschluss an seinem Ohr längst
hochgezogen. Ratsch.

Das Mandolinenorchester
zupft sich warm

*A*cht Hinterteile, die je im Pobacken-Doppel auftreten, schicken ekstatische Kreisbewegungen in seine Richtung. Unter gedimmten Glühbirnen, die den Raum in sanftes Licht tauchen, zucken sie in Millisekunden. Der Kommissar kann schwer ausmachen, zu wem welche Backe gehört und wer gerade in sein Blickfeld rückt. Die dazugehörigen Arme sind weit von den Körpern gestreckt und schwingen aggressiv von rechts nach links, als wollten sie Feinde von sich stoßen, die zum Angriff aufmarschieren. *Zumba-Studio*, so stand's weiß auf rosa auf einem Poster in der Tür. Schmälzle betritt das Studio lautlos und hüstelt gegen peitschende Rhythmen an.

«Claudi!» Er hat die Stimme gedämpft. Ergebnislos. «Claudia», sagt er nach einer kurzen Pause, eine Phonstärke lauter. Sechzehn Wangen drehen sich in seine Richtung. Gesichter, leicht gerötet die einen, schweißnass die anderen, wenden sich ihm zu.

«Just», tönt es über einem prallem Hinterndoppel, das große Kreise andeutet. «Was tust du hier?» Claudias Stimme klingt vorwurfsvoll, obwohl der Reggae-Ton echtes *Sunshine Feeling* verspricht.

«Ich muss dich sprechen, Schatz!» Schmälzle setzt seinen Schalldämpfer ein. Vergeblich. Denn über dem schmalen Po, der direkt neben der Tür steht, spricht es. «Schätzchen», sagt es. «Wir sind gleich beim Merengue-Teil – stell dich ruhig neben mich, ich zeig dir, wie man die Hüften schwingt.» Der Raum wird von Gelächter erfüllt.

Schmälzle fährt sich mit der Rechten über die Stoppelhaare. Bevor er seine Strategie überdenken kann, schreit ihn die Instruktorin an: «Wackeln, wackeln!»

Schmälzle denkt nicht daran.

«Wackeln, wackeln!», ruft es dem Eindringling entgegen.

«Notfall!», ruft der Eindringling ins *Sunshine Feeling*.

Endlich dreht sich Claudia um, tupft mit dem Handrücken die Schweißtropfen ab, schiebt das verrutschte Shirt über ihren Po, dann tritt sie aus dem Damenkreis und wirkt nicht, als hätte man sie aus dem Tempel der Glückseligkeit verjagt. Sie packt ihren Mann am Ärmel seiner Bomberjacke und zieht ihn in die Umkleide.

«Was ist?», faucht sie.

«Du bist gar nicht entspannt», antwortet Schmälzle.

«Die Entspannung kommt beim Cool Down», sagt Claudia.

«Fällt heute aus – ich brauche dich», sagt Schmälzle.

«Kann das nicht bis zum Abend warten?» Wirft Claudia ihm gerade zwielichtige Blicke zu?

Egal, Schmälzle ist im Flow: «Man hat die junge Frau gefunden, die Vermisste, von der ich vermutet hatte, dass Meißner sie getötet hat. Zwei Wanderer haben sie im Wald entdeckt. Sie ist total verwirrt, Claudi! Nur deshalb bin ich reingeplatzt.»

«Es würde dir guttun.»

«Was?»

«Zumba. Macht Laune und ist wesentlich anregender als deine Zen-Meditation. Könnten wir morgens exerzieren, am Kamin.»

«Haben wir einen Kamin?»

«Hinter den fünfundneunzig Kisten, die du auspacken wolltest, Just.»

Schmälzle verspricht seiner Frau, die Kisten auszupacken, sobald der Fall gelöst ist. Die Vermisste sei jetzt wichtiger, denn man habe sie zwar ins Krankenhaus gebracht, aber noch immer rede sie wirres Zeug. Vom Moor. Vom Ertrinken. Von merkwürdigen Männern. Und so.

Und dafür holst du mich hier raus, sagen die Falten auf Claudias Stirn, während sie die Hände in die Hüften stemmt.

Schmälzle packt noch einen drauf: «Im Krankenhaus wollen sie sie nicht behalten, weil sie psychisch instabil ist. Jetzt soll sie in die Psychiatrie gebracht werden.»

Claudia schließt ihren Spind mit einem Schlüssel auf, der an einem langen grünen Band um ihren Hals baumelt. Sie zieht eine Sporttasche heraus und tauscht ihre Zumbahose gegen eine Jogginghose aus. Wo der Unterschied liegt, fragt Schmälzle nicht.

«Ich möchte dich bei ihrer Vernehmung dabeihaben. Wir müssen sie dazu bringen auszusagen. Und ich weiß: Wenn du mit ihr redest, sind die Chancen höher, dass wir etwas Vernünftiges aus ihr rausbekommen.»

«Danke, Just. Aber Krankenhäuser sehen es nicht gern, wenn ihnen fremde Ärzte ins Handwerk pfuschen.»

«Wir haben alles geklärt.»

«Ich hab genug Patienten, Just. Du weißt, wie viele Überstunden ich schon schiebe.»

«Kurz nachdem sie eingeliefert wurde, stand sie mit einer großen Gabel im Krankenhaushof. Im Schlafanzug. Völlig irre, sie hat laut geschrien, wie ein Furie hat er sie beschrieben, der Pfleger, der sie gefunden und uns angerufen hat. Er hat Angst um die anderen Patienten gehabt. Hat er gesagt.»

«Was hat Frau Lauer geschrien, kennst du den Wortlaut?»

«Meißner, ich steche dir die Kehle durch.»»

«Gib mir drei Minuten!»

71,6 Prozent der Bevölkerung zappen durch die Programme

Wann wird sie in die Psychiatrie verlegt?», fragt Claudia ihren Gatten, der sie fröhlich untergehakt hat. Sie spazieren vom asphaltierten Parkplatz über einen knirschenden Kiesweg in die große graue Klinik, die sich von der Farbe der Hoffnung, die sie umgibt, traurig abhebt.

«Sie zögern noch.»

«Recht so.»

«Claudia, das ist kein Kuchengäbelchen, sondern eine spitze Fleischergabel gewesen, mit der sie herumgerannt ist!»

«Warum schließen die auch die Tür zur Küche nicht ab!»

Sie betreten die Enztal-Klinik, Abteilung Neurologie, stehen nach unzähligen Kurven und Irrwegen in einem hellen Zimmer, mit Einzelbett, Bad und Balkon.

«Frau Lauer?» Claudia setzt sich aufs Krankenhausbett und tätschelt die Hand von Yvonne, die im Tiefschlaf zu sein scheint, denn sie reagiert nicht.

Schmälzle steht neben seiner Frau, die Hände in den Hosentaschen vergraben. Claudia beugt sich über die Patientin, senkt die Stimme und startet den Modus Flüsterton: «Frau Lauer, können Sie mich hören?»

Sie reagiert nicht.

Als Schmälzle etwas sagen will, legt Claudia die Hand auf seinen Mund: «Just, vergiss nicht, dass es hieß, Schmälzle/m dürfe Frau Lauer gerne einen Besuch abstatten, aber nur in Begleitung und als Anhang der Trauma-Spezialistin Schmälzle/w. Sprechen dürfe der Gatte nicht, denn vernehmungsfähig sei die junge Frau keinesfalls», zitiert Claudia das Schreiben der Klinikleitung.

«Vergiss nicht, du heißt nicht Schmälzle», sagt Schmälzle.

«Vergiss nicht, ich hatte schon einen Namen», sagt Claudia, zwinkert dem Gatten zu und wendet sich wieder Yvonne zu. Sie berührt die Schulter der jungen Frau, die ihren Kopf in Zeitlupe dreht und durch Claudia hindurchspäht. Reglos und bleich liegt sie im Bett, die Hände ruhen mit leicht gekrümmten Fingern auf der blütenweißen Bettdecke. Mit geübtem Griff beamt Claudia das Kopfteil des Krankenhausbettes nach oben, sodass Yvonne mit ihr auf Augenhöhe ist.

Die Patientin starrt Claudia in die waldgrüne Iris. Claudia lächelt Yvonne an und spricht mit sanfter Stimme: «Frau Lauer, mein Name ist Claudia Mergenthaler. Ich bin Ärztin und Traumaspezialistin und möchte mit Ihnen reden. Wie geht es Ihnen?»

«Ja», sagt Yvonne.

«Wissen Sie, wo Sie sind?»

«Ich bin nicht mehr im Wald», sagt Yvonne.

«Das ist richtig. Sie sind im Krankenhaus, Frau Lauer», sagt Claudia.

Schmälzle nutzt die lange Pause und sagt klar und deutlich: «Was ist passiert?»

Claudia ignoriert den Gatten und beugt sich tiefer über die Bettdecke. «Sie sind in Sicherheit!», sagt sie.

Schmälzle geht im Zimmer auf und ab, zählt Schritte. Dabei schweift sein Blick nach draußen, in die endlose Weite des Waldes. Unglaublich, wie viele Grünschattierungen es hier überall gibt. In einem halben Leben hat er nicht so viel Grün gesehen wie in den vergangenen Wochen. Blassgrün, hellgrün, grasgrün, strauchgrün, tannengrün. Gut, dass die Polizei auf Blau umgestiegen ist. Und dass er sein Poloshirt mit der Aufschrift Polizei unter der Bomberjacke versteckt hat. Er übt sich im Passivsein.

«Woran erinnern Sie sich?», fragt Frau Schmälzle.

«Ich war allein. Es war dunkel.»

«Waren Sie nicht in Begleitung von Herrn Meißner?»

«Wolfram …»

«Was ist mit Wolfram?»

«Das Moor.»

«Wolfram war mit Ihnen am Moor?»

«Ich war alleine.»

«Wo war Wolfram?»

«Er hat mich gestoßen!»

Schmälzle hat genug geatmet, er muss sich endlich einmischen, schließlich muss er einen Mordfall klären. «Was hat er Ihnen angetan? Der Wolfram.»

«Was?»

«Er hat dumme Lieder in Ihr Ohr gesetzt. Er hat Sie belästigt, ist übergriffig geworden!»

«Ja. Nein!»

«Er hat Sie angefasst!»

«Nein! Ja.»

«Gegen Ihren Willen, so war es doch?»

Stille.

Schmälzle schaut auf die Uhr. Er steigt aufs Gaspedal: «Frau Lauer, hat Herr Meißner Sie vergewaltigt?»

Die gute Stimmung im Raum flieht aus dem geöffneten Fenster ins Freie und windet sich kurz in einer Windböe, bevor sie sich vom Erdboden verschlucken lässt.

Yvonne reißt die bernsteinfarbenen Augen auf. «Was?», fragt sie und versucht, sich im Bett aufzusetzen. Die Ellbogen sind zu schwach, um ihr Gewicht zu halten, und sie fällt in die weichen Kissen zurück.

«Beruhigen Sie sich, Frau Lauer», sagt Claudia, und die Blitze und Laute, die sie in Richtung Schmälzle schickt, gehören der tödlichen Kategorie an. «Halt dich bitte zurück!»

Der Gatte jedoch ist im Einsatz: «Wir haben Herrn Meißner vernommen, Frau Lauer. Er hat gestanden. Er hat gesagt, dass Sie gefesselt wurden, an einen Baum. Es war doch Meißner, der Sie gefesselt hat?»

«Nein!», ruft Frau Lauer, und das Entsetzen ist ihr ins Gesicht geschrieben.

«Nein?», sagt Schmälzle.

«Nein. Das war nicht er», wiederholt Yvonne.

«Sind Sie sicher?», insistiert Schmälzle.

Frau Lauers Hände suchen Hilfe bei Claudia. Die rettet dem Gatten gerade die gesamte Region um die Gesäßmuskel herum, denn sie sagt: «Bevor du deine rüden Ermittlungsmethoden weiterverfolgst, geben wir ihr was zum Beruhigen.» Dann drückt sie auf einen roten Knopf, dem ein Signalton folgt. Innerhalb von Sekunden steht eine Schwester im Raum. Still hat sie das Zimmer betreten und ein Fragezeichen mitgebracht, das anhand der hochgezogenen Augenbrauen zu erkennen ist. Frau Schmälzle bittet um «ein leichtes Schlafmittel für die Patientin». Die Schwester nickt und huscht so unauffällig hinaus, wie sie hereingekommen ist. Wenig später steht sie erneut vor dem Bett, einen Arzt im Schlepptau. Der Arzt setzt sich zu Yvonne und misst ihren Blutdruck. Dann verabreicht er ihr ein Benzodiazepin. Claudia sieht ihn vorwurfsvoll an. «Die Hälfte hätte es auch getan», sagt sie.

Der Arzt lächelt und nickt. «Yes, Ma'am», sagt er, mit indischem Einschlag.

Kein Deutsch, denkt Schmälzle, der noch nie verstanden hat, wie man die Landessprache nicht sprechen kann. Er hat mal einen Kollegen von Claudia getroffen, der konnte nach zwanzig Jahren immer noch kein Kressesüppchen im Restaurant bestellen. Nicht weniger schlimm jedoch ist die Tatsache, dass das Medikament seine Wirkung bereits zu entfalten beginnt: Er wird die Befragung im Eiltempo fortsetzen müssen! Bevor die Patientin ins Schlummerland zurückkehrt. «Waren Sie mit Wolfram alleine da oben, oder waren da noch drei Männer?»

Keine Antwort.

«Waren es die drei Männer, die Sie gefesselt haben?»

Keine Antwort.

«Welcher von ihnen war es, waren es zwei oder alle drei, die über Sie hergefallen sind? Was waren das für Männer?»

«Genug!», ruft Claudia.

«Hat man Sie mit einer Waffe bedroht?»

Frau Lauer zieht die Bettdecke hoch.

Und weiter: «Oder war es doch Meißner, der Ihnen das angetan hat?»

Und höher zieht Frau Lauer die Bettdecke, bis nur noch ein paar Haarspitzen zu sehen sind.

«Just, du bist ein Vollidiot», sagt Frau Schmälzle.

«Still sitzen und nichts tun, der Frühling kommt, das Gras wächst von selbst», antwortet der Zenmeister.

Vorsichtig tastet Claudia nach der Bettdecke von Frau Lauer und zieht sie ein kleines Stückchen nach unten, bis das erste Drittel des bleichen Gesichtchens zum Vorschein kommt. Die blonden Haare dehnen sich keck nach allen Seiten aus. Yvonne wirkt ängstlich, richtet ihre unschuldigen Augen auf Claudia. Die fragt: «Frau Lauer, was genau ist vorgefallen? Wollen Sie es uns erzählen?»

Yvonne Lauer befreit nun auch die untere Gesichtshälfte von der Bettdecke und sagt: «Wolfram hat mich angefasst.»

«Also doch!», schreit Schmälzle und scheucht den Zenmeister fort.

«Aber ich habe ihm vorher auf die Füße gespuckt.»

«Was?» Schmälzle hält im Auf- und Abgang inne, schlagartig, und schaut belustigt auf die junge Frau. «Sie haben dem Mann auf die Schuhe gekotzt?»

Auch Claudia nickt Yvonne aufmunternd zu.

«Tut mir leid.» Yvonne lässt ihr Fliegengewicht tiefer in die weiche Matratze sinken.

«Für eine Verhaftung reicht es nicht», sagt Schmälzle, was Claudia mit einem kleinen Rippenstoß kommentiert. Dennoch sagt sie: «Das war gut, Frau Lauer!»

Mit einem «Absolut gut» feiert Schmälzle die Heldentat der jungen Frau. Unglaublich, so etwas hat er noch nie gehört. Aber die Ermittlung ist nicht abgeschlossen. «Was ist dann passiert?», fragt er.

Frau Lauer scheint nach diesen Lobeshymnen Vertrauen gefasst zu haben, denn sie erzählt die Geschichte, die ihr auf dem Kaltenbronn widerfahren ist. An jenem Tag, von dem sie vermutlich ihren Enkeln berichten wird. Sie lässt nichts aus. Nicht die Wurzel, über die sie gestolpert ist, und nicht die Sandalen, die sie weggekickt hat. «Ich habe meine wunden Füße in Kastanienblätter gewickelt, habe Blatt um Blatt herumgewickelt und es mit einem kleinen Zweig verknotet. Die spitzen Steine haben so weh getan!», sagt sie, und «dann habe ich in einer Holzhütte übernachtet. Obwohl ich bei den Pfadfindern war, hatte ich große Angst. Ich habe mich in die Ecke gekauert, kein Auge zugetan, weil es dauernd geraschelt hat. Gepiept, gefiept, überall waren Geräusche. Dann ist der Tod über mich gekommen.»

«Wer?», fragt Schmälzle/m.

«Der Tod?», fragt Schmälzle/w.

«Wolfram hat mich ins Moor gestoßen.»

«Sag ich doch», sagt Schmälzle/m.

«Schhh», zischt Schmälzle/w.

«Ich bin ertrunken, im Morast versunken. Und dann bin ich wiederauferstanden.» Die junge Frau lächelt.

«Wie Jesus an Ostern?», fragt Schmälzle.

«Ja», sagt Frau Lauer, «als er dem Kephas erschienen ist.» Hernach berichtet sie noch von merkwürdigen Pflanzen, die gepikst haben. Von drei Gestalten, die das Innere aus den Pflanzen herausgepult haben. Und sich dauernd in den Haaren gelegen haben. Geschossen haben sie sogar, auf ein armes Häschen. Nachdem Schmälzle/w nach dem Häschen gefragt und Schmälzle/m seine Frau mit einem: «Wie haben diese Männer ausgesehen, können Sie die beschreiben?» unterbrochen hat, beteuert Frau Lauer, dass ihr die Gestalten «nur noch schemenhaft» erschienen, wie durch einen Schleier. Aber einer habe Russisch gesprochen.

Der Kommissar kann den Film erfassen, der im Zeitraffer vor ihr abläuft und sie noch einmal in einen Zustand versetzt, den sie allein ihrem Erzfeind wünscht, so schlimm muss der gewesen sein und so angespannt liegt sie in den Kissen. Auch Claudia betrachtet die junge Frau besorgt. Fest in ihre Bettdecke gekrallt, erscheinen Yvonnes Knöchel blutleer. Und totenbleich.

190

Die Kirchturmuhr holt zum
fünften Schlag aus

Wieder einmal erkundet Schmälzle die Kurstadt auf dem Rad. Der Länge nach. Zuerst war er in der Bätznerstraße, wo er Scholz in die Ergebnisse der Befragung von Frau Lauer einweihen wollte. Aber Scholz ist nicht da gewesen. Wo, wieso, hat Leonie nicht gewusst. Also hat er den größtmöglichen Umweg über den Kurpark zurückgenommen, ist von der König-Karl-Straße durch die Kuranlagenallee geradelt, in die Brunnensteige eingebogen und steil den Wald bergauf in die Alte Steige gefahren. Seine Gedanken sind auf der Überholspur gewesen. Meißner hat nicht gelogen: Er hat tatsächlich drei Männer gesehen. Nachdem das Schicksal gut zu ihm gewesen ist und Claudia hinausgeleitet hat – der Arzt wollte sie sprechen –, hat Frau Lauer noch mal von diesen merkwürdigen Männern gesprochen. Sie hat gesagt: «Der Schwabe hat mir was zu rauchen gegeben. Er hat die anderen abgelenkt. Aber die Pflanze hat gestunken. Stellen Sie sich das vor, ich rauche doch nicht!»

Als er gefragt hat, ob sie die Pflanze beschreiben könne und auch die Männer, den Schwaben und den Russen, und wer der Dritte war, hat sie ihn erschrocken angeschaut. Dann hat sie gesagt: «Der Schwabe war nett. Auch wenn der andere ihn nicht bezahlt hat.»

«Was? Wer hat ihn nicht bezahlt?»

Als sie wieder schwieg, stellte Schmälzle einen Stuhl an ihr Bett. Er setzte sich neben sie, den Oberkörper weit vorgebeugt, die Ellbogen auf die Oberschenkel gestützt. Bis Frau Lauer auf einmal klar und deutlich sagte: «Samen. Kleine dunkle Samen habe ich gekaut. Und an der Zigarette habe ich gezogen. Weil der Schwabe mich gezwungen hat. Der im Anzug durfte das nicht sehen. Danach ist mir schummrig geworden.»

«Was war das für einer, der im Anzug?», fragte Schmälzle. Sein Herz hat schnell geschlagen.

«Ich bin übers Feld gelaufen. Dann ist mir schlecht geworden, so streng hat es gerochen.»

«Was war das für ein Feld?», fragte Claudia, die wieder hereingekommen war.

«Das Pflanzenfeld», sagte Frau Lauer.

«Das Drogenfeld», stellte Schmälzle klar.

«Ich habe das Leben umarmt», hauchte Frau Lauer verträumt. «Ich habe mich hineinfallen lassen, mich ganz nah an es herangekuschelt.»

«Das muss schön gewesen sein.»

«Ja.»

«Dann bin ich aufgewacht, mitten in der Nacht», sagte Frau Lauer. «Ich war mutterseelenallein. In einer Gegend, in der ich noch nie war.»

«Irgendeine vage Ahnung, wo in etwa das gewesen sein könnte?» Schmälzles Schuhsohlen waren mit einem Mal hyperaktiv auf dem Linoleumboden unterwegs.

Doch außer Wortfetzen gab Frau Lauer nichts mehr von sich. Von einer «Haarlemmerstraat» und einer «Verabredung» erfuhren sie noch – dann schlief Frau Lauer ein.

Haarlemmerstraat. Schmälzle tippt auf Amsterdam und hegt keinen Zweifel mehr daran, dass alles zusammenhängt: Was diese drei Kerle im Wald anbauen, was auf der Wilhelmstraße verkauft wird, der Tote aus der Enz, der Lufterfrischerverkäufer, der Schwabe, der auf seinen Lohn wartet. Er steigt kurz vom Rad, innehalten, zufrieden sein. Eine seiner berühmten Sechzig-Sekunden-Meditationen einlegen.

Als das Handy piept, hat er gerade beschlossen, sich zu arrangieren, im neuen Bilderbuch Wurzeln zu schlagen. Der Fall ist spannend, hat er gedacht, die Gegend wohltuend, auf eine unbekannte Art beruhigend. Er hat früher Feierabend als vorher, wo es dauernd Nacht- und Wochenendeinsätze gab. Er kann mit dem Rad zur Arbeit fahren. Und jetzt noch Claudia, die ihm diese Nachricht schickt: *Hab schon Schluss, und Sam müsste auch bald heimkommen. Wo bist du?* Dahinter hat sie drei Herzchen gesetzt. Kurz darauf hat Sam eine WhatsApp-Nachricht geschickt: *Yamyam auf der Terrasse?*

Bin gleich da!, schreibt Schmälzle zurück. Bald wird Sam Freunde gefunden haben und seltener zu Hause sein, denkt er, wehmütig. «Das Leben findet jetzt statt», flüstert ihm der Zenmeister zu. «Genau», sagt Schmälzle und tritt in die Pedale.

Während Claudia und Sam in der Küche hantieren, setzt er sich auf die Terrasse. So, dass die Gartenarbeit, die auf ihn wartet, außerhalb seines Blickfeldes liegt. Die Arme hinter dem Kopf verschränkt, das Smartphone stumm gestellt, atmet Schmälzle den Spätsommer ein, lässt die klare Luft in seine Nase steigen, begutachtet die prächtig blühenden Rosensträucher, lässt die Engelstrompeten links liegen und verwöhnt seine Gehörgänge mit dem fröhlichen Geplapper der Zirpen und Grillen.

Sam kommt aus dem Haus und deckt den Gartentisch mit Tellern, legt Besteck und Servietten dazu. Dann wirft er ein Päckchen daneben, das er aus seiner Hosentasche zieht. Es ist aus knisterndem Metall und mit fluoreszierenden Tannen bedruckt. *Black Forest High* steht auf der Packung.

Schmälzle tickt aus. «Wo hast du das her?»

«Das habe ich gefunden.» Sam setzt sich neben seinen Vater und verschränkt zufrieden die Arme.

«Was hast du gefunden?» Claudia stellt ein Tablett auf den Tisch, auf dem drei dampfende Teetassen, ein paar Schälchen mit Oliven und eingelegter Paprika, mit Reis gefüllte Weinblätter und ein Brotkorb stehen.

Schmälzle greift nach dem Päckchen, es ist leer. «Hast du das geraucht?», fragt er seinen Sohn, streng.

«Papa, ich rauche nicht!» Sam verdreht die Augen.

«Das sind Drogen!», entfährt es Schmälzle.

«Legal Highs», sagt Sam.

«Woher weißt du das?», mischt sich Claudia ein.

«Ach, Mama!», sagt Sam, während Schmälzle das quadratische Päckchen inspiziert, das professioneller gestaltet ist als das *Black Forest High*, das der Doktor i. R. präsentiert hat. Auch das «fly» ist richtig geschrieben.

«Sam, wo hast du das gefunden?»

«Auf dem Klo. Es lag auf dem Boden. Du hast erzählt, dass ihr in dem Fall ermittelt. Also hab ich es mitgenommen. Heimlich natürlich.»

«Weißt du, von wem das ist?»

«Keine Ahnung.»

«Kannst du dich mal auf dem Schulhof umhören? Herausfinden, ob jemand darüber spricht? Vielleicht erfährst du irgendwas. Egal, was – alles ist wichtig!»

«Klar, Papa!», freut sich Sam.

«Just, du setzt ihn nicht für deine Ermittlungen ein!» Claudias erhobener rechter Zeigefinger bleibt direkt vor dem Akupunkturpunkt Yingtang zwischen Schmälzles Augenbrauen stehen. Um seinen Geist zu besänftigen, wählt sie jedoch eine andere Methode: Sie steckt ein gefülltes Weinblatt in seinen Mund. «Keinen Ton mehr», sagt sie.

«Natürlich nicht», sagt Schmälzle, kaut und schickt seinem Sohn einen High five entgegen.

«Ich lass euch verhungern, wenn ihr mich veräppelt», sagt Claudia.

«Keine Sorge, Claudi!»

«Wirklich, Mama, das würden wir nie tun!»

Noch bevor das fröhliche Abendessen zu Ende ist und die Sonne ihren Heimweg antritt, vibriert Schmälzles Handy. Heftiger und länger als sonst.

Scholz blökt, weit entfernt, an sein Ohr: «Eine Hundestaffel hat den Kaltenbronn links und rechts vom Wildseemoor umgepflügt.»

«Was für eine Hundestaffel?»

«Vom Infozentrum Kaltenbronn sind zwanzig Mann den Berg hoch, die Hunde hinterher. Sie sind Richtung Wildsee gelaufen, danach wollten sie weiter in den Bannwald ausströmen. Immer dem Geruch nach – vom Schal, den uns die Freundin mitgegeben hat.»

«Halt, halt, langsam, Harald, noch mal von vorn!»

«Zentimeter für Zentimeter haben sie das Gelände durchsucht. Bis die Hunde angeschlagen haben: Schuhe im Gebüsch! Kurz vor dem Schwarzwässerle. Das ist noch nicht mal am Wildsee.»

Schmälzle tobt: «Wieso weiß ich nichts von der Aktion?»

«Sandalen», sagt Scholz, «Größe siebenunddreißig.»

«Die sind von Frau Lauer! Sie hat erzählt, dass sie die Sandalen weggekickt hat. Aber sag mal, wieso machst du hier Alleingänge? Warum beziehst du mich nicht ein? Was soll das, Harald!»

«Sie haben dann die Gegend in Richtung Dobel durchstreift, denn Frau Lauer hat gesagt: ‹Ich habe dahin geschaut, wo Dobel liegt.›»

«Wann hat sie das gesagt?»

«Wo der Brotenaubach das Eyachtalsträßchen kreuzt, haben die Hunde wieder angeschlagen, direkt vor der Rotwasserhütte sind sie komplett aus dem Häuschen gewesen.»

«Und?»

«Nichts und.»

«Warum sind die Hunde aus dem Häuschen gewesen? Die müssen etwas gefunden haben!»

«Schmälzle, ich habe alles im Griff, genieß deinen Feierabend.»

«Das klingt wie: ‹Biodinkelflocken stehen auf dem Tisch, aber greif nicht zu›», brummt Schmälzle und fügt hinzu: «Wir können das gleich vor Ort besprechen. Ich fahr sofort los!»

«Nicht nötig. Der Fund ist weder Mensch noch Hirsch, noch Kraut. Es ist eine Bluse. Aus Chiffon. Wie die Sandalen sieht sie recht lädiert aus. Blutbefleckt. Stammt sicher auch von Frau Lauer.»

«Blut?»

«Du, die Lok fährt gleich ab, ich muss dann mal. Als Gründungsmitglied der Eisenbahnfreunde Enztal e. V. kann ich über meine Freizeit nicht einfach verfügen, wie ich will. So wie du. Du kannst munter durchs Leben radeln, kreuz und quer, wie es dir gefällt. Ich hingegen habe Verpflichtungen. Mach's gut!»

«Ich schick dir mal meine Familie vorbei», ruft Schmälzle in sein Handy und fragt: «Was hast du mit den Sandalen und der Bluse angestellt, hast du die ordnungsgemäß an die Kriminaltechniker geschickt oder in der Asservatenkammer versteckt?»

Nur das Freizeichen antwortet, denn Scholz hat aufgelegt.

Der Gesangsverein versammelt sich im König-Karls-Bad

*E*unuchenstimmen haben in einem Gesangverein so viel zu suchen wie Ratten in einem Mäusekäfig, aber Wolframs Sopran tönt engelsgleich, und so steht der Mann über allen Verdacht erhaben im großen Saal des aufwendig restaurierten Forums König-Karls-Bad und singt sich die Schwere aus dem wohlgenährten Leib.

Er hat das *Röslein* gewählt, denn der Chorleiter hat ihn gebeten, eines der herrlichsten Lieder vorzutragen, das er kenne. Meißner, der ja mehr Volkslieder kennt, als sie irgendein Chor in seinem Repertoire hat, hat nicht lange überlegt. Folglich lauschen achtundvierzig Ohren einschließlich der verwöhnten Gehörgänge des Dirigenten der Geschichte des Knaben, der an dem wunderhübschen und blutjungen Röslein, das ungepflückt auf der Heide steht, seine helle Freude hat.

Wie es dazu kam? Jeder weiß, dass in einer Kleinstadt die Mund-zu-Ohren-Post tadellos und blitzschnell funktioniert: «Da ist ein psychisch kranker Mann, der von der Polizei gejagt wird!» – «Vom neuen Kommissar.» – «Des isch an harter Brocke.» – «Der bringt endlich Schwung in unser Städtchen!» – «Aber den Herrn Scholz hemmer im Griff!» – «Der arme Mann soll eine junge Frau umgebracht haben?» – «Des isch kei Leich gwäse, die hen bloß an Hirsch aus' Moor gfischt.» – «An Hirsch?»

Man einigt sich darauf, fortan größte Obacht walten zu

lassen. Hinzu komme, dass der Verdächtige gar nicht kriminell sein könne, weil er so wundervoll singe und eine Stimme habe, so glockengleich wie hoch und rein. Da ist der Chorleiter hellhörig geworden, hat Name und Adresse des Mannes ausfindig gemacht und ihn eingeladen, den Damen und Herren Vereinsmitgliedern ein Ständchen zu singen. Meißner ist froh gewesen über die Abwechslung, die ihn ablenkt von den oh wie schönen und ach so bösen Gedanken, die Wonnchen in seinem Kopf auslöst.

Nach dem Vortrag der ersten Strophe herrscht Stille im Saal. Selbst die goldenen Gesichter an den marmornen Säulen schweigen. Alle mustern den Sänger erwartungsvoll. Der studiert den Boden und räuspert sich verlegen. Dann singt er die erste Strophe. Noch einmal. Die zweite und dritte Strophe gehören ihm allein. Denn wenn es darum geht, das Röslein zu brechen, ist es, ach wie gut, besser, dass niemand davon weiß. So trägt er in der Soprantonlage, die bei Männern «Falsett» genannt wird und in früheren Jahrhunderten Kastraten vorbehalten war, die Zeilen noch einmal vor.

Nach einigen Momenten der Stille rauscht Applaus durch den Saal. Als gäbe Samy Deluxe in der Kurstadt eine Matinee, wird Schmälzles Hauptverdächtiger von dreiundzwanzig eher betagten Mitgliedern und einem überaus zufriedenen Chorleiter gefeiert. Man hat den Eindruck, als kämpfte der Chorleiter um jede Stimme! Wer stellt sich heute noch freiwillig zur Verfügung, allwöchentlich zu proben, an Feiertagen in leeren Kirchenhäusern und in kalten Wintern an eisigen Gräbern zu stehen und schwere Weisen zu singen. Gerade im Sopran gibt es ein Problem: Die älteren Damen im Chor kommen nicht mehr in die jauchzenden Höhen, denn ihre Bänder sind müde und ihre Sehnen erschlafft. Die jüngeren schießen dauernd Fotos in allen nur erdenklichen Positionen. Sogar in den Rachen, wo sich die Zäpfchen auf und ab bewegen, fotografieren sie hinein. Da kam die Mär von Wolfram Meißner gerade recht.

«Den hatter Herrgott gschickt», sagt eine Frau mit längeren blondierten Haaren, die schlanken Beine in einer engen Lederröhre versteckt. Sie hat die Hände ehrfürchtig vor der Brust gefaltet, als der Applaus abgeebbt ist. Auch die anderen Frauen äußern sich beglückt, ja, geradezu entrückt, als der Mann mit den schiefen Zähnen – wahrlich keine Augenweide – den Kiefer wieder zuklappt und die Töne, die er ihm entlockt hat, noch immer leise im Raum nachzuklingen scheinen. Nur die wenigen Männer beäugen Meißner skeptisch. Ein Mann, der singt wie eine Frau? Multipel gerunzelte Stirnen bezeugen, dass dies nicht geheuer ist.

Der Chorleiter sagt: «Wenn wir Herrn Meißner aufnehmen wollen, müssen wir ihn jeden Donnerstag zur Probe abholen, weil er in der Klinik wohnt und kein Auto hat.»

«Wir übernehmen das gerne», frohlockt eine Altstimme. Bei der Abstimmung ist die Mehrheit dafür, dass Wolfram Meißner von nun an jeden Donnerstag um neunzehn Uhr im prunkvollen König-Karls-Haus mit den Damen und Herren Lieder einstudieren soll. Nächsten Donnerstag fange man an, mit dem Röslein, das sich für einen vielstimmigen Chor gut eigne, wie der Chorleiter feststellt.

Meißner strolcht mit den Augen durch die Runde. Er bleibt an der Frau in der Lederröhre hängen, die mit dem Herrgott. Sie könnte seine Mutter sein. Ödipus, scheiß drauf. Bist du Ninchen oder Christinchen? Seine fleischigen Lippen können sprechen, ohne ein Wort von sich zu geben. Janinchen? Oder etwa Tinchen? Er ignoriert, dass ihn eine kräftige Frau aus dem Mezzosopran taxiert. Von oben bis unten und zurück lässt sie ihre Pupillen wandern, missmutig beäugt sie den Eindringling und bleibt an seiner Kopfbedeckung hängen. «Wo hast du die her?», schleudert ihr Blick seinem Hinterkopf entgegen.

Wolfram schiebt das schwarze Käppi mit dem neongrünen Tannenaufdruck, das er heute zum ersten Mal trägt, tief ins Gesicht. Dabei tauchen Bilder vor ihm auf, von dieser Flitzpiepe, die es verloren hat. Selber schuld. Was man findet, gehört einem. Und er hat das Käppi gefunden. Wenn die Schnalle auch eins haben will, soll sie im Wald spazieren gehen. Oder sich eins kaufen. In dem Moment fasst Wolfram den Entschluss, am nächsten Dienstag nicht die erste Strophe des *Rösleins* darzubieten, auch nicht die zweite, sondern die dritte. Die Zeile «musst es eben leiden» wird er wiederholen. Mehrfach. Bis sie tot umfällt, die Schnalle-Popalle. Ätschipopum.

Die Tagestat ist nie getan

Mit riesigen Tentakeln, giftgrünen Augen, himmelblauen Gesichtern und Antennen, deren Enden aus Bilsenkrautblättern bestehen, greifen sie seine Familie an. Sie schwirren um Claudias Kopf herum und wollen gerade Sam attackieren, als Frau Meichle mit einer meterhohen, spitzen Gabel herbeieilt, gefolgt von Scholz und Leonie, die Hände in Abwehrstellung. Schmälzle zieht eine Waffe aus dem Halter, die ihm ein Gangsterbruder geschenkt hat. Es ist eine Halbautomatik, größer als Sam. Er richtet die Halbautomatik auf die Monster und legt los. Dödödödödö – dödödödödöö – dödödödööö! «Aschta la vischta», raunt er.

Dann wacht er auf. Der Schweiß steht ihm auf der Stirn. Schmälzle tupft ihn mit der Bettdecke ab. Zeit, eine Waschnacht einzulegen – der Schlaf wird sich heute eh nicht mehr bei ihm blicken lassen. Claudia, die leise neben ihm röchelt, hat Talent darin, seine Hemden zu heiß zu baden. Sie pflegt auf den Temperaturknopf zu drücken, der ihr am nächsten ist. Er hat sie beobachtet, heimlich. «Ups», hat sie gesagt, als das Schwarze das Weiße in seinen Bann gezogen hat. Die Konsequenzen hat er getragen: Schleier, ganz in Grau. Peinlich genug. Gestern hat das Hemd obendrein nicht schließen wollen. Leonie hat grinsend seine Brustmuskeln gemustert. Er hat ihr einen Meine-Frau-ist-berufstätig-Blick zugeworfen und den obersten Knopf geöffnet.

Jetzt begibt sich Schmälzle in den Waschkeller und setzt sich vor die Maschine mit dem runden Loch in der Mitte. Extragroß hat es sein sollen, dieses Loch, damit man extraviel hineinstopfen kann. Er vermutet, dass Claudia an extraschnelles Befüllen gedacht hat. Zähneknirschend hat er eingewilligt, denn das Teil hat 999,99 Euro gekostet. Im Angebot. Nun legt er sorgfältig allerlei weiße Hemden in die Trommel, eins locker über das andere. Das Häufchen mit dunklen Hemden ist für den nächsten Gang vorbereitet. Schmälzle stellt vierzig Grad, eine halbe Füllung und achthundert Umdrehungen ein. Ein, zwei ungestörte Stunden. In Ruhe nachdenken. Die Welt ausblenden. Sich auf den Fall einlassen. Alles durchspielen, revidieren, neu kombinieren, noch mal aufrollen. Sich nicht ablenken lassen. Dazu sind öde Wände und ein trostloser Betonboden perfekt.

Kaum hat er auf Start gedrückt, dreht sich die Trommel nach links, hält kurz inne, bewegt sich nach rechts. Hält inne. Nach links. Pause. Nach rechts. Schmälzle versinkt im Rhythmus der Waschtrommel. Er ist immer gut gewesen im Kombinieren. Und er will Scholz zeigen, was er draufhat. Hier geht es um mehr als Polizeiarbeit: Er muss Sam beschützen, überhaupt, alle Kinder der Kurstadt – die sind schließlich potenzielle Freunde seines Sohnes!

Doch der Fall ist komplex. Neben den Lufterfrischern, die sie in Beschlag genommen haben, haben sie eine Leiche, deren Identität immer noch nicht festgestellt worden ist. Sie haben das sträflich vernachlässigt, nicht zuletzt, weil Lauer wie Meißner ihre volle Aufmerksamkeit gefordert haben. Hat er sich anfangs gewünscht, dass Scholz einen Gang höher schaltet und seinen Lass-mir-meine-Ruhe-Modus für eine Weile parkt, kommt es ihm vor, als habe der Kollege inzwischen sein Gaspedal entrostet. Sosehr er sich über diese Verwandlung freut, so sehr ärgert er sich über Scholz' Hundestaffel-Alleingang. Aber am meisten wurmt ihn sein eigener Aktionismus. Er hat sich zu sehr auf Meißners Rolle versteift. Auch wenn Frau Lauer ihm mit einer Gabel nach dem Leben trachtete, macht das Meißner nicht zum Täter. Schmälzle muss zugeben, dass er den Kerl nicht mag. Ach was, er kann ihn nicht ausstehen. Ums Verrecken nicht. Ihn verschaukelt nicht noch mal ein Triebtäter! Das hatte er schon, in Karlsruhe, in seinem ersten Jahr. Er hat die Zeichen nicht gelesen. Jetzt liest er die Zeichen, nur zu gründlich: Er hat das Wesentliche vernachlässigt.

Die Trommel hat sich mit Schaum gefüllt. Weiße Bläschen tanzen lustig umher, ändern ihre Form, werden größer, voller, um dann zu platzen und munter neuen Seifenblasen zu weichen.

Die Fahndung nach dem Lufterfrischerverkäufer ist im Sande verlaufen. Keiner will ihn gesehen haben, obwohl die Täterbeschreibung, die der Doktor i. R. abgegeben hat, sehr präzise gewesen ist. Sie haben ein Phantombild erstellt und es in die Zeitung gesetzt. Sie haben «vermutlich russischer Staatsbürger», hinzugefügt, denn Scholz hat Schmälzle erklärt, dass «suka» sich «сýка» schreibt. Und ein Synonym für «Hure» sei. Es gab auch tausendundeinen Hinweis. Keiner hat zu etwas geführt. Niemand hat den Lulatsch gesehen, und auch auf der Wilhelmstraße ist er nicht mehr aufgetaucht.

Was ist mit Meißners Aussage zu den drei Männern? Auch Yvonne hat von einem Schwaben gefaselt. Und von stinkenden Pflanzen, die er gepflückt hat. Also erntet der mit ein paar Kumpels *Hyoscyamus niger* und pflanzt es folglich auch an. Sprich: Es muss im Bannwald ein Bilsenkrautfeld geben. Yvonne hat die Kerle überrascht und wurde gefesselt. Vielleicht sollte sie bloß eingeschüchtert werden, ihr Gedächtnis verlieren – womöglich mit einer Überdosis in die ewigen Jagdgründe befördert werden. Das ist nicht gelungen. Also handelt es sich nicht um Mitglieder einer organisierten kriminellen Vereinigung – die hätte sich nicht so dilettantisch verhalten. Das heißt, hier sind Kleinkriminelle am Werk. Umso schlimmer, denn die haben vermutlich keine Ahnung von der Gefährlichkeit des Krauts, mit dem sie hantieren. Da dürfte die erste Bilsenkrautleiche nicht weit sein.

Wahrscheinlich gehört auch der Tote in der Enz zu der Bande. Der Vierte im Bunde. Vielleicht hat er ihnen ins Geschäft gepfuscht, dumm rumgelabert, ist ihnen auf den Sack gegangen. Das Aggressionspotenzial solcher Leute ist ausgeprägt. Was Schmälzle auch nicht schmeckt, ist die Frage, warum sie den Toten in Kräuter gebettet haben. Das tun solche Leute nicht. Auch nicht im Affekt. Keiner kippt seine wertvolle Ware in einen Fluss! Und warum riskieren sie, von Spaziergängern überrascht zu werden?

Außerdem ist unlogisch, warum der Tote JWH-122 im Blut hatte. Im *Black Forest High* sind lediglich Küchenkräuter und eine Prise Bilsenkraut festgestellt worden, sowohl im Lufterfrischer vom Paul als auch vom Doktor i. R. Ganz abgesehen von den zwei BFH-Varianten: *C'mon fli with me* in der Dilettanten- und *C'mon fly with me* in der Profiausführung – das irritiert Schmälze. Er wird auch Sams Packung in die Kriminaltechnik geben müssen. Obwohl sie leer war, wird die KTU Spuren finden. Stellen die Kollegen in dieser Packung kein JWH fest, hat die Bande einfach einen Schreibfehler gemacht. Die nächste Charge hat sie ohne Rechtschreibfehler verpackt. Sollten sich doch synthetische Cannabinoide finden, handelt es sich bei Sams Packung um die ursprüngliche Ware, das Original-Produkt. In diesem Fall wären zwei Gruppierungen im Spiel. Womöglich sind sie beide aus einer hervorgegangen. Zunächst haben sie JWH-122 in ihr Kraut gemischt. Alles richtig gemacht, auch die Orthographie. Dann ist einer auf die Idee mit dem Bilsenkraut gekommen. Wahrscheinlich ist ihnen die JWH-Sache zu heiß geworden, denn Cannabinoide sind ein eindeutiger Verstoß gegen das Betäubungsmittelgesetz. Vielleicht hatten sie einen Oberschlauen in der Gruppe, der vorgeschlagen hat, nur noch Küchenkräuter plus Bilsenkraut zu verwenden – zur Gewinnmaximierung. Darüber könnte es zum Streit gekommen sein, bei dem der Verfechter der JWH-Strategie in der Enz gelandet ist. Ja, so würde es Sinn ergeben.

Sie werden den Bannwald ein weiteres Mal absuchen müssen und diesmal vor dem Wildsee starten, in den Ausläufern des Hochmoors, wo Meißner auf den drogentoten Hirsch gestoßen ist. Das Bilsenkrautfeld, von dem der genascht hat, kann nicht weit entfernt sein, auch wenn so ein Hirsch schon mal vierzig Kilometer zurücklegt. Wo anfangen? Bei Yvonne Lauer! Sie müsste sie begleiten, ihn und Harald. Aber Schmälzle weiß, dass die Klinik dies verhindern wird. Er könnte Meißner auffordern, sie zu begleiten. Den Gedanken verwirft er schneller, als der Schaum in seiner Wäsche verschwindet. Nicht nur, weil er keine Lust auf Volkslieder hat, sondern auch, weil der seinen Rottweiler im Schlepptau haben wird. Schmälzle seufzt.

Frische Seifenblasen steigen in der Trommel auf, werden dicker, voller, platzen und lösen sich auf. Erleuchtet. Nirvana. Leere. Nichts.

Lange vor dem Acoustic-Pop im Kurtheater

Wie um alles in der Welt sollen sie den Toten identifizieren, wenn ihn keiner kennt? Scholz meint: «Auch ein Furz, den du unter Wasser loslässt, kommt an die Oberfläche.»

«Harald», tadelt Leonie, doch Scholz lässt sich nicht tadeln.

«Das ist ein asiatisches Sprichwort!», sagt er. Schmälzle runzelt die Stirn. Durch die strömen ähnlich dumme Poesiealbum-Sprüche: «Wenn du denkst, es geht nicht mehr, kommt von irgendwo ein Lichtlein her.»

Gut, dass Frau Meichle einen vernünftigen Vorschlag macht: «Füße hoch!», schreit sie. Wie von einer Brasilianischen Wanderspinne gestochen wischt sie den Boden im Posten.

Während er abwechselnd die Füße hebt, schwillt Schmälzles Hals an, so sehr erzürnt es ihn, dass dieses Lichtlein Meißner sein soll. Der hat ihn nach der frittierten Banane, die er sich gestern als Dessert gegönnt hat, auf dem privaten Festnetz angerufen und gesäuselt: «Soll ich dir zeigen, wo die Wüstlinge Wonnchen an den Baum gebunden haben, Kommissar? Dann komm mit mir auf den Berg!»

«Sie wollen mit uns kooperieren?», hat Schmälzle gefragt und sich selbst die Antwort gegeben: Hochphase der Manie.

«Ich habe *Yesterday* gehört», hat die Hochphase gesagt und ist lauthals in den *Trouble*-Teil des Liedes eingestiegen, doch Schmälzle hat Schlimmeres gerade noch verhindern können. «*Yesterday*», hat er gerufen. «Klar.»

«Das ist ein Volkslied von den Beatles», hat Meißner erwidert.

«Ein Volkslied», hat Schmälzle gesagt.

«Am Nachmittag um viere. Aber sei pünktlich, Kommissar, ich hab nur ein Viertelstündchen. Oder zwei. Höchstens drei.»

«Was, morgen?»

«Morgen früh, wenn Gott will …»

«Gut, dann sehen wir uns morgen.»

«Wenn ich endlich mal ein Wochenende frei habe!», hat Claudia geschimpft und einen Löffel Himbeereis mit Sahne nach dem Gatten geschnipst.

Dem dämmert gerade etwas, denn er erklärt Scholz: «Der Ausflug mit Meißner – ich glaub, das ist eine Falle.»

«Du meinst, er will uns verarschen?»

«Der will sich rächen!»

«Wofür?»

«Vielleicht hab ich ihn bei der Befragung zu hart rangenommen?» Schmälzle läuft in der Polizeistube auf und ab.

«Irgendwann ist Schluss mit Schalalala.»

«Haben wir eine Wahl, Harald?»

«Dann kraxeln wir halt auf den Berg mit ihm.»

«Wir können ja Unterstützung anfordern.»

«Wir zwei sollen mit diesem Heino-Verschnitt nicht fertigwerden und uns zum Gespött der Kurstadt machen? Was glaubst du denn, Schmälzle.»

«Dann eben wir beide, zwei Heckler und zwei schusssichere Westen.»

Scholz schüttelt den Kopf.

«Wenn Meißner in einer manischen Phase ist, kann er leicht durchdrehen, und wir wissen immer noch nicht, ob es dort oben nicht doch eine Waffe gibt – schließlich haben wir keine sichergestellt», versucht es Schmälzle noch mal.

«Herr Scholz, des mit dem Füße hochhebe gilt au für Sie!», unterbricht Frau Meichle und feudelt dem Polizeipostenleiter die Schuhe blank.

«Was machen Sie eigentlich für einen Wirbel, Frau Meichle?», fragt Schmälzle und eilt zu seinem Schreibtisch. Er lässt sich in den Drehstuhl fallen und legt die Füße hoch.

«Schaffe, schaffe, Herr Schmälzle.»

«Putzen Sie eigentlich auch für Privatleute?» Mit einem Seitenblick auf Scholz erklärt Schmälzle: «Auf Rechnung, versteht sich.»

«Ha freilich, glei bin i beim Dr. Vollmer!»

«Bei mir putzt Frau Meichle auch», grinst Leonie.

«Für an Epfel und a Ei», meckert Frau Meichle.

Scholz trommelt mit den Fingern auf seinen Schreibtisch, auf dem auch er schnell seine Füße abgelegt und aus dem Weg geräumt hat.

«Was machen wir mit dem Professor?», fragt Schmälzle. «Es steht Meißner zu, dass er seinen Aufpasser mitbringt.»

«Besser wär's», sagt Scholz.

«Du willst den Rottweiler dabeihaben?»

«Vielleicht kommen wir ihm auf die Schliche.»

«Bei was?»

«Ich weiß nur, dass mit dem was nicht stimmt.»

«Weil er seinen Patienten in Schutz nimmt?»

«Weil er uns nicht ernst nimmt.»

«Ist nicht strafbar.»

«Solche Wichtigheimer haben immer eine Leiche im Keller», sagt Scholz.

«Hat die nicht jeder?»

«Aber seine ist zerstückelt, geviertelt, in Tüten verpackt. Wetten? Auf jeden Fall bring ich meine Kopfhörer mit. Die Großen, mit der Noise-Cancelling-Technik.»

«So was hast du?»

«Ich hab für dich auch ein Paar im Keller. Falls unser Heino wieder auf die Idee kommt, Volkslieder zu trällern.»

«Sodale», trällert es vom Boden.

«Danke, Frau Meichle. Und Tschüssikowski!»

«I bin kein Düsejet, Herr Scholz», sagt Frau Meichle und kräuselt das Näschen zu feinen Bodenseewellen.

«Auch ein Großraum-Airbus fliegt mit neunhundert Stundenkilometern!», sagt Schmälzle.

Drei Adrenalinspiegel schnellen in die Ozonschicht, als sich Frau Meichle in die Höhe reckt und spricht: «Wenn die Wahrheit zu schwach ist, sich zu verteidigen, muss sie zum Angriff übergehen.»

Schmälzle runzelt fragend die Stirn.

«Brecht», fügt Frau Meichle hinzu und hinterlässt nichts als frischen Zitronenduft.

Im Märchen geht der Werwolf um

D a hat sie gestanden!» Meißner rennt zwischen den Bäumen hin und her und hält unschlüssig inne. «Nein, nicht dort: Da war's!»

Dann düst er wieder zurück zur Lichtung, von der sie gekommen sind.

Der Tag hat gut angefangen, denn Meißner ist alleine gekommen. Er hat nur mit den Schultern gezuckt, als Schmälzle nach dem Professor gefragt hat. Sie haben den Polizeiwagen am Infozentrum Kaltenbronn geparkt und die Route gewählt, die Meißner vor mehr als einer Woche in Begleitung von Yvonne genommen hat.

Vom Infozentrum sind sie stramm über den Berg in Richtung Moor gewandert. Schmälzles Augen haben nichts als Geröll, Gestrüpp und lange, junge Fichten, dicke, dürre Latschenkiefern, erhabene und mickrige Tannenbäume gesehen. Irgendwann haben sie die Lehenhütte passiert und waren damit ein ganzes Stück weiter als Scholz' Hundestaffel, die an der Rotwasserhütte hatte umkehren müssen. Nachdem sie ein improvisiertes Schlaflager entdeckt hatte, unter dessen Kopfende ein Fixerbesteck versteckt war. Was Scholz Schmälzle beichtete, während Meißners Schritte im selbsttätigen Stadium und seine Gedanken im vollautomatischen Modus waren. Bis Meißner anhielt und triumphierend nach vorne zeigte.

«Bingo!», sagte Scholz.

Vor ihnen breitete sich ein riesiges Feld aus, reckten Aber-
tausende von stachligen Pflanzen ihre cremefarbenen und
hellgelben Blüten in die Luft. Schwarzviolette Punkte in ihren
Röhren ließen ein dunkles Geheimnis erahnen.

«Das ist die Pflanze aus dem Buch der heiligen Hildegard!»
Scholz stierte ehrfürchtig auf das Feld, als hätte es ihn verwun-
schen. «Das sind gut zehn Ar! Davor würde sogar die kolum-
bianische Mafia in die Knie gehen.»

«Kaum», sagte Schmälzle, «aber für eine russisch-schwäbi-
sche Partnerschaft sind die Ausmaße beachtlich.»

Scholz schnüffelte an einer der Blüten. «Boah, stinkt das.
Aber das ist definitiv der Tee-Zusatz, mit dem uns Biggy ab-
serviert hat.»

«Da hat sie gestanden!», sagt Meißner noch mal und klopft auf
eine dicke deutsche Eiche.

Scholz mosert: «Es war keine Eiche, an die Frau Lauer gefesselt werden sollte, sondern eine Tanne! Die sieht aus wie das,
was an Weihnachten bei euch in der Klinik steht. Nur ohne
Lametta.»

Schmälzle zischt dreimal kurz. Was bedeuten soll: ‹Sachte,
Kumpel, wir dürfen ihn nicht ärgern, du weißt doch, wie labil
der Typ ist.›

Oh ja, das ist er, denn er schreit den steinalten Baum an, als
könnte der was dafür. «Das ist ungerecht, alles ist ungerecht»,
brüllt Meißner und trabt auf Scholz zu. «Wonnchen gehört
mir!»

Scholz runzelt die Stirn und kratzt sich am Kopf.

«Wo habt ihr sie hingebracht!», brüllt Meißner, und die
Stimme schnappt ihm fast über, so aufgeregt ist er.

Schmälzle fühlt das Blut in sich aufsteigen, spürt, wie es

hinauf in beide Hirnhälften strömt, bis in die Wurzeln seiner Stoppelhaare. Auch wenn er sich vorgenommen hat, Haltung zu bewahren, muss der Druck raus. «Du hast uns hergeholt, weil du eine Aussage machen wolltest. Stattdessen krakeelst du hier rum, du Vollpfosten!», schreit er.

Scholz tritt näher, stellt sich dicht vor Meißner. Der kann nicht nach hinten ausweichen, weil er an der Eiche lehnt. Er kann nicht nach Osten entwischen, weil dort Schmälzle steht. Auch gen Westen entkommt er nicht, weil Scholz seinen ausgestreckten Arm am Baum festgenagelt hat.

Meißner schlägt auf den Arm des Polizeipostenleiters ein und will nach Westen ausbüxen. Schmälzle packt ihn am Blouson.

«Euch sag ich nichts mehr!», plärrt Meißner. «Gar nichts!» Dann jammert er: «Ich möchte abgeholt werden, ruft den Professor an!»

Scholz holt tief Luft und erhebt die Stimme ins Crescendo: «Hör mal, Meister, wer hier wen anruft, entscheiden wir. Und jetzt leg los: Spuck aus, was du uns mitzuteilen hast. Oder mach die Fliege. Wir sind Beamte im Dienst. Wir kosten hundert Euro die Stunde. Pro Nase. Pferd fünfunddreißig Euro extra. Und wenn du uns umsonst geholt hast, zahlst du die Zeche. Du, nicht der Professor! Wir können dich auch einbuchten, wenn du nicht zahlen kannst.»

Schmälzle zieht die Mundwinkel hoch. Was habe ich für einen Kollegen!, denkt er. Zufrieden steckt er die Hände in die Hosentaschen. Meißner ist auf einmal ganz still. Er schaut an sich herunter, auf das saftige Moos, das den Boden großflächig einnimmt.

«Ich wollte euch doch verraten, wer die bösen Männer sind. Das wollte ich. Für Wonnchen. Die hat das nicht verdient.»

Schon hüpfen Schmälzles Finger aus den Hosentaschen, pfeilschnell ist er ist bei Meißner und legt ihm beide Hände auf die Oberarme. Väterlich, möchte man meinen, sagt er: «Na dann, raus damit.»

Meißner nickt. Scholz zeigt auf einen Stapel Baumstämme, die zehn, zwanzig Meter weiter im Wald liegen. «Wollen wir uns nicht setzen?», fragt der Polizeipostenleiter höflich.

Auch Schmälzle folgt, und so sitzen die drei Männer auf den umgelegten Bäumen, Meißner in der Mitte. Fehlt noch ein üppiges Vesper für Scholz und ein letzter Reismilch-Macchiato für Schmälzle. Meißner hat alles, was er braucht: volle Aufmerksamkeit.

«Wir hören!», sagt Schmälzle, im Kommisston.

Scholz schüttelt hinter dem Rücken von Meißner die rechte Hand, es scheint, er wollte damit nicht die Baumstämme begrüßen, sondern andeuten, dass der Ton gerne wieder gemäßigtere Gefilde erreichen darf.

Schmälzles Temperament kapituliert. «Erzählen Sie, was Sie auf dem Herzen haben», sagt er sanft zu Wolfram.

«Da war ein Mann», sagt er, «der hat Schwäbisch gesprochen.»

Scholz nickt.

«Aha», sagt Schmälzle.

«Der war ganz nah bei Wonnchen, ist dauernd mit einem Lasso um sie herumgehüpft. Der war nicht ganz sauber!»

Schmälzle schaut Scholz an.

«Im schwäbischen Sinne, Schmälzle. Normaldeutsch heißt das, er war nicht ganz dicht.»

Meißner nickt. «Aber der war nicht der Böse, das war der andere Mann, der immer ‹suka› zu Wonnchen gesagt hat. ‹Suka›, verstehen Sie das?»

«Ja», sagt Schmälzle.

«Der hat dauernd mit einer Pistole vor dem Schwaben rumgefuchtelt. Und dann kam der im Anzug.»

«Der im Anzug?»

«Der hat Hochdeutsch geredet. Und Lackschuhe getragen, die haben noch mehr geglänzt als meine!» Beleidigt zeigt Wolfram auf seine schwarzen Lederschuhe. «Die anderen Schuhe hab ich weggeworfen, da hat Wonnchen draufgespuckt! Na ja, sie hat das bestimmt nicht mit Absicht getan, nein, nein, die ist nur aufgeregt gewesen. Ich hab ihr nichts tun wollen, sie ist doch mein Wonnchen», klagt Meißner und wird barsch: «Aber die Alte schnallt das einfach nicht!»

«Wer war dieser Mann mit den Lackschuhen?», fragt Schmälzle.

«Weiß nicht», sagt Meißner. «Der hat dauernd telefoniert.»

«Ja», sagt Scholz, «mit Holland.»

«Weiß nicht», fährt Wolfram fort.

«Haben Sie etwas vom Telefonat mitbekommen?», fragt Schmälzle.

«Hm.»

»Und?»

«Der hat eine Wegbeschreibung durchgegeben.»

«In die Haarlemmerstraat», sagt Schmälzle.

«Nein.»

«Nein?»

«Nein.»

«Nicht vielleicht?»

«Nein. Oder doch?»

«Ja, was denn nun?»

Hopp, hopp, hüpft der Kuckuck aus der Uhr, und Meißner singt: «Schöngarnweg.»

214

«Was?»

«Der vom Eichenweg abbiegt.»

«Wie?»

«Er sollte die Talwiesenstraße hoch», sagt Meißner.

«Die ist in Nonnenmiß, und das ist dort, wo der Dietersbach durchfließt», erklärt Scholz.

«Nonnenmiß?» fragt Schmälzle.

«Teilort von Bad Wildbad», klärt Scholz auf. «Also, genau genommen gehört alles, was links vom Dietersbach liegt, zu Enzklösterle. Der größere Teil aber ist in Bad Wildbad eingemeindet. Außer einem Restaurant, wo man superlecker essen kann. Das gehört dummerweise zu Enzklösterle.»

«Was ist da jetzt, im Schöngarnweg?», will Schmälzle wissen.

«Da haben sie sich verabredet», sagt Meißner.

«Wer mit wem?», fragt Scholz.

«Weiß nicht», sagt Meißner.

«Aber den Termin, den haben Sie sich gemerkt!», löchert Schmälzle.

«Ja», sagt Meißner.

«Lass es raus!», drängt Scholz.

«Am 24. September. Um neunzehn Uhr.»

«Was?», schreit Schmälzle.

«Das ist ja heute», sagt Scholz mit einem Blick auf die Datumsanzeige seiner Uhr und fügt hinzu: «Schmälzle, das ist suboptimal, ich hab ein Date. Kannst du für mich einspringen?»

«Harald!», sagt Schmälzle. Nichts weiter als «Harald», und die Blondine oder Brünette oder Rothaarige ist abgeschrieben. Unter Umständen hat sie auch gar keine Haare mehr oder trägt Granny Grey, wie man das in der Stadt so tut, denn: «Landeier date ich keine mehr», hat Scholz Schmälzle gestanden, nach der zweiten Flasche Beaujolais, jüngst im Keller.

Die Herren sputen sich, denn es ist sechzehn Uhr siebenundfünfzig, sodass zwei Stunden bleiben. Schmälzle will die Obstpresse noch ein wenig bedienen und dreht an der Spindel: «Es ist sehr hilfreich, Herr Meißner, dass Sie uns das gesagt haben.»

Meißner lacht. Zum ersten Mal, seit die Ermittler ihn kennen, lacht er. Ein durchs Dickicht blitzender Sonnenstrahl fängt seine Spucketröpfchen ein und bringt sie zum Glitzern.

«Wer kommt zu dieser Verabredung, was haben Sie gehört?», fragt Schmälzle.

«Um was geht es da, hat sich der Mann dazu geäußert?», bohrt Scholz.

«Wo findet das statt, ist da ein Wohnhaus, im Schöngarnweg, wissen Sie Näheres?»

«Und welche Nummer hat das Haus?»

Wolfram steht auf und entfernt sich ein Stück von den Polizeibeamten. Dann dreht er sich um, fixiert sie scharf und fragt: «Was ist als Belohnung drin?»

«Spuck's aus», schreit Scholz, «dann entscheiden wir, was deine Spucke wert ist.»

«Zwanzig Kilo», sagt Meißner.

«Zwanzig Kilo Pflanzensamen?», fragt Schmälzle, der kaum glauben kann, was er hört.

«Zwanzig Kilo halt. Sollen den Besitzer wechseln.»

«Zwanzig Kilo Bilsenkraut?», ruft Scholz.

«Was ist jetzt mit der Belohnung?», fragt Meißner, jedoch: Die Frage war rein rhetorisch, Meißner ist in Plauderlaune: «Der hat telefoniert. Er hat auf die Plastiktüten eingetreten und dauernd gequasselt.»

«Was für Plastiktüten?», fragt Schmälzle.

«Ein ganzer Haufen stand da rum.»

«Ja, und?», drängelt Schmälzle.

«Da war abgerupftes Zeug drin.»

«Die Kräuter», sagt Scholz.

«Der Idiot hat die Pflanzen einfach in die Beutel gestopft. So was kaufen einem nicht mal die rumänischen Blumenverkäufer ab!», sagt Meißner und verhaspelt sich, als hätte er noch nie so viel auf einmal gesprochen.

«Wenn du einem einen Zettel unter die Nase hältst, auf dem steht: *Hubert hat Tumor, bitte helfen*, kaufen die Leute alles», sagt Scholz.

«Blumen müssen frisch sein», sagt Meißner und will ein fröhliches Loblied anstimmen, da hält ihm Schmälzle die Rechte vor den Mund. Gleichzeitig holt er mit links sein Handy aus der Tasche, wählt die Nummer des Präsidiums und fordert ein Spezialkommando an. «Nach Nonnenmiß, bitte!»

«Karlsruhe–Nonnenmiß, das sind sechzig Kilometer. Müsste in einer Stunde zu schaffen sein», sagt Scholz.

«Jetzt ist es siebzehn Uhr acht. Das heißt, die Kollegen haben eine knappe halbe Stunde, um fünf, sechs Mann zusammenzutrommeln, zwei Scharfschützen inklusive», sagt Schmälzle. «Dann noch eine halbe Stunde, um sich abzustimmen, auf die Lauer zu legen und die Scharfschützen in Position zu bringen.»

Scholz hat eine Idee: «Wir fahren vorher hin und suchen uns ein Versteck. Bis die Soko angerückt ist, sind wir in Position.»

«Und wenn sie nicht anrückt?»

«Regeln wir die Sache.»

«Solo?»

«Solo. Im Duo.»

Das vegane Bioabendbrot setzt bald Schimmel an

Schmälzle liegt seit einer Stunde in Beobachtungsposition und fühlt sich wie im Schützengraben. Die schusssichere Weste wärmt ihn ein wenig, aber es ist frisch geworden. «Pass auf dich auf», hat Claudia gesagt, und ihre Stimme ist leise gewesen, zart fast, was ihr Wesen nicht wirklich spiegelt. Sie hat ihm diesen Ich-habe-Angst-Blick zugeworfen, den er gar nicht an ihr mag. Auch Sam hat ihn stumm taxiert. Dabei hat er nur von einem «Einsatz» gesprochen, mehr nicht. «Einsatz» kann viel heißen, auch dass sie eine Oma observieren, die ihre Stricknadeln nicht mehr im Griff hat. Aber Schmälzle weiß genau, was Claudia und Sam unter einem Einsatz verstehen. Er erinnert sich nur zu gut an den Fall in Bruchsal, bei dem er fast draufgegangen wäre. Mit drei tiefen Stichwunden ist er ins Krankenhaus eingeliefert worden. Claudia hat Tag und Nacht an seinem Bett gesessen und ihm Jazz vorgespielt. Alles hatte angefangen wie heute: harmlos. Es ging um ein Familiendrama, bei dem der Vater gedroht hatte, Mutter und drei Kinder zu erschießen, sollten sie ihn verlassen. Weil sie mit fünfzehn Mann einschließlich zwei Scharfschützen und einem Psychologen angerückt sind, hat keiner Bedenken gehabt, die Situation nicht unter Kontrolle zu bekommen. Zudem hat der Psychologe den Mann in ein Gespräch verwickelt und ihnen das Gefühl gegeben, alles im Griff zu haben. Bis der Mann ausgerastet und in die Küche gesprintet ist. Er hat ein Messer aus dem Block gezogen und wild um sich gestochen. Dabei hat er zwei Polizisten leicht verletzt. Es war wie im Film: Schmälzle hat sich zwischen den Täter und die verletzten Polizisten geworfen. Er wollte den Täter entwaffnen. Er weiß immer noch nicht, warum, denn es war Aufgabe der Scharfschützen, die nur eine halbe Sekunde später reagiert haben. Der Mann hat zugestochen. Wild hat er auf Schmälzle eingestochen, hat die Oberarme erwischt, dann die Rippen, hat um ein paar Zentimeter die Lunge verfehlt. Die Scharfschützen haben den Mann mit einem Schuss niedergestreckt. Die Kinder haben geweint. Sam hat auch geweint, an Schmälzles Bett, er ist erst sieben gewesen.

Ich darf das nicht versemmeln, denkt Schmälzle, ich habe mehr Glück als viele Menschen, ich habe eine tolle Familie. Ich habe einen grandiosen Kollegen, na ja: einen Kollegen, der auf dem besten Weg ist, grandios zu werden. Ich habe ein gigantisches Haus, na ja: einen renovierungsbedürftigen Siebziger-Jahre-Bungalow. Ich habe einen prächtigen Park, na ja: einen verwahrlosten Garten. Aber eine unglaubliche Joggingstrecke vor der Haustür. Er seufzt und rutscht auf dem harten Geröllboden in eine Position, die ihn die nächsten zehn, zwölf Minuten ausharren lässt. Wenn er hier rauskommt und sie den Fall gelöst haben, wird er seinen Sohn zum Downhill-Fahren in den Bikepark mitnehmen, jeden Samstag. Er wird ihm täglich bei den Schulaufgaben helfen, Deutsch und Geschichte mit ihm pauken. Er wird regelmäßig zum Elternabend ins Enztal-Gymnasium gehen. Bestimmt wird er das tun. Und dafür sorgen, dass Sam nicht an Drogen kommt. Ob Ecstasy oder Marihuana, er wird ihm zeigen, dass Sport cooler ist. Er wird verhindern, dass er und überhaupt Kids seines Alters Stoffe wie Black Forest High rauchen. Egal wo. Nicht in Wildbad, nicht in

Karlsruhe, nicht in der Bronx. Nirgendwo auf dieser Welt. Deshalb liegt er hier. Auf unebenem Grund, mit schmerzenden Knien.

Auch Scholz liegt neben der Mauer auf der Lauer, gleiche Straßenseite, aber weiter oben, Richtung Wald. Da sie die Hausnummer nicht kennen, haben sie sich getrennt.

«Jeder ist für eine Straßenseite verantwortlich», hat Scholz gesagt. Da es nur zwei Häuserblocks im Schöngarnweg gibt, die gut fünfzig Meter voneinander entfernt sind, haben sie kein Problem gesehen.

«Wenn die Männer vom Eichenweg anrücken, kommen sie an mir nicht vorbei», hat Schmälzle gesagt.

Scholz hat ergänzt: «Wenn sie sich aus einem Waldweg heranschleichen, leise, das Fahrzeug auf Leerlauf gestellt, habe ich sie im Visier.»

«Wer die Gauner entdeckt, simst den anderen an.»

Das Sondereinsatzkommando ist nicht angerückt. Während Scholz und Schmälze eifrig hin- und hergesimst haben, wie sie vorgehen wollen, wie lange sie verharren sollen, und zuletzt die Frage erörtert haben, warum ihre Putzfrau Brecht zitiert, hat sie die Absage erreicht.

«Aber», so wurde Scholz versichert, «wir schicken sofort Verstärkung los, wenn ihr Wildbader Super-Cops die Sache nicht im Alleingang regelt. Das wird nicht nötig sein, oder?»

«Na klar, einem Drogenkartell das Handwerk zu legen ist Pillepalle für einen Polizeiposten wie den von Bad Wildbad», hat Scholz den Kollegen erklärt und die Nase bis zur Wurzel gerümpft, was die durchs Telefon nicht sehen konnten.

Seitdem hat sich nichts bewegt. Außer einem dunkelblauen Mercedes, der in eine Garage gefahren ist. Wenig später hat ein dunkelblau gekleideter Mann eine dunkelblaue Tasche ins

Haus gerollt. Noch später wurden vier, fünf Deckenstrahler in den umliegenden Häusern angeschaltet. Sonst ist nichts geschehen. Schmälzle verspürt entsetzlichen Hunger, und sein Magen knurrt lauter noch als sein Smartphone, das in seiner Tasche vibriert. *Eh Schmälzle, wir blasen die Aktion ab. Heute kommt keiner mehr!*, simst Scholz. Erleichtert schickt Schmälzle eine lange Reihe Smileys und Emojis zurück.

Da biegt noch ein Mercedes um die Ecke, diesmal jedoch einer, an dessen Steuer man einen Hamilton vermuten würde. Es ist aber nicht der Lewis, es ist ein Stäffelesrutscher, der seinen AMG durch diese verlassene Gegend kutschiert. Mit gefühlten dreihundert Sachen in die Kurve geht. Direkt auf Schmälzle zusteuert. Der reibt sich die Fäuste. Besitzer solcher Karossen haben immer Dreck am Stecken. Vor allem, wenn sie Kennzeichen tragen wie: S-SS 11. Also hält er den Wagen an, hebt den Arm in die Luft, wedelt wild und ruft: «Polizeikontrolle!»

Der Fahrer lässt das Fenster runtersurren – sssst. Schon der Ton nervt Schmälzle, denn er klingt teuer. Das spiegelt auch der Gesichtsausdruck des jungen Mannes, dessen Barthaare noch keinen wilden Zustand gesehen haben können.

Der Mann mustert Schmälzle und sagt: «Sie haben sie doch nicht mehr alle!» Dann lässt er das Fenster wieder hochsurren und den Motor aufheulen.

Scholz hält in seinem alten Saab bei Schmälzle, lässt die Bremsen quietschen und ruft: «Los, hüpf rein!» Schmälzle hechtet in den Wagen, Scholz tritt aufs rechte Pedal.

Der AMG beschleunigt, biegt links in die Talwiesenstraße ein, die schnurgerade verläuft, zur L351 wird und nach Sprollenmühle führt. Die Straße ist nahezu autoleer. Harald tritt das Gaspedal weiter durch, auch wenn das Bodenblech Widerstand leistet. Der AMG-Fahrer hält seinen linken Arm aus dem Fenster und winkt den Herren zu. Die sind dicht hinter ihm.

«Aber Automatik fahren», sagt Harald.

«Der Lahmarsch kann nicht anders», sagt Schmälzle.

«Das sind keine 160.»

«Geht einem auf den Senkel.»

«Nicht mal ein ordentlicher Showdown wird das heute.»

Weit gefehlt, da geht noch mehr: Der Fahrer beschleunigt jetzt wirklich, binnen Nanosekunden ist er von 160 bei 200 Stundenkilometern, gleich wird er auf 210 sein, dann auf 220, dann ... nickt Scholz Schmälzle zu und biegt blinkerlos in die Überholspur ein. Schmälzle holt die Polizeisirene vom Rücksitz und stellt sie aufs Dach. Der vierzig Jahre alte Wagen gibt alles, was er draufhat, ist neben dem AMG, dann gibt Scholz Gas, sie schießen nach vorne, schaffen Luft zwischen sich und dem AMG – und mit einer eleganten Bremsung stellt Scholz sich vor dem teuren Wagen quer. Der Fahrer bremst, sitzt bloß da und starrt die Polizisten an. Scholz steigt aus, Schmälzle ebenso, die Hand am Pistolenhalfter.

«Sie entziehen sich der Anweisung der Polizei, das ist strafbar!», schreit er.

Der Fahrer glotzt. «Was wollen Sie eigentlich von mir?»

«Aussteigen», sagt Scholz, und auch Schmälzle ist nach Befehlston: «Aufmachen!»

Er deutet auf den Kofferraum. Der Fahrer schält sich aus seinem Sitz und geht gemächlich zum Kofferraum. Neureicher Schnösel, denkt Schmälzle und liest Scholz' Gedanken: Der Kerl ist zu jung für so eine Karre. Und: bingo! Der Kofferraum schnappt auf und gibt den Blick auf ein grünes Innenleben frei. Schmälzle traut seinen Augen nicht, glaubt, die Idylle spiele ihm ein Schnippchen. Aus den ungezählten Plastiktüten lugen überall Kräuter hervor und tauchen den Kofferraum in ein trügerisches Schwarzwaldambiente. Das ist der Dritte, von dem Frau Lauer gesprochen hat! So viel Glück kann man an einem Tag gar nicht haben.

«Da geht's lang!», sagt Scholz und zeigt auf seinen Wagen. «Der hat vielleicht ein paar PS weniger, aber ein schönes Tatütata.»

Im Lautenhof wird in
die Erdgeschichte gereist

«Sodale, Bürschchen», sagt Scholz mit strenger Miene. «Das ist ein hübsches Wägelchen, so ein AMG. Der kostet eine Stange Geld! Da muss man viel Kraut spazieren fahren, um den zu finanzieren.»

«Da haben Sie gedacht, AMG heißt ja auch Arzneimittelgesetz. Kann man ruhig ein wenig biegen, so ein Gesetz?», fragt Schmälzle.

«Wenn man so viele Pferdchen dafür kaufen kann.»

«Sechshundert Stück.»

Die Füße des Besitzers der sechshundert Pferdchen scharren auf dem blitzblank gewichsten Holzboden der Polizeistube hin und her. Sein Blick schweift zur Seite und bleibt am vertrockneten Gewächs auf dem Fenstersims hängen. Dass er sich artig als Dennis Reuchlin vorgestellt hat, heißt noch lange nicht, dass er in irgendeiner Weise eingeschüchtert ist. Er sagt: «Machen wir es kurz: Wegen des *Hyoscyamus niger*, den Sie in meinem Kofferraum sichergestellt haben, können Sie mir nichts. Darüber schreibe ich meine Doktorarbeit. Ich kann es noch kürzer machen: Sie stehlen meine Zeit.»

Schmälzle mustert den Typen, sein Blick streift den maßgeschneiderten grauen Anzug, ein feines cremefarbenes Hemd, eine elegante Krawatte, vermutlich Seide, und bleibt am großzügig verteilten Wetgel im Haar hängen. Der könnte als Zuhälter durchgehen, denkt er.

Der Zuhälter erklärt: «Ich habe Agrarwissenschaft studiert, in Hohenheim.»

«In Hohenheim», sagt Scholz.

«Mein Onkel war Landschaftsgärtner, daher mein Interesse.»

«Und als Neffe durften Sie manchmal die Heckenschere halten», sagt Scholz.

«Treffer! Ich habe schon als Achtjähriger Liguster, Kirschlorbeer und Thuja geschnitten. Zwei Meter hohe Hecken», sagt Reuchlin und verzieht seinen Mund ins 16:9-Breitbildformat.

«Ein achtjähriger Dreikäsehoch mit einer elektrischen Heckenschere?» Schmälzle hebt die Augenbrauen.

«Die war genauso lang wie ich.»

«Dafür hat es ordentlich Taschengeld gegeben», sagt Scholz und deutet auf den Anzug.

«Ich hatte immer mehr als meine Schulkameraden. Es gab ja auch noch Trinkgeld. Die Großmütter und Tanten im Haus fanden mich cool.»

«Cool», wiederholt Schmälzle.

«Putzig. Sie fanden den wendigen, kleinen Burschen, der mit der Heckenschere hantiert hat wie ein Großer, bestimmt zuckersüß», sagt Scholz.

«Ich war der Erste mit einer PlayStation.» Der Zuhälter rückt die Krawatte zurecht.

«Und mit einer fetten Stereoanlage», sagt Scholz.

«Dann kam das Handy», sagt Schmälzle.

«Das man in den neunziger Jahren noch nicht in jede Windel genäht hat», sagt Scholz.

Der Zuhälter suhlt sich in ihren Worten: «Korrekt, meine Herren. Ich hab mir auch einen Roller gekauft. Und immer die tollsten Weiber abgekriegt.»

«So, so», sagt Scholz und ballt die Faust unter dem Tisch.

Reuchlin lehnt sich zurück und erzählt, dass er an der Uni intensiv mit Pflanzen experimentiert habe. «Jetzt promoviere ich über die Auswirkungen experimenteller Kreuzungen von *Solanaceae* auf die Biodiversität im Ökosystem.»

«So, so», sagt Scholz und ballt die andere Faust.

«Deshalb haben Sie auf dem Kaltenbronn ein Feld angelegt?», fragt Schmälzle beiläufig.

Reuchlin bekommt einen Hustenanfall. Nachdem er sich beruhigt hat, sagt er: «Ich habe ein *Hyoscyamus-niger*-Feld angepflanzt, um das Bilsenkraut mit weiteren Nachtschattengewächsen zu kreuzen, zum Beispiel mit der *Datura stramonium* oder der *Atropa belladonna*, vielleicht auch mit der *Nierembergia scoparia*, die nur in Brasilien oder Argentinien wächst.»

«Oder in Kolumbien?», mutmaßt Scholz.

Reuchlin geht nicht vom Gaspedal: «Es gibt vierzehnhundert Arten der Gattung *Solanum*, womöglich wissen Sie gar nicht, dass auch die Tomoffel ein Nachtschattengewächs ist, entstanden aus einer Kreuzung von Kartoffel und Tomate.»

«Die Tomoffel», sagt Scholz. «Wie konnte ich die vergessen!»

«Es ist eine echte Sisyphusarbeit, diese Kreuzerei, aber ohne sie steht das Ökosystem ja vor dem Aus, so viele Pflanzen verlieren ihre Nahrungsgrundlage, die können Sie gar nicht alle zählen. Na ja, irgendwie ist ja die komplette Botanik von der globalen Extinktion bedroht», sagt Reuchlin.

«Und womit genau wollten Sie jetzt das Bilsenkraut kreuzen, das Sie in Ihrem Kofferraum herumgefahren haben?», fragt Scholz.

Reuchlin studiert seine Nägel.

«Vielleicht mit Küchenkräutern?», fragt Schmälzle.

«Die Sie im großen Stil eingekauft haben! Weil Ihnen das

synthetische Cannabis, mit dem Sie Ihr Kraut zuvor veredelt haben, zu teuer geworden ist?», fragt Scholz.

«Euch hat's wohl den Wirsing verhagelt!» Nach kurzer Fassungslosigkeit schlägt Reuchlin die Beine übereinander und erklärt: «Ich bin Wissenschaftler und kein Drogenbaron.»

Dann erläutert er, dass die gierige Bevölkerung, wenn sie weiter so achtlos mit der Natur umgehe und ihren ökologischen Fußabdruck von lasterhaften fünf Hektar pro Quadratmeter bei einer Biokapazität von zwei auf Gottes Erdboden presse, alles den Bach hinunterbefördere. In einem rapiden Tempo. Bis das Leben auf diesem Planeten voll im Arsch sei, diese Worte würden sie sicher verstehen, die Herren.

«Das können Sie nicht zulassen», sagt Schmälzle.

«Meine Arbeit auf dem Kaltenbronn ist eine Mission für die Menschheit, und mein Doktorvater unterstützt mich da voll.»

«Natürlich», sagt Scholz.

«Klar», sagt Schmälzle.

«Zweifeln Sie an der Korrektheit meiner Aussagen?»

«Du hast zwei Handlanger engagiert, die dir assistieren, deine stinkenden Pflanzen in Supermarkt-Tüten zu stopfen und dann karrst du das nach Stuttgart, an die Uni Hohenheim, die selbst ein Landesarboretum von sechzehneinhalb Hektar Fläche hat? Weil kein Plätzchen mehr für dich frei gewesen ist, ist dir eingefallen, dass du auf den Kaltenbronn latschen könntest, um deine Forschung dort fortzusetzen? Glaubst du, weil wir auf dem Land leben, sind wir bescheuert?», poltert Scholz.

«Tss, tss, tss», sagt Reuchlin und schüttelt den Kopf. Und gleich noch einmal: «Tss, tss.»

«Wer ist denn Ihr Doktorvater?», wirft Schmälzle ein. «Kann man den mal sprechen?»

«Selbstverständlich, Herr Kommissar. Aber er ist gerade in

Holland, auf einer Delegiertenreise. Nach meinem Kenntnisstand in Begleitung von Vertretern des Landesministeriums Baden-Württemberg.»

«Holland», sagt Scholz und nickt.

«In der Haarlemmerstraat?», fragt Schmälzle. Reuchlin zuckt zusammen, und die zuvor noch leicht rosige Farbe weicht aus seinem Gesicht. Er blickt schnell von Schmälzle zu Scholz und zurück, dann sagt er: «Haha, hübscher Versuch. Ihr habt keinen blassen.»

«Oh doch, Freundchen. Wir haben sogar einen Profiler hier, der visionäre Fähigkeiten hat!», sagt Scholz und deutet auf Schmälzle.

Reuchlin wirkt irritiert, hat jedoch in Sekundenschnelle wieder Oberwasser. «Ich fürchte, ich muss jetzt gehen.»

«Mooooment», sagt Scholz. «Wer geht, entscheiden wir! Auch wenn neuerdings die guten Manieren ausgestorben sind, müssen wir die Befragung fortsetzen.»

Schmälzle übernimmt: «Wenn Sie das Bilsenkraut im Rahmen Ihrer Doktorarbeit anpflanzen, wozu die beiden Handlanger?»

«Sie müssten doch mit Studenten aus Hohenheim arbeiten – vor allem, wenn Ihre Mission so wichtig für die Menschheit ist. Da darf nichts schiefgehen!» Auch Scholz trägt zur Mission ‹Mann im Raum halten› bei.

«Studenten haben Besseres zu tun, als Salat zu pflücken. Und jeder Erdbeer-, Blaubeer- und Spargelbauer hat polnische Pflücker, das wissen Sie doch. Oder haben Sie was gegen ausländische Mitarbeiter?» Reuchlin wirft einen provokanten Seitenblick auf Schmälzle.

«Natürlich haben wir nichts gegen ausländische Mitarbeiter, gegen inländische auch nicht, aber illegal ist illegal, und Sie haben die beiden sicher nicht als sozialversicherte Mitarbeiter angestellt. Oder sehe ich das falsch?», fragt Schmälzle.

«Das sind Freunde von mir, freiwillige Erntehelfer. Die arbeiten unentgeltlich für mich.»

«Aus lauter Liebe zur Wissenschaft!», sagt Scholz.

Der Mann legt ein spöttisches Lächeln auf: «Sie haben es kapiert.» Dann steht er auf und rückt seinen Stuhl zurecht.

«In die Grube gefallen!», sagt Scholz.

«Bitte?»

«Ihr schwäbischer Freund hat gesagt, Sie schulden ihm noch mehrere hundert Euro. Folglich ist bei Ihrem schwäbischen Freund die Liebe zur Wissenschaft nicht so ausgeprägt, was?», sagt Schmälzle.

«Ich pflege keinen Umgang zu Schwaben», sagt Reuchlin und taxiert Scholz.

Der nimmt die Herausforderung an: «Unsere Zeugin ist da anderer Meinung.»

«Zeugin?»

«Hübsch, jung, blond. Klingelt da was?»

«Diese verdammte Bitch!»

«Danke!», freut sich Schmälzle.

«Anwalt», sagt Reuchlin, der sich wieder setzt. «Ich habe das Recht auf juristischen Beistand! Ich muss keine Aussage tätigen.»

«Besser wär's», sagt Scholz, «wenn Sie sich kooperativ und einsichtig zeigen würden, dann könnte sich das strafmildernd für Sie auswirken.»

«Wäre, würde, hätte – zu viele Konjunktive. Aber das wird nichts, meine Herren, ich lese Krimis. Bevorzugt Schwedenkrimis.» Reuchlins Stimme ist tief in den Keller gestiegen, ganz weit runter, bis zum Tor zur Hölle.

Wenig später schellt das Telefon im Polizeiposten. «Anwalt Höschele aus Stuttgart am Apparat. Dr. Höschele», erklärt der Mann. «Ich muss sehr darum bitten, dass man meinen Mandanten nicht widerrechtlich festhält. Ich komme gerne persönlich vorbei, aber das Ergebnis wird dasselbe sein – es sei denn, es gibt Konkretes, was Sie meinem Mandanten vorwerfen.»

Leonie flötet: «Es ist sicher nicht nötig vorbeizukommen, Herr Dr. Höschele.»

«Wenn ich mit meinem Mandanten gesprochen habe, wird sich meine Sekretärin bezüglich eines Termins für eine Vernehmung in meinem Beisein mit Ihnen in Verbindung setzen.»

«Aber selbstverständlich», geigt Leonie, die auf laut gestellt und die Tür zum Besprechungszimmer geöffnet hat, sodass die Herren mithören können.

«Mein Mandant trägt gerne zur Aufklärung von diesem oder jenem Verbrechen bei, vorausgesetzt, man setzt mich in Kenntnis darüber, wessen man ihn beschuldigt. Ist das verständlich genug für den Wildbader Polizeiposten?»

Scholz nimmt Leonie den Hörer aus der Hand und knallt ihn auf die Gabel. Schmälzle hat beide Hände vor der Brust verschränkt und sich auf seinem Stuhl in Schräglage gebracht. Er schnaubt. Scholz zieht Reuchlin den Stuhl unter dem Hintern weg und befiehlt: «Abmarsch!»

«Aber freuen Sie sich nicht zu früh, wir sehen uns wieder», ruft Schmälzle hinterher.

Der Befragte lächelt von oben herab und reicht zunächst Schmälzle, dann Scholz die manikürte Hand zum Gruße. Dann steppt er galant aus der Polizeistube, als hätte er für die Hauptrolle in einem Fred-Astaire-Film vorgesprochen.

Im orientalischen Ruheraum
ertönen Sphärenklänge

*A*ls Schmälzle endlich dazu kommt, sein Wochenende zu genießen, ist es fast schon am Ende. Auf dem Rad kommt er gewöhnlich am schnellsten zur Ruhe, und so rast er gerade durch den Kurpark. Offiziell: Kuchen holen, für den Nachmittagskaffee. Da passiert, was nur im richtigen Leben geschieht: Der Zufall spielt ihm in die Hände. Direkt vor sich, neben einer Bank, diskutiert ein hochgewachsener Kerl mit einem Jugendlichen und wedelt mit einem Zellophan-Päckchen vor dessen Nase herum. Schmälzle bremst scharf. Mann! Er ist wütend. Auf sich selbst. Warum hat er sich auf die Wilhelmstraße konzentriert und nicht auch den Kurpark abgesucht? Wie konnte ihm das passieren!

Aber er hat keine Zeit zum Grübeln. Er hüpft vom Rad. Der Minderjährige türmt. Schmälzle mustert den langen Kerl, der ungelenk dasteht, wie ein Kind, das von Mama bei Unanständigkeiten ertappt worden ist und nun nach einem Fluchtweg schielt. Doch vorher zerquetscht der Kerl das Zellophan-Päckchen, müht sich, es in seiner Pranke unsichtbar zu machen. Er drückt die Hand tief in die Hosentasche. Während Schmälzle gelassen seinen Dienstausweis zückt, hantiert der Kerl in seiner Jeanstasche, als könnte er seine klägliche Existenz darin verstecken.

Warum steckt nicht mal ein fetter Keiler in meinen Handschellen, denkt Schmälzle, immer trifft es die armen Schweine.

Mit denen macht es keinen Spaß. Und der hier ist nicht mal eine Sau, auch keine Ratte, noch nicht einmal ein Frettchen. Das ist eine Spitzmaus in einem dunklen Hoodie, wenn auch XXL. Nicht einmal die störrischen Schnurrbartstoppeln können dem Duckmäuser-Charisma etwas anhaben. Schmälzle kann diese Sorte Kleinkrimineller nicht ausstehen: Die mimen den wilden Mann und sind in Wahrheit verzogene Bengel. Trotz seiner gebeugten Haltung misst der Kerl gute zwei Meter, und Schmälzle versteht, warum der Doktor i. R. ihn als ‹Lulatsch› bezeichnet hat. Doch so lang er ist, so schmal wirkt er: Sein Durchmesser kann weder mit einer frischgepflanzten Eiche noch mit einer jungen Latschenkiefer konkurrieren.

Der Lulatsch scheint eine Grube im Erdboden zu suchen, denn er scharrt mit den Füßen auf dem Boden. Der soll den Enztoten auf dem Gewissen haben und Teil einer Verbrecherbande sein, die im internationalen Drogengeschäft mitmischt? Schmälzle kann es nicht glauben. Er muss davon ausgehen, dass bei diesem Exemplar auch intellektuell Raum nach oben ist, denn aus dem schmalen Mund dringt: «Ähm ... öhm ... nö, was?»

Soll ich ihn gleich an die Kette legen? Nein. Schmälzle beschließt, ihm eine Falle zu stellen, hier und jetzt. Fallen ziehen bei Mäusen immer. Die Falle, die er einsetzen wird: Ignorieren. Der Kerl wird denken: Eh, der ist ja dümmer als ich, und das wird ihn Fehler machen lassen. Also sagt Schmälzle: «Los, Abmarsch.»

Der Angesprochene regt sich nicht.

«Abflug!», wiederholt Schmälzle.

«Aber ...», sagt der Lulatsch und rollt geschickt das R.

«Soll ich dich im Polizeiwagen nach Hause fahren?» Schmälzle deutet auf sein Stahlross.

«Äh ...» Der Lulatsch steht immer noch da.

«Du kannst dich auch abholen lassen.» Schmälzle weiß, dass Duzen bei Spitzmäusen immer funktioniert. «Ruf deinen Kumpel an, den Schwaben, der freut sich, dich zu sehen.»

«Nicht Gefängnis?» Der Mann scheint sein Glück kaum fassen zu können, und Schmälzle denkt: Das ist im Leben kein echter Russe – nicht bei der Aussprache.

«Wenn du mit den bösen Buben kuscheln willst, hab ich ein Problem. Denn eine Anklage werde ich nicht durchsetzen können, es sei denn, du nietest einen um. Mich beispielsweise.» Schmälzle beißt sich auf die Lippen, um nicht loszuprusten.

Weil große Pause ist, passt er sein Sprechtempo an: «Hast – du – Angst – vor – jemandem?» Dabei wandern seine Augen am Lulatsch hinauf und hinein in die blauen Augen. Diese driften ab, raus in die Natur. Frei nach Hieronymus Carl Friedrich von Münchhausen legt Schmälzle nach: «Du verkaufst hier Kräuter, das ist nicht illegal. Weil es keine Drogen sind. Auch die Enzleiche kannst du nicht auf dem Gewissen haben, denn wir haben den Täter längst. Und: Er hat gestanden.»

Die blauen Augen beenden ihre Irrfahrt und richten sich auf den Kommissar. «Echt?», fragt der Lulatsch.

«Echt.»

«Wer ...», fragt der Lulatsch und hebt die Kapuze, «wer war das mit dem P'rtnoi, mit dem Pjetr? Dem hau ich auf's Maul!»

«Das willst du wissen, was? War das dein Freund, der Pjetr? Nein, warte: Peter, klar!»

Der Lulatsch glotzt Schmälzle an, als wüchse dem ein Heiligenschein aus den Ohren. «Woher weißt du, dass der Pjetr Peter heißt?», fragt er dann.

Schmälzle ist hellwach. Der Tote aus der Enz heißt tatsächlich Peter. Lässig bleiben, so tun, als wüsste er das längst, hey, macht das Laune. Schmälzle wird Leonie bitten, Langenscheid.com zu bitten, das P'rtnoi einzudeutschen, dann haben sie auch den Nachnamen.

«Du wurdest dabei beobachtet, wie du große Mengen Kräuter im Supermarkt gekauft hast. Die hast du dem Pjetr als Beilage mit ins Grab gegeben, stimmt's? Weil dir die vom Kaltenbronn zu schade dafür waren.»

«Ich hab nur geholfen, Mann! Keine Arbeit, jahrelang kein Geld. Hab ich geholfen Chef, fette Mäuse zu verdienen. Musste mich bewahren vor soziale Underground, kapierst du, Mann?»

Klar kapiert Mann das. Und legt nach. «Ach, deshalb lag der Pjetr in der Enz – weil der daheim keine Wanne hat. Der hat bestimmt auch keine Arbeit und keine fetten Mäuse. Vermutlich hat er nicht mal eine Wohnung. Du und deine tollen Freunde, ihr habt ihn in den Fluss gestoßen.»

«Njet! Das war nicht ich. Auch der Sascha war das nicht!»

Danke, denkt Schmälzle. Und: Sascha, Russisch für Alex, der Huber Alex, logisch.

«Aber dein Kumpel», sagt Schmälzle, «der im Anzug war das. Der hat diesen P'rtnoi in die Enz geschickt.»

«Ist nicht mein Kumpel.»

«Aber er war das mit dem Pjetr, er hat den umgebracht. Gib es zu, ihr verdächtigt den auch, du und der Sascha.»

«Du hast doch eben gesagt, dass du den Täter hast! Den Mann im Anzug kannst du nicht haben, du lügst!» Astreines Hochdeutsch, wundert sich Schmälzle. Wahnsinnslernkurve.

«Du weißt nicht, ob wir den Mann im Anzug haben», sagt er.

«Hab mit Chef telefoniert, heute.»

«Mit Dennis Reuchlin?», fragt Schmälzle und kann sich das Grinsen nicht verkneifen.

«Ich sag gar nichts mehr.»

Schmälzle schaut in den Himmel, der plötzlich Hirn über den Kurpark hat regnen lassen. Der Lulatsch schweigt. Dann durchzuckt es ihn, als wäre er überraschend seinem smarten Ich begegnet, und sagt: «Du machst Gesetzesbruch, Kommissar. Du darfst mich nicht befragen ohne meinen Anwalt. Ich muss nichts sagen ohne meinen Anwalt.»

«Aber ich darf dich wegen Drogenhandels festnehmen.» Schmälzle greift nach den Handschellen, die aus seiner Gesäßtasche baumeln. Er fühlt nichts. Nur Stoff. Nylonstoff. Eine Radlerhose, die eng an seinen Beinen liegt. Keine Waffe hat darin Platz. Keine Handschellen kann man daran befestigen.

Der Lulatsch nutzt die Sekunde Verwirrung, schnellt zu Schmälzles Rad und schwingt sich auf den Sattel. Schmälzle sprintet los, versucht, mit dem Rad mitzuhalten. Der Lulatsch dreht sich noch einmal zu ihm um, und Schmälzle weiß genau, dass er dieses Grinsen nie wieder aus dem Kopf bekommen wird.

Auch heute holzt die Welt wieder dreihundert Millionen Quadratmeter Wald ab

«War uff Gloo», sagt der Russe, während er seine Hose zuknöpft und dem Blick des Dritten auszuweichen versucht, der ihn anbäfft: «Hoffentlich nur pissen!»

Der Russe druckst herum. «Sorry, Chef.»

«Du hast in meine Pflanzen geschissen?» Der Dritte kreischt so laut, dass Spucketropfen in der Abendsonne funkeln.

Der Schwabe schaut vom Feld hoch. «Wo genau?» Er sitzt in der Hocke und pflückt fleißig. «Net dass i neidapp. Des wär jammerschad.» Er deutet auf seine Old-School-Canvas-Sneakers, die nicht aussehen, als wären sie für den Wald gemacht.

Der Russe dreht den Kopf nach rechts und hebt das Kinn kurz an. «Geradeaus und nach zwanzig Metern rechts abbiegen», würde die wohlmodulierte Stimme eines Navigationsgeräts dazu sagen.

«Dort zopf i nemme, so viel isch sicher», sagt der Schwabe und verschließt seine Plastiktüte mit einem geübten Knoten. Dann stellt er sie an einer Tanne ab, neben drei weitere prall gefüllte Tüten.

Reuchlin fasst sich an die Stirn und schüttelt den Kopf, während er im Feld auf- und abschreitet, vom Baum des Schwaben zum Baum des Russen, an dem nicht eine Tüte lehnt. «Idioten, ich habe die größten Idioten jenseits des Missouri eingestellt!

Aber das ist jetzt eh egal. Wir müssen so schnell wie möglich ernten!»

«Sagsch du ‹Idioten›? Im Plural?», fragt der Schwabe.

Keine Antwort.

«Sagsch du ‹eigschtellt›?»

«Ja, was sonst?», brüllt Reuchlin.

«Wenn mer ein eischtellt, zahlt mer ihn au!», sagt der Schwabe und reckt eine Faust in die Luft.

«Genau!», mischt sich der Russe ein, und seine Miene wird hell wie die Strahlen der Vormittagssonne, die das Feld mit ihrer uneigennützigen Liebe fluten.

«Du hältst dich raus! Dir hab ich drei Scheine zugesteckt!», sagt der Dritte.

«Ja, Chef.»

«Mir net. Mir hasch du ein Lappe und ein Verschbreche gäbe, wo kein Pfifferling wert isch», schreit der Schwabe.

«Und jetzt machst du einen auf Meuterei auf der Bounty, oder was?», sagt Reuchlin.

«Du weisch, was dem Capt'n Bligh passiert isch.» Der Schwabe kommt einen Schritt auf Reuchlin zu.

«Was für Capt'n?», fragt der Russe.

«Einer, der seine Männer uff sechzig Gramm Zwieback gsetzt hat», sagt der Schwabe.

«Er hatte selber auch nichts», sagt der Dritte zögerlich.

«Von wege, von wege, beglaut hat er se, des isch bekannt! Bereichert hat er sich an seine Männer, des war ein Egomane!», bellt der Schwabe. «Ein Narzisst war des!»

Der Russe schaut von einem Redner zum anderen, wie einer, der am Rande eines Boxrings steht und beide Kontrahenten im Auge behalten muss.

«Ein Narzisst», wiederholt der Schwabe. «So einer wie du!»

«Was heißt hier ‹bereichern›? Glaubst du, ich bereichere mich an euch? Du hast wohl deine Unterhosen nicht von der Wäscheleine geholt!»

«Glaubsch du, i bin blöd? Du verhökersch des Kraut für was weiß i an wer weiß wen. Des isch im Lebe net für wissenschaftliche Zwegge!»

«Was geht dich das an!»

«Vergiss net: Mir sin Zeuge.»

«Was war mit Capt'n?», mischt sich der Russe ein.

«Die Crew hat den in einem Ruderboot ausgsetzt. Uff offener See.»

Der Russe reißt die Augen auf.

«Und was ist mit den Meuterern passiert, erklär ihm das ruhig auch», sagt der Dritte schroff.

«M'r hat sie in Kette glegt und und im Käfig feschtghalte.»

«Der war nur drei mal fünf Meter groß – das ist so winzig.» Reuchlin schreitet auf dem Feld fünf Schritte vor, dann drei zur Seite.

«Aber Männer haben überlebt!», bilanziert der Russe.

«Mehr oder weniger», sagt der Schwabe und bäfft am Russen hoch: «Gut, dass du da neigschisse hasch.»

Reuchlin blafft: «Das habe ich gehört!»

«Also», sagt der Schwabe. «Wann isch Zahltag?»

«Genau!», sagt der Russe.

«Wenn ihr jetzt nicht weiterpflückt, bekommt ihr gar nichts!», sagt Reuchlin.

«Versprochene Beere füllet die Körbe net», meckert der Schwabe, bückt sich und widmet sich der nächsten Pflanze, auf die er mit Worten einschimpft, die man nicht mal ins Russische übersetzen kann. Als wollte es ihm drohen, klingelt das Handy. Vom Chef.

DJ Snake und Justin Bieber
tummeln sich auf Platz 1

D as packt der im Leben nicht», keucht Scholz, der hinter Schmälze und vor einem Sicherheitstechniker die hundertacht Stufen zur Wohnung von Frau Lauer nimmt.

«Meißner? Kommt drauf an, was ihn oben erwartet», mutmaßt Schmälzle und vergisst beim Zählen der Treppenstufen kurz die Wut, sie sich gestern in ihm eingenistet und seine ganze Körpermitte eingenommen hat. Sein Rennrad hat er nicht weit vom Vernehmungsort gefunden, an eine Rottanne gelehnt. Vom Lulatsch keine Spur. Schmälzle hat einmal tief geseufzt, heute Morgen, als er das Rad entdeckt und Scholz angerufen hat.

«Peter P'rtnoi – so heißt unser Toter in der Enz», hat er gesagt und Scholz erzählt, was passiert ist. Nur das mit dem Rad, das hat er weggelassen.

«P'rtnoi, das ist Russisch und heißt Schneider! Schreibt man портной.» Umständlich beginnt Scholz zu buchstabieren.

«Also heißt der Typ Peter Schneider!»

«Damit haben wir den Enztoten identifiziert.»

«Harald, der muss nicht aus Bad Wildbad kommen. Er war Junkie, erinnere dich, was Lothar gesagt hat. Vielleicht kommt er aus Pforzheim – vielleicht hat er nicht mal einen festen Wohnsitz.»

«Du hast recht. Angenommen, es gibt zweitausend Peter Schneider im nahen Ländle, und wir brauchen fünf Minuten, um jeden von denen zu überprüfen. Selbst wenn wir dafür auf Schichtarbeit umstellen, nicht essen, nicht schlafen und keine Frauen anschauen, brauchen wir dafür eine Woche», hat Scholz gesagt.

«Überlass das Leonie, dann haben wir morgen ein Ergebnis», hat Schmälzle vorgeschlagen und spekuliert: «Der Lulatsch mit dem russischen Akzent hat also mit diesem Peter Schneider auf der Wilhelmstraße Kräuter veräußert, die dieser Russe, wenn er Russe ist, inzwischen im Alleingang verticket. Dafür ist er auf den Kurpark ausgewichen. So weit, so klar. Aber ich glaube nicht, dass er den Schneider auf dem Gewissen hat.»

«Warum soll das kein Russe sein?»

«Nur so ein Gefühl.»

«Du meinst, dieser Schneider hatte Zugriff auf das JWH, das in der ersten Probe vom Black Forest High noch enthalten war. Der Russe oder Nichtrusse ist dann, nachdem der Schneider in der Enz gebadet hat, auf Bilsenkraut ausgewichen. Das war leicht für ihn, das pflückt er ja oben auf dem Kaltenbronn, da zwackt er einen Teil seiner Ernte ab und versetzt damit seine Küchenkräuter.»

«Wenn einer einen IQ um die Nullgrenze hat, denkt der nicht groß über Dosierungen nach – das macht ihn so gefährlich. Wir lassen ihn zur Fahndung ausschreiben – der wird mein Rad nie wieder in die Finger kriegen.»

«Was ist mit deinem Rad?», fragt Harald.

Keine Zeit für Erklärungen, die beiden widmen sich Frau Lauer. Sie haben sich darauf geeinigt, einen Panzerriegel an ihrer Wohnungstür anbringen zu lassen. Der Sicherheitstechniker braucht keine Viertelstunde, bis er auch das Schloss ausgetauscht hat.

«So, Frau Lauer, jetzt sitzen Sie hinter Schloss und Riegel», witzelt Scholz.

Schmälzle übergibt ihr noch eine Reihe Kontaktnummern: die Festnetz- und Mobilnummer von Scholz, die Mobilnummern von Schmälzle/w und Schmälzle/m. Und er bläut ihr ein, ihr Handy immer bei sich zu haben.

«Selbst da, wo kleine Mädchen alleine hinmarschieren», ergänzt Scholz.

«Das wird doch nicht nötig sein», erschrickt Yvonne, steckt die Nummern aber artig in ihre Geldbörse.

«Ich kann noch einen Labrador vorbeischicken», sagt Scholz.

«Hunde sind hier leider nicht erlaubt», entschuldigt sich Yvonne.

«Du hast einen Labrador?», fragt Schmälzle.

«Schwiegermutter. Ex. Freut sich, wenn der Alte eine Weile aus dem Haus ist.»

«Ein alter Labrador sabbert nur, der pinkelt keinem ans Bein», sagt Schmälzle. Dann fragt er Yvonne: «Was haben Sie jetzt vor?»

«Ich werde meiner Mutter schreiben. Und sie besuchen.»

«Auf Teneriffa wohnt keine Frau Lauer», stellt Scholz fest.

«Sie heißt nicht Lauer. Mein Papa hieß Lauer. Vielleicht heißt er immer noch so. Ich kenne ihn nicht.»

«Die hat ihren Vater noch nie gesehen. Mit sechsundzwanzig!», sagt Scholz, als sie wieder im Polizeiposten aufschlagen.

Da verspürt auch Schmälzle ein wenig Mitleid. «Immerhin geht es ihr inzwischen besser, die war ja völlig am Boden.»

«Was am Boden liegt, ist mein Revier! Das verhafte ich, und zwar restlos», begrüßt ihn Frau Meichle. Entschlossen tritt sie nach dem Staubsauger, bis der aufheult.

«Wir haben gleich eine Zeugenaussage!», ruft Leonie ihr zu. «Sie müssen sich sputen!»

«Zeugenaussage?», kommt es zweistimmig zurück.

«Des isch'n Glufemichel», sagt der Mann, der wenig später in den Posten stiefelt. Er ist Ende dreißig, steckt in einer weiten Cargohose und einem lose darüberhängenden Holzfällerhemd. Ungekämmt sieht er aus, denn das dichte braune Haar steht unkoordiniert in der Luft. Obendrein hat das Gesicht des Mannes seit geschätzten drei, vier Wochen keinen Rasierpinsel gesehen. Schmälzle fährt sich über die eigenen Stoppelhaare, die in letzter Zeit auf sieben Millimeter angewachsen sein dürften. Weil Bad Wildbad, die Hauptstadt des Verbrechens, ihn derzeit so in Anspruch nimmt, ist er auf einen gepflegten Wochenbart umgestiegen.

Der Mann mit dem markanten schwäbischen Akzent sitzt breitbeinig auf einem weichen Stuhl im kleinen Besprechungsraum. Schmälzle zückt sein Notizbuch und nimmt neben Scholz vor dem Schwaben Platz. «Was ist ein Glufemichel?», fragt er.

«Ein Bachel», sagt Scholz.

«Und was ist ein Bachel?»

«So was wie ein Depp.»

«Warum sagt er dann nicht ‹Depp›?»

«Ein Glufemichel», erklärt der Zeuge geduldig, «ist kein Depp – des isch ein Glufemichel!»

«Und wer ist der Glufemichel?», fragt Scholz.

«Der Chef», sagt der Mann.

«Das ist nicht gut, wenn der Chef ein Depp ist», sagt Schmälzle und wirft einen Seitenblick auf Scholz.

«Der Granadeseggl hat mi verscheißert», sagt der Zeuge.

«Er meint, der Trottel hat ihn zum Narren gehalten», übersetzt Scholz.

«Sag amal», platzt dem Zeugen der Kragen. «Schwätzt dei Kolleg kei Schwäbisch?»

«Wenn es Badisch ist, versteh ich alles», sagt Schmälzle.

«Badisch isch net Schwäbisch.»

«Gott sei Dank.»

«Was heißt des jetzt wieder?»

Der Polizeipostenleiter geht dazwischen: «Also, spucken Sie aus, was Sie auf dem Herzen haben.»

Der Zeuge packt aus. «Mit hundert Eier hat der mi abschbeise wella. Der Grasdaggel.»

«Hundert Euro?», fragt Scholz.

«Hat er mir in d' Hand drückt und gsagt, mehr hätter net.»

«Wofür?», fragt Schmälzle.

«Statt fünfhundert», sagt der Zeuge.

«Sie können gerne Anzeige erstatten», sagt Scholz und schiebt dem Mann ein Formular über den Tisch.

«Wenn der net zahle will, zahlt der net. Dem geht doch so a Formular am Arsch vorbei.»

«Und was erwarten Sie von uns?», fragt Schmälzle.

«Dass ihr den Seggl feschtnemmt.»

«Weil er Sie betrogen hat?»

«Weil er grumme Gschäfte macht.»

«Was für Gschäfte?», fragt Scholz.

«I bin als Pflücker auf'm Kaltenbronn tätig.»

Schmälzle und Scholz ziehen die Luft scharf ein, denn ein Lichtermeer geht beiden auf: Der Schwabe! Das ist *der* Schwabe.

«Als Pflücker?», fragt Scholz.

Der Schwabe sagt: «I hab kei Job, und wer kei Job hat, hat kei Geld.»

«Warum haben Sie keinen Job?», fragt Scholz. «In Wildbad hat jeder einen Job.»

«I ben Koch», sagt der Schwabe. «Aber i hab a Allergie.»

«A Allergie», sagt Schmälzle.

Der Schwabe nickt. «Deshalb hen se mi entlasse. I krieg a Weiterbildungsmaßnahm vom Arbeitsamt. Trotzdem fällt mir die Decke uff'n Kopf, und mit dene paar Euro von der Berufsgenossenschaft kosch net amal zwei Bier drenge, am Abend.»

Scholz nickt verständnisvoll, und Schmälzle sagt: «So, so.» Dann fragt er den Schwaben nach seinen Personalien, und der nimmt Anlauf: «I bin der Alex, der Huber Alex. I bin sechsunddreißig, seit fünf Jahre gschiede. Bin nicht liiert, nur manchmal, wenn Sie verstehed. Ach so, i wohn in Enzklöschterle. Und wähle tu i links. Mei Blutgrupp isch ...»

Schmälzle unterbricht ihn. «Was ist das für ein Feld?», fragt er, «wo Sie pflücken?»

«Da hat mi der Svenowitsch hinbracht», sagt der Schwabe, und Schmälzle wirft Scholz einen Blick zu.

«Der Svenowitsch», sagt der Polizeipostenleiter und hebt eine Augenbraue.

«Ha, ja! Jeder glaubt, dass des an Russ isch, aber des isch gar kei Russ, der hat sich den Akzent bloß antrainiert. Weiler an Film über die russische Mafia gsähe hat. Da ischer schwer beeindruckt gwä. In echt isch des an früherer Nachbar von mir, aus Enzklöschterle. Der isch doch mit mir in d' Schul gange. Aber bloß in d' Grundschul. Dann hen sich unsere Wege trennt. Weil der Svenowitsch in d' Realschul gange isch und i in d' Hauptschul. Aber der hat ja dann d' Realschul abbrocha, und i ben Koch worre.»

«Wie heißt der Svenowitsch dann mit Nachnamen?», will Scholz wissen.

«Ha, Wurschter! Des isch der Wurschter Sven.»

«Sie haben sicher seine Adresse», fragt Schmälzle.

Der Schwabe gautscht auf seinem Stuhl und verschränkt die Arme. «Noi. Die hab i net. I hab dem sei Scheißadress net, wieso wellet ihr des wisse?»

Nachdem Schmälzle darum bittet, sich fortan ein wenig artikulierter zu äußern, damit er Notizen nehmen könne, erläutert der Huber Alex unbeeindruckt: «Also, i verzähl euch jetzt, was i zum Verzähle hab. I hab a Kochausbildung gmacht, in München. Der Svenowitsch – also des ‹owitsch› hatter sich an sein Namen ghängt, weil des halt russisch klingt –, der isch in Enzklöschterle bliebe. Mir hen uns manchmal gsähe, einmal em Monat, wenn i an freis Wocheende ghett han. Des isch ja für an Koch so was wie an schwarzer Drüffel.»

Scholz deutet dezent auf seine Armbanduhr. Doch der Schwabe plaudert unbeeindruckt weiter. Dass sie sich öfter in der Wirtschaft getroffen haben. Nach seiner Entlassung. «Da hatter prahlt, der Svenowitsch, er hätt an lukrative Job.»

«Lukrativ?», fragt Scholz.

«Also ‹lukrativ› hatter jetzt net gsagt, aber ‹fett› hatter gsagt: an fette Nebenjob, bei dem mer fürs Blumerupfe fünfunddreißig Euro en der Stund kriegt. Uff die Kralle.»

«Vorbei am Finanzamt», sagt Schmälzle.

«Und am Arbeitsamt», sagt Scholz.

«Und am schlechte Gwisse au, weil der Kerle, der wo ihm des zahlt, isch Wissenschaftler. Hatter gsagt.»

«Der Svenowitsch», sagt Scholz.

«Arbeitet für einen Wissenschaftler», sagt Schmälzle.

«Schaffe für die Wissenschaft, des isch a feine Sach, hab i mir denkt», sagt der Huber Alex und schaut die Ermittler an. Als beide aufmunternd nicken, fährt er fort: «‹Der Chef sucht be-

245

stimmt no ein, wo mithilft›, hat der Svenowitsch gsagt, weil, da däd's ja Unmenge an Grünzeug zum Zopfe gäbe.»

«Zopfe?», fragt Schmälzle.

«Pflücken», klärt Scholz auf.

«Des däd der allein net schaffe!», erzählt der Schwabe weiter. «Da hab i gsagt: ‹Subber, Svenowitsch, i bin dabei. On henterher hauet mir die Kohle zamme uff da Kopf.› – ‹Voll subber›, hat der Svenowitsch gsagt. So isch des gwä.»

«‹Voll subber›? Das ist ja schwer russisch», sagt Scholz.

«Wenn der in der Wirtschaft hockt, schwätzt der Schwäbisch, wi mir älle. Da verzichtet der sogar uff sein ‹owitsch› und sagt: ‹I bin der Sven.› Aber wenner in freier Wildbahn unterwegs isch, zum Beispiel zom Weiber klar mache, zieht der die Russennummer durch. Des isch an Granadetyp», sagt der Schwabe und fügt kleinlaut hinzu: «Gwä.»

«Gwä?», fragt Schmälzle.

«Vergangenheitsform von ‹sein›», sagt Scholz. «Im gehobenen Schwäbischen auch ‹gwäse›.»

Der Huber Alex ist wieder voll in der Gegenwart, denn er meint, dass der Sven ab und zu ein wenig streitsüchtig «gwä isch. Vor allem, wenn der sei Wumme dabeighabt hat.»

«Der hat eine Waffe?», staunt Scholz.

«Eine Spritzpistole», vermutet Schmälzle.

«Nix da, die isch echt! Der hat sogar a Karniggl abgnalld, zum Abendesse», sagt der Schwabe.

«Der war das mit dem Hasen!» Schmälzle erinnert sich an die Worte von Frau Lauer.

«Wo hat er die Waffe her?», fragt Scholz.

«Was weiß i.»

«Woher?», sagt Schmälzle mit Nachdruck.

«Flohmarkt.»

«Auf dem Flohmarkt kriegst du keine Waffe», sagt Scholz.

«Net hier, in Neukölln! Des isch a tschechische, die kriegsch für'n Hunni. Für a Makarow musch drei Lappen uff'n Tisch lege.»

«Und wozu braucht der Sven eine Waffe, wenn er nur Blumen pflückt? Für die Wissenschaft?», fragt Schmälzle.

Der Schwabe zuckt mit den Schultern: «Die hat der halt.»

«Hat er Gebrauch von der Waffe gemacht?», fragt Scholz.

Der Schwabe wird ungeduldig. «I hab's euch grad gsagt; er hat a Karniggl erlegt. Ich sag's auch gern auf Hochdeutsch: Er hat'n Hasa gschossa!»

«Dazu braucht man einen Jagdschein», sagt Schmälzle.

Der Schwabe rollt mit den Augen. «Ha, ihr wieder.»

«Ja, wir», stellt Scholz klar. «Wir sind das Gesetz und fragen solche Dinge. Hat er die Waffe noch?»

«Ha, wer soll sie sonsch han!»

«Und was habt ihr da oben gepflückt?»

«Was heißt oben, wo genau war das?»

«I hab die Same aus de Kapseln pult, des isch voll mühsam gwä. Dann hab i des Zeig in die Gugge packt.»

«Gugge», wiederholt Schmälzle.

«Blaschdiggugge», antwortet der Schwabe.

«Blaschdiggugge?»

«Plastiktüte», klärt Scholz auf.

«Wenn die Gugg randvoll gwä isch, was voll lang dauert hat, weil die Dinger mega winzig sen, hemmerse mit 'ra Schnur verschlosse und annan Baum glehnt. Jeder hattan Baum ghett, i ein und der Svenowitsch an andere. Am Abend hat der Chef die Gugge zählt und pro Gugg zehn Euro notiert. I hab über fuffzig Gugge gfüllt, der Svenowitsch hat zweiazwanzig ghett. Trotzdem hat der an Vorschuss kriegt, dreihundert Lappe hatter dem Chef aus de Rippe gleiert. I hab bloß hundert kriegt. Er hätt grad net mehr, hatter gsagt, des Arschloch. Deshalb ben i voll angfresse, i bin so sauer, dass mir der Magensaft mit alle Muzine und Bikarbonate überläuft, wenn i an den Seggl denk.»

Der Schwabe muss kurz Luft schnappen. Dann erfahren Schmälzle und Scholz, dass sich der Svenowitsch als faule Socke entpuppt hat.

«Der hat kein Bock ghett zum Guggefülle. I vermut, dass der Gugge vo meim Baum gstohle hat, sonsch hett der nie zweiazwanzig Gugge zammebracht. Aber beweise kann i 's net, i hab au kei Zeit, wenn i dauernd am Zopfe ben. Und der Svenowitsch hat mi net unterstützt, den Chef unter Druck zom setze, damit der sei Geld rausrückt. Unter Kameradschaft verschteh i was anderes. Jetzt schwätzed mir nemme mitanander.»

«Haben Sie mit dem Sven auch über einen Peter gesprochen?», fragt Scholz wie nebenbei.

«Der Schneider Peter ist doch sicher ab und zu zum Pflücken auf dem Feld gewesen?», schiebt Schmälzle ein.

«I hab den nie gsähe. Aber der Svenowitsch hat immer vom Pjetr gesprochen, des isch an Kumpel, hatter gsagt, mit dem er manchmal ein drinke geht. Wo er nachher 's Bild von dem in der Zeidung gsehe hat, hatter gsagt: ‹Des isch ja der Pjetr!› Da isch der scho krepiert gwä. Tot in der Enz gläge.»

«Und weiter?», fragt Scholz.

Der Schwabe blickt misstrauisch von Schmälzle zu Scholz und zurück. «Wisset ihr, wo der isch, der Svenowitsch?»

«Lufterfrischer, wissen Sie, wo die sind?», fragt Schmälzle.

«Des Zeig schteht bei meiner Oma im Bad.»

«Das kann ich mir kaum vorstellen», sagt Scholz. «Das ist was zum Rauchen. Eine Droge.»

«Ha, was.»

«Wir vermuten, dass Ihr Freund, der Sven Wurster, und der Tote aus der Enz, der Peter Schneider, Drogen auf der Wilhelmstraße und im Kurpark verkauft haben. Seitdem ist Ihr Freund Sven verschwunden. Weil er den Peter kaltgemacht hat.»

«En der Zeitung isch gschtande, dass der Kerl versoffe isch», sagt der Huber Alex.

«Auf alle Fälle war er von Kopf bis Fuß mit Kräutern bedeckt. Kräuter, die Sven Wurster im Supermarkt gekauft hat.»

«Was, der Svenowitsch kocht?», fragt der Schwabe und hat ein Fragezeichen im Gesicht.

«Das kann man nicht verkochen», sagt Schmälzle. «Das waren immense Mengen Salbei und Petersilie.»

«Vergiss nicht: Basilikum und Dill», ergänzt Scholz. «Der Svenowitsch hat die Kräuter klein gehackt und als Droge auf der Wilhelmstraße und im Kurpark verkauft.»

«Hübsch abgepackt in Zellophantütchen, auf die drei grüne Tannen gemalt sind», sagt Schmälzle.

«Reschbekt», sagt der Huber Alex. «Kräuterhacke isch a sehr mühsame Arbeit. I bin ja Profi.»

«Fluoreszierende Tannen, sagt Ihnen das was?», fragt Scholz.

«Noi, des sagt mir nix.»

«Black Forest High – spricht das zu Ihnen?», fragt Schmälzle, der den Schwaben scharf beobachtet.

«Noi, des schwätzt net mit mir.»

«Und was glauben Sie, haben Sie da auf dem Feld im Dienste der Wissenschaft gepflückt?»

«Was weiß i, was des für a Graut gwä isch. Des isch nix zum Koche, sonscht wüsst i des!»

«Auch das sind Drogen, Freundchen. Bilsenkraut! Und davon wollen Sie nichts gewusst haben?» Scholz wird lauter.

«Ihr schbinnet!» Der Schwabe verschränkt die Arme hinter dem Kopf. Dann kapiert er: «Moment – ihr hen des gwisst mit dem Feld! Ihr wellet mir a Falle schtelle. Des isch net fair! I bin als Zeuge komme, net als Verbrescher.»

«Wir können Sie wegen Beihilfe zum Drogenanbau und Drogenschmuggel anklagen», sagt Schmälzle. «Sollten Sie allerdings kooperieren und uns Hinweise auf Täter und Tathergang geben, kann sich das strafmildernd für Sie auswirken.» Schmälzle fixiert den Schwaben scharf.

«Schwätsch du immer so gschwolle daher?», fragt der und schüttelt den Kopf.

«Der Kollege meint: Sie jodeln uns jetzt was vor – alles, was Sie uns zu dem Fall sagen können, und zwar dalli. Unsere Zeit ist so kostbar wie Ihr schwarzer Trüffel», sagt Scholz.

«I weiß nix von Droge!»

«Ob der Haftrichter das auch so sieht?»

«Haftrichter? Denn schicket mal zum Chef. Der isch net koscher! Deshalb bin i hier, wie oft muss i es noch sage!»

«Was meinen Sie mit ‹net koscher›?», fragt Scholz.

«Wo die Alte da war.»

«Welche Alte?»

«Da ischer andersch gwä.»

«Wer ist andersch gwä?», fragt Schmälzle.

«Wie andersch ist der gwä?», fragt Scholz.

«Wo die Alte auftaucht isch, isch der Chef andersch gwä. Der Svenowitsch au. Was dud die au da obe! Sie müsset sich des vorstelle, die latscht auf'm Berg rom, mitte em Wald, net amal Schuh hat die an de Füß ghett, die hat Blätter um d' Haxe gwickelt ghett, und dann hat sie nur humple und net abhaue könne. Die isch doch net richtig im Kopf.»

Nach und nach erfahren die beiden Kommissare, dass die

junge Frau, von der Alex hernach in der Zeitung gelesen habe, bei ihnen auf dem Feld aufgetaucht sei, ohne Vorwarnung. Sie habe irgendwann einfach dagestanden. Der Chef sei irritiert gewesen und der Svenowitsch ein wenig ausgerastet. Nicht, dass er sie angerührt habe.

«Ha noi, des hat der net nötig, der hat ja gnug Weiber am Start, und des isch a Mauerblümle gwä, also aus der Sicht vom Svenowitsch, der steht ja eher auf große Körble, verschtehed Sie, i mein jetzt net Körble zum Beerezopfe. Also i fand die ja süß, mit ihre riesige Glotzbebbel und der Angscht, die ihr im Gsicht gschtande isch.»

«Glotzbebbel?», fragt Schmälzle.

«Augen», sagt Scholz.

«Augen?»

«Auge im Kopf, hen Sie davon no nie was ghört?», sagt der Huber Alex und schüttelt das Haupt. «Typisch Gelbfiassler.»

«Weiter», drängt Schmälzle.

«Der Svenowitsch hat mi dann zwinge wolle, die Glei zom fessle, damit die net abhaut. Des han i net gmacht, i han mi gweigert. Und dann ischer aggressiv worre, der Svenowitsch, isch voll ausgrastet.»

Scholz knackt ungeduldig mit seinen Fingern.

«Dann hat der Chef rumgstänkert und sich uffgregt, dass die Glei da rumschnüffelt.»

«Und? Was hat er mit der Frau angestellt?», fragt Schmälzle.

«Net hudle!», sagt der Schwabe, erstattet aber weiter Bericht: «Er isch ausfällig worre, der Chef. Laut ischer gwä. Da hab i gfragt: ‹Was hasch du für a Problem? Du schaffsch für d' Wisseschaft, was hasch du zom verberge!› Da hat der gsagt, dass i net alle Ladde am Zaun hätt. Der Seggl. Däd der mir net no vierhundert Eier schulde – i wäre abghaue. Logisch! Die Glei

251

hed i mitgnomme. Aber dann isch die uff eimal weg gwä. Dem Chef, dem drau i net. Mehr kann i net sage. Mehr will i net sage.»

«Was heißt, sie ist auf einmal weg gewesen?»

«Weg halt. Fort. Ab durch die Mitte.»

«Durch die Mitte», sagt Scholz und steht auf, um sich die Beine zu vertreten.

Hernach lässt der Schwabe nur noch ein jämmerliches Miezmiez aus dem Sack: «I hab morge bestimmt an Kater von dem ganze Gequassele!»

Schmälzle beschließt weiterzubohren, denn er weiß, dass so ein Leerdammer locker achtzig Löcher pro Quadratmeter verträgt, und da kann er dem Huber Alex sicher ein paar weitere Wahrheiten entlocken. «Was wissen Sie noch über Ihren Chef?», fragt er.

«Des isch an Schtuatgarder», sagt der Schwabe.

«Das wird nicht reichen, um Sie zu entlasten», sagt Schmälzle. «Erst die Drogengeschäfte, dann die Entführung der jungen Frau – bilden Sie sich ja nicht ein, das wäre uns entgangen.»

«Entführung! Was für a Entführung?»

«Erzählen Sie es uns!» Schmälzle lehnt sich auf dem Besprechungstisch ganz weit vor.

«Was isch drin für mi, wenn i petz?»

«Red! Bevor ich mich vergess!», ruft Scholz.

«Scho recht!», sagt der Schwabe. «Mir hen nomal a Dreffe ausgmacht.»

«Was? Wann?»

«Wo?»

«Am Mittwoch. Um siebne am Abend. Uff'm Feld.»

«Wo ist dieses Feld?»

«Kommed. Und brenged eure Handschelle mit.»

«Wegen vierhundert Euro können wir den Mann nicht verhaften», sagt Scholz gelangweilt.

«Was, wenn i sag, da isch a Übergabe?»

«Auf den Trick fallen wir nicht rein.»

«Wenn i sag, da isch a Dreffe, dann isch da a Dreffe.»

«Mit wem?» Schmälzle.

«Holland?» Scholz.

«Mit de Chinesen.» Der Schwabe.

«Was, der verkauft an Chinesen?» Scholz.

«*Big time, baby.*» Der Schwabe.

«Woher wissen Sie das?» Scholz.

«Weiß i halt.»

«Was sind das für Chinesen?» Schmälzle.

«I kenn di net.»

«Wo kommen die her?» Scholz.

«Aus Guangdong.»

«Guangdong?» Schmälzle kann es nicht glauben.

«Wie bringen die die Ware da hin?» Scholz.

«Über Amsterdam und dann über Shengzen.» Der Schwabe, siegessicher.

«Das glaubst du selber nicht. China hat die strengsten Drogengesetze weltweit!» Schmälzle.

«I wusst ehrlich net, dass des Droge sen! Kräuter seiet des, dacht i. Für die chinesische Medizin.» Der Schwabe.

«Der soll Eulen nach Athen tragen?» Scholz.

«In China wächst nemme so viel. Seit da der Bauboom ausbroche isch.»

Schmälzle spürt, wie sich ein Prickeln in ihm ausbreitet. Wenn das wahr ist! Er hat noch selten von einer derart raffinierten Strategie gehört. Das könnte ein mehrstelliges Millionengeschäft sein. In China gibt es offiziell eineinhalb Millionen Drogenabhängige – die Dunkelziffer ist ein Vielfaches höher. Auch wenn Drogenschmuggel dort mit dem Tod bestraft wird. Vor zehn Jahren ist ein Brite hingerichtet worden, der mit vier Kilo Heroin am Flughafen von Urumtschi in Xinjiang festgenommen worden ist. Dennoch blüht das Geschäft, vor allem mit Ware aus dem Dreieck Iran – Afghanistan – Pakistan, das sie den Goldenen Halbmond nennen. Startpunkt Holland, weiter nach Kabul – in den Siebzigern fuhren da Busse hin, heute nimmt man gerne mal ein Taxi. Und von da weiter nach China – wo Kräuter ebenso zu Hause sind wie in Bad Wildbad. Schwesterseelen. Ha, noi? Ha, doch!

«Warum sollten die Chinesen hierherkommen? Ich glaub Ihnen kein Wort.»

«Die wellet halt wisse, wo ihr Zeig wächst. Die kaufet nemme elles eifach so. Die wellet besichtige, hen sie gsagt. I hab's selber ghört.» Der Schwabe zieht sein Handy aus der Tasche und tippt auf dem Display herum.

«*Why do you want to see the field?*», ruft Dennis Reuchlin aus dem Handy des Schwaben. Dann folgt eine kurze Pause, in der es rauscht. Dann sagt Reuchlin: «*Sure. No problem, man.*» Woraufhin es länger rauscht. Danach: «*Four of your guys, you, me and him. Sounds great.*» Nach einer weiteren Pause ruft Reuchlin: «Wir müssen den Chinesen das Feld zeigen! Und wenn die es gesehen haben, legen wir woanders ein neues an.»

«Wenn der Chef mi beim Aufnehme erwischt hätt, wär i scho bei de Radiesle», sagt der Schwabe. «Der wär schtinkig wie an Camembert aus der Normandie.»

Schmälzle nickt verständnisvoll.

«Sen ihr dabei?», fragt der Schwabe.

«Ja, was glauben Sie denn!», sagt Scholz.

«Also: I zeig euch des Feld und dann helfet ihr mir, meine vier Hunderter einz'treibe», befiehlt der Schwabe.

«Sag mal, bist du bescheuert?», poltert Scholz.

Mit einem «Deal isch Deal!» verabschiedet sich der Schwabe, der wegmuss, weil er einen Auftrag habe, heute Abend. «Als Koch», sagt er und zwinkert den Herren zu.

Die Füchse sind noch in ihren Löchern

Als Scholz am nächsten Morgen mit einem umfangreichen Frühstück im Magen aus der Wirtschaft kommt, biegt ein Wollknäuel um die Ecke und schnüffelt auf dem Asphalt nach unbekannten Leckereien und Markierungen von Artgenossen. Eine Sekunde später folgt der Doktor der Inneren i. R., in der Hand eine große Tasche. Mit der leinenbesetzten Hand wedelt er in der Luft in Scholz' Richtung. «Ich muss Sie sprechen, Herr Scholz! Auch wenn mir Ihr Kollege eigentlich lieber wäre.»

Scholz knackt mit den Mittelfingern. Mit beiden. «Der hat Familie. Da strolcht man so früh nicht herum wie wir zwei Damenlosen.»

«Sie sitzen ja öfter am Stammtisch», sagt der Doktor i. R.

«Meine zweite Küche und mein zweites Esszimmer», sagt Scholz.

«Es ist nicht gut, wenn Männer in unserem Alter alleine leben», sagt Dr. Vollmer.

«Sie haben sicher mehr auf dem Herzen, als den Junggesellenblues zu singen», sagt Scholz.

Der Doktor nickt und sagt: «Ich habe ein komisches Gefühl.»

«Das kenne ich.»

«Nein, ich habe nicht schlecht geschlafen, und es ist auch nicht nur, weil ich nicht gefrühstückt habe.»

«Ja, da kann die Polizei weiterhelfen! Das Rührei von der Petra ist eine Sensation.»

«Ihre zweite Frau?», sagt Dr. Vollmer. «Die Petra?»

Der Polizeipostenleiter lacht, und dann gehen sie dort hinein, wo Scholz eben herausgekommen ist. Der Stuhl des Polizeipostenleiters ist noch warm.

«Wissen Sie denn schon, wer der Tote war, den man aus der Enz gefischt hat, Herr Scholz?»

«Schweigepflicht, Doktor! Davon können Sie doch ein Liedchen zwitschern.»

«Es ist etwas Merkwürdiges passiert», sagt der Doktor, nachdem er die Speisekarte studiert hat, und fügt hinzu: «Mit dem Erwin. Der rührt eigentlich keinen Tropfen an.»

Scholz lacht. «Da gibt es Schlimmeres.»

Der Doktor ist ganz ernst. «Also, der Erwin hat nie über den Durst getrunken. Seit ich ihn kenne, und das ist sehr, sehr lange. Aber seit einigen Wochen ist er auf einmal öfter beschwipst, betrunken geradezu – schon am helllichten Tag», beteuert er.

«So was kommt vor», sagt Scholz. «Petra? Ein Kleines, bitte.»

Die Wirtin lächelt ihn an. «Noch was vor, Harry?»

Dr. Vollmer berichtet weiter: «Der Erwin sitzt neuerdings ständig in der Kneipe und drischt Skat, nächtelang, dabei verliert er dauernd.»

«Oje», sagt Scholz.

«Seine Frau, die Helga, ist ganz beunruhigt. Sie hat gesagt, dass sie im Keller Schnapsflaschen gefunden hat.»

«Traurig, wenn einer seine Schnapsflasche in den Keller sperren muss», sagt Scholz. «Wir leben doch nicht in der Prohibition! Aber vielleicht hat der Mann einfach ein Alkoholproblem.»

«Der Erwin hatte immer eine Leber wie ein Fünfjähriger, prall und rein, wie ich es in meiner Praxis selten gesehen habe.»

«Wenn wir hinter jedem potenziellen Alkoholiker her wären, müsste ich halb Bad Wildbad verhaften!», feixt Scholz.

«Deshalb bin ich nicht hier.» Der Doktor zeigt auf seine Tasche, die er unter dem Tisch abgestellt hat, öffnet den Reißverschluss und lässt Scholz einen Blick hineinwerfen. «Aber deshalb.»

Scholz schaut in die Tasche. Man glaubt fast, er sähe eine Fata Morgana, denn er wirft ungläubig einen zweiten Blick hinterher. «Was ist das?», fragt er.

«Ein Fuchsschwanz», sagt der Doktor. «Habe ich bei den Müllerschöns entdeckt. Als ich dort zu Besuch war, musste der Othello mal. Beim Gassiführen ist er am Holzschuppen vorbeigestreunt. Da hat er hineingeschnüffelt, wollte gar nicht mehr rauskommen. Ich wollte ihn holen. Dabei habe ich die Säge entdeckt.»

«Solche Handsägen kommen in den besten Schuppen vor.»

«Aber auf dieser Handsäge ist Blut.»

Scholz runzelt die Stirn. «Vielleicht hat er einen Hasen geschlachtet?»

«Nein. Auch keinen Fuchs.»

«Ein Reh?»

«Einen Menschen», sagt der Doktor. «Ich habe eine DNA-Untersuchung angeordnet. Das Blut auf dem Fuchsschwanz ist Menschenblut. Gruppe A negativ.»

Scholz nimmt einen großen Schluck Bier und wischt sich mit der Serviette über den Mund. Dann sagt er: «Vielleicht hat er sich beim Sägen verletzt?»

«Der Erwin sägt kein Holz. Er bastelt nicht, und es gibt keinen Ofen im Haus.»

«Einen Kamin?»

«Ethanol.»

«Zum Abreagieren eignet sich Holzsägen hervorragend», versucht es Scholz noch mal.

«Der Erwin ist nicht handwerklich begabt», sagt der Doktor.

«Sie glauben im Ernst, dass Erwin Müllerschön einen umgebracht hat?», fragt Scholz.

«Nicht ich meine das. Aber der Nachbar vom Erwin.»

«Was ist passiert?»

«Er hat gesehen, wie der Erwin mit dem Fuchsschwanz ums Haus gerannt ist, seine Frau, die Helga, hinter ihm her. ‹Willst du mich auch umbringen, so wie ihn?›, hat die Helga gerufen. ‹Wen meinst du mit so wie ihn?›, hat der Erwin zurückgebrüllt. ‹Das weißt du genau! Du hast ihn auf dem Gewissen! Meinen Sohn hast du auf dem Gewissen!›, hat die Helga geschrien. ‹Das ist auch mein Sohn›, hat der Erwin zurückgebrüllt. Das hat er mir vorgestern erzählt, der Nachbar.»

«Ach.»

«Ich kann mir ehrlich gesagt nicht vorstellen, dass der Erwin seinen Sohn auf dem Gewissen hat. Der hat sich ja zehn Jahre nicht blicken lassen. Aber die Helga hat nicht aufgehört, dem Erwin die Schuld dafür zu geben. Sie hat nicht überwinden können, dass aus dem hochbegabten Sohn ein Junkie geworden ist.»

«Ein Junkie?»

«Alle haben geglaubt, dass der Carl tot ist, an einer Überdosis gestorben, elendiglich krepiert.»

«Ich erinnere mich nicht, dass hier einer an einer Überdosis krepiert ist!»

«Der Carl ist viel unterwegs gewesen in der Zeit: Nordafrika, Südostasien …»

«Carl», überlegt Scholz. «Den kenn ich nicht.»

«Er ist jetzt Anfang dreißig», sagt der Dr. Vollmer.

«Warum ist er abhängig geworden? Was hat er genommen?»

«Heroin, vermutlich.»

«Das größte aller Übel.» Scholz nimmt einen kräftigen Schluck von seinem zweiten kleinen Bier, was sich gewaltig auf den Inhalt des Glases auswirkt. Dann hält er eine lange Rede. «Wir dürfen und werden keine Drogen hier in Bad Wildbad dulden. Deshalb setzen wir alles daran, Dealer wie diesen russischen Lulatsch im Kurpark zu vertreiben. Morgen Abend lassen wir die Hintermänner einer Drogenplantage hochgehen. Es geht um unsere Kinder – unsere Kinder, die schnell in Versuchung geraten. So wie Carl. Prost!»

Dr. Vollmer mustert Scholz, bevor er fortfährt. «Nach über zehn Jahren ist der Carl plötzlich wieder aufgetaucht. Einfach in den Laden geschlurft – high, völlig bekifft. Und frech war er, nicht wiederzuerkennen. Er hat nicht grüß Gott gesagt, hat nicht nach Geld gefragt, er hat es genommen. Ist zur Kasse geschlichen, hat sie geöffnet und einen Schein rausgezogen. Neben seiner Mutter, der es die Sprache verschlagen hatte. Das war der Tag, an dem der Erwin angefangen hat zu trinken.»

Der Doktor i. R. macht sich eilig über das Rührei auf seinem Teller her, als fürchte er, es könnte der Leichenstarre zum Opfer fallen. Nachdem er das Mahl überwältigt hat, lässt er die Serviette in den leeren Teller fallen. Dann fragt er: «Was halten Sie von der Sache mit dem Fuchsschwanz, Herr Scholz?»

«Ich weiß nicht recht. Was wissen Sie noch über diesen Carl?», fragt Scholz.

«Er war im Internat», sagt Dr. Vollmer, «schon früh. Ein hochbegabtes Kind ist das gewesen.»

«Dann kann ich ihn nicht kennen.» Scholz lacht.

«Herr Scholz, Sie haben eine ansehnliche Karriere vorzuweisen!»

Der winkt ab.

«Sind Sie nicht Polizeipostenleiter?»

«Ich müsste längst in Karlsruhe sein. Im Präsidium.»

«Sie sind ins Nest zurückgehüpft?»

«Gehüpft worden.»

«So was kommt vor.»

«Zu viel Rock 'n' Roll im Kopf.»

«Da gab es auch Drogen, zu Ihrer Zeit.»

Scholz nickt. «In meiner Klasse haben einige Heroin genommen», erzählt er. «Heute alles brave Bürger.»

«Mein Haus, mein Daimler, meine dritte Ehefrau?», fragt Dr. Vollmer.

«Meine wohlgeratenen Kinder und, nicht vergessen: die ach so perfekten Enkel.»

«So viele Hymnen wie über den hochtalentierten Nachwuchs werden nicht in der evangelischen und katholischen Kirche zusammen gesungen.» Dr. Vollmer lächelt. «Der Erwin hat seinen Sohn geliebt wie seinen Augapfel. Er ist nicht damit fertiggeworden, dass der Junge in die Kasse gegriffen hat. Immer wieder hat er das getan. Der Erwin hat ihm Geld angeboten, hat ihm ein neues Leben finanzieren wollen, hat gesagt: ‹Carl, wir helfen dir, wir sind doch froh, dass du wieder zu Hause bist!› Doch der Carl hat bloß seinen Stoff finanzieren wollen. Irgendwann ist beim Erwin die Sicherung durch, da hat er geschrien: ‹Den muss mer erschlage, sonsch gibt der nie Ruh!› Das hat der Nachbar gehört.»

«So was sagt man halt», sagt Scholz, und Dr. Vollmer nickt.

«Das hab ich dem Nachbarn auch gesagt. Aber der hat gemeint, da würde noch was passieren. Das hätte er im Urin!»

«Seinem Augapfel tut man nichts», sagt Scholz und leert sein Glas.

«Ja», sagt Dr. Vollmer. «Aber mit einem Mal ist der Carl verschwunden gewesen.»

«Aha!»

«Helga hat es mir erzählt.»

«Frau Müllerschön.»

«Geweint hat sie.»

«Wenn er ihn umgebracht hat, muss Erwin ihn begraben haben. So was bleibt selten unentdeckt.»

«Das auf dem Fuchsschwanz sind nicht Erwins Blutspuren – und auch nicht die vom Carl.»

«Orakel von Delphi?»

«Labor meines Vertrauens. Der Erwin hat die Blutgruppe B, der Carl AB. Das waren ja langjährige Patienten von mir. Wie viele aus der Gegend sind sie in meine Praxis gekommen, nach Baden-Baden. Ich habe einen Ruf gehabt», sagt Dr. Vollmer. «Sogar aus Übersee sind die Leute angereist.»

«Darf ich einen zweiten Blick auf die Säge werfen?», fragt Scholz. Dr. Vollmer nickt. Scholz blickt verstohlen nach rechts, dann nach links. Keine der Bedienungen guckt rüber, was merkwürdig ist, denn sie können ja nichts dafür, dass ihre Spezies von Haus aus neugierig ist, so wie ein Opossum von Haus aus fellig ist. Aber nein, die Kellnerinnen tuscheln angeregt, flüstern sich was ins Ohr und giggeln, die Hand vor dem Mund. Also verneigt Scholz sein Haupt tief vor der großen Doktortasche. Auch Dr. Vollmer beugt sich über die Tasche und hebt den Fuchsschwanz, auf dem sich angetrocknete rote Flecken ausbreiten, ein paar Zentimeter hoch. Scholz rutscht auf dem Polster hin und her.

«Den können Sie ruhig mitnehmen», sagt Dr. Vollmer.

«Ich hoffe, ich komme in keine Polizeikontrolle», sagt Scholz. Er packt den Fuchsschwanz, klemmt ihn unter den Arm, winkt Petra und ihren Kolleginnen zu und stiefelt aus der Wirtschaft, gefolgt vom Doktor im Ruhestand.

Das zweite Bier war schuld! Als er am nächsten Tag das Foto von sich in der Zeitung sieht, flankiert von der Überschrift: *Die merkwürdigen Ermittlungsmethoden der Wildbader Polizei.* Unterschrift: *Hat dieser Fuchsschwanz den Toten aus der Enz auf dem Gewissen?*, kommt ihm diese Erkenntnis in den Sinn. Denn was außer den Auswirkungen des zweiten kleinen Bieres könnte ihn geritten haben, mit einer Handsäge unter dem Arm aus der Wirtschaft zu schleichen – am helllichten Tag? Mit Blutspuren drauf!

Die Marke von dreitausend Euro pro Quadratmeter ist geknackt

Um ein paar Überstunden wettzumachen, hat Schmälzle seinen Tag am Wohnzimmertisch neben dem XXL-Fenster vor einem Stapel voll weißen Papiers mit einer großen Aufgabe begonnen: Er plant die Haussanierung. Dass es teuer wird, ahnt er, denn nach 1972 ist nicht viel renoviert worden. Die Öko-Bilanz ist desaströs: Asbest in den PVC-Fliesen, möglicherweise auch in den Elektro-Nachtspeicheröfen. Holzdecken, mit hochgiftigem Xylamon behandelt, das noch Jahrzehnte abstrahlt. Er vermutet formaldehydhaltigen Kleber in den Pressspanplatten, mit denen der Dachstuhl pseudogedämmt ist. Und das ist erst der Anfang. Efeu, der die Westfassade hochklettert, als wartete oben ein Gipfelkreuz. Obstbäume, die kein Obst mehr tragen, weil sich nie ein grüner Daumen um sie gekümmert hat. Sträucher, die frei, wild und ungestüm in alle Himmelsrichtungen wachsen, so geht es weiter. Dennoch ist das Haus ein Liebeskauf gewesen. Auf den ersten, zweiten und dritten Blick. Vom Notar in Pforzheim hat er seiner Mutter per WhatsApp mitgeteilt: *Haus gekauft!*

Wo?, hat Frau Schmälzle senior geantwortet.

Alte Steige 93. Dem Sommerberg direkt gegenüber. Sagenhafter Blick.

Wie groß?

Zweihundertachtzig Quadratmeter! Plus zwei Terrassen à vierzig Quadratmeter. Und eine Einliegerwohnung im Hanggeschoss.

Wie viel?

Keine hundertfünfzigtausend Euro.

Wie lange leer?

Seit 1985.

Abrupt hatte die WhatsApperei ein Ende. Am selben Abend hat Frau Schmälzle senior angerufen. Auf dem Festnetz. «Das ist keine gute Idee, mit dem Haus, Justin. Der Babba hat gesagt, da ist der Schimmel drin, und du sollst den Vertrag rückgängig machen. Du hast keine Zeit zum Renovieren, du hast erst einen neuen Job angetreten.»

Schmälzle hat gesagt: «Ich habe Zeit zum Renovieren, ich hab alles im Griff, Mama.»

«Der Babba hat von einem Fall in der Zeitung gelesen. Da gab es einen Toten!»

«Ach, hier gibt's nur Kleinkriminelle, Mama, keine Serienmörder.»

«Also, die Frau Großhans von der Villa gegenüber hat gesagt, sie bringt ihre Mieter um, wenn die noch einmal den gelben Sack in die Biotonne stopfen.»

«Das ist nur Gerede.»

«Die putzen auch das Trottoir nicht.»

«Mama!»

Schmälzle hat nicht glauben können, dass er seine Mutter an einem ihrer raren Xanthippentage erwischt hat, und so hat er das Gespräch rasch beendet.

Natürlich will er beide einladen, sie und auch den Babba, aber erst müssen ein paar grundlegende Dinge saniert sein, sonst hat Mama gleich wieder Oberwasser. Er hört sie beim Betreten des Badezimmers rufen: «Justin! Das ist ja rot!»

Schmälzle seufzt. Bevor er die ochsenblutrot gescheckten Wandfliesen und die dunkelbraun gesprenkelten am Boden austauscht, wird er Wanne, Toilette und Waschbecken entfernen müssen. Die sind roséfarben und tragen goldene Armaturen. Bevor er das in Angriff nimmt, wird er die Wasserleitungen austauschen müssen, die Elektrizität erneuern, die Heizung modernisieren. Das wird Monate dauern. Und danach sitzt er immer noch vor Blümchentapeten. Da nützt auch das Fischgrätparkett nichts, das im Übrigen abgeschliffen werden will. Schmälzle streicht sich über den Achttagebart.

Gut, dass Scholz anruft. Als könnte er hellsehen! Justin lässt Asbest, Xylamon und Formaldehyd auf dem Tisch liegen und schwingt sich auf sein Rad.

Wenig später steht der Hauptkommissar vor Scholz' Schreibtisch und blickt auf den Fuchsschwanz mit dem angetrockneten Blut.

«Deutsche Wertarbeit», sagt Scholz.

«Und das Blut?», fragt Schmälzle.

«Stammt nicht vom Erwin.»

«Warum soll es vom Erwin stammen? Von welchem Erwin?»

«Erwin Müllerschön. Du weißt schon: der Ladenbesitzer. Den unser Doktor im Ruhestand verdächtigt.»

«Was soll er getan haben, dieser Erwin?»

«Er soll einen erschlagen haben.»

«Was? Wen?»

«Der Nachbar vermutet, dass er seinen Sohn auf dem Gewissen hat, den Carl.»

«Ein Mann erschlägt seinen eigenen Sohn?»

«Dr. Vollmer hat den Fuchsschwanz ins Labor gegeben – und?! Die Blutspuren auf dem Fuchsschwanz stammen eindeutig von einem Menschen, und zwar von einem mit Blutgruppe A. Der Erwin und der Carl haben aber B und AB.»

«Von wem stammt also das Blut?»

«Das ist die Frage, Schmälzle!»

«Und was vermutet Dr. Vollmer?»

«Der Carl ist Junkie. Er war zehn Jahre lang vermisst. Dann ist er plötzlich bei den Müllerschöns aufgetaucht. Die haben ihn schon für tot gehalten.»

«Das ist doch nett, dass er heimgekehrt ist, der verlorene Sohn.»

«Das dachten sie zunächst auch. Aber Carl hat in die Kasse gegriffen. Immer wieder. Wohl, um seinen Stoff zu finanzieren.»

«Das ist weniger nett.»

«Erwin hat ihm wohl gedroht. Und er scheint mit dem Fuchsschwanz auf ihn losgegangen zu sein.»

«Noch mal: Erwin Müllerschön bringt seinen eigenen Sohn um, der nach zehn Jahren in der Versenkung bei ihm vor der Tür steht. Nur, weil er ihn bestohlen hat? Wo sind dann Carls Blutspuren?»

«Seit dem Tag, an dem der Nachbar Erwin mit der Säge ums Haus schleichen gesehen hat, ist Carl verschwunden.»

«Dann haben wir schon wieder einen Toten?»

«Ich fürchte», sagt Scholz.

«Wo hat Dr. Vollmer den Fuchsschwanz überhaupt her?»

«Er hat ihn gefunden – bei den Müllerschöns im Schuppen.»

«Ist der Erwin so dumm, seinen Fuchsschwanz, an dem getrocknete Blutspuren sind, offen herumliegen zu lassen? Damit man ihn direkt überführen kann?»

«Das ist es ja.»

«Wenn sein Blut und das seines Sohnes nicht drauf sind, hat er nichts zu befürchten.»

«Vielleicht hat er es abgewischt?»

«Aber warum hat er die anderen Blutspuren nicht auch abgewischt, Harald?»

«Weil sie später hinzugekommen sind?»

«Klingt konstruiert – wie in einem zweitklassigen Krimi. Außerdem hätte man in jedem Fall minimale Spuren von Carls Blut nachweisen können. Du weißt, dass ein Luminol-Test alles sichtbar macht.»

Mit einem Mal haut Scholz auf seinen Schreibtisch. «Hat der Rechtsmediziner nicht gesagt, der Tote von der Enz hatte Kratzer am Handgelenk?»

«Korrekt. Von einem gezackten Messer!»

«Das könnte auch ein Fuchsschwanz gewesen sein.»

Schmälzle überlegt. «Ja, aber Lothar hat gesagt, dass der Kratzer nicht die Todesursache war.»

«Wir schicken die Säge trotzdem in die Kriminaltechnik.»

«Die sollen checken, ob DNA-Spuren vom Enztoten drauf sind. Oder von einem anderen unserer Hauptakteure.»

«An wen denkst du, Schmälzle? An den Russen?»

«Den falschen? Der ist zu doof.»

«Und der Schwabe?»

«Hat kein Motiv.»

«Was ist mit dem Stäffelesrutscher?»

«Stäffelesrutscher?»

«Der Stuttgarter! Dennis Reuchlin! Der mit dem Protzauto. Dem trau ich alles zu.»

«Vielleicht hat der Enztote ihm ins Handwerk gepfuscht! Oder er hat ihn beklaut und das Zeug selber vertickt, gemeinsam mit dem Russen, Schmälzle.»

«Aber wie ist er an den Fuchsschwanz gekommen?»

«Der lag im Schuppen! Der ist bestimmt nicht abgeschlossen.»

«Woher hat er das gewusst?»

«Gute Frage. Aber es kann nicht sein, dass uns dieser arrogante Sack noch länger durch die Lappen geht.»

«Und wir fühlen Erwin Müllerschön auf den Zahn.»

«So ist es, Schmälzle.»

«Wenn es nicht so ist, ergibt es keinen Sinn.»

«Ja, Sinn, macht alles keinen Sinn. Existenz, was ist das?»

«Platon? Halt nein, der Precht! Richard David.»

«Der Helge! P'rtmoi.»

«Helge Schneider?»

Es ist ein wenig trüb,
aber noch heller Tag

Die Sache mit dem Ladenbesitzer ist schnell geklärt. Die Nacht von Samstag, 3. September, auf Sonntag, 4. September, hat Erwin Müllerschön ohne Unterbrechung in der Kneipe verbracht, mit den Skatbrüdern.

«Nach'm Sommer sitze mir öfter zur Entspannung am Stammtisch. Dann klopfe mir a paar Runde. Da geht's net ums Geld, Herr Scholz, net, dass Sie Schlechtes von uns denket», teilt der Erwin Müllerschön dem Herrn Scholz mit.

«Och», sagt Scholz, «gegen eine Runde Skat und ein bisschen Taschengeld habe ich nichts einzuwenden.»

Schmälzle hält sich raus, vorläufig. Er fragt nur, ob er mal rausmusste, der Erwin. Austreten.

«Öfter», lacht der Mann. «Aber net länger als a Minut! Sonsch hätt i doch des Spiel verpasst.»

«Kann das jemand bezeugen?», fragt Schmälzle.

Erwin zählt die anderen Ladenbesitzer auf. «Herr Meier, Herr Eichele, Frau Läpple.»

«Was, die Läpple zockt?», fragt Scholz.

«Und wie!», sagt der Erwin. «Die gwinnt dauernd.» Die Zockerrunde hat also getagt, als der Enztote ins Wasser gegangen oder gegangen worden ist – aber keiner der Skatbrüder und -schwestern war länger als eine halbe, maximal eine Minute draußen. «Wer bei uns am Tisch sitzt, steht nemme auf», sagt Erwin. «Wie mit Pattex auffan Stuhl glebt.»

«Keine längere Pause?», insistiert Schmälzle, der im Kopf überschlägt, dass es von der Kneipe zum Lindenbrückle keine drei Minuten Fußweg sind, also zwei mal drei Minuten plus etwa zehn Minuten für die Tat ausreichend gewesen wären. Hätte einer sechzehn Minuten in der Runde gefehlt, hätte der sogar Zeit gehabt, die Tatwaffe zurückzulegen, in den Schuppen, der auf dem Weg liegt. Dennoch wäre die Viertelstunde aufgefallen, in so einer kleinen Runde.

«Das ist einer mit Temperament, dein neuer Kollege», feixt Erwin und blinzelt Scholz zu. Auch wenn er spürt, dass Müllerschön ihn auf den Arm nehmen will, wird Schmälzle das Alibi überprüfen. Er fragt nach den Adressen der Zeugen.

«Da müsset Se bloß a Haustür weiter schlurfe», sagt Erwin.

«Und dann noch eine und eine nöcher», fügt Scholz hinzu.

Schmälzle verabschiedet sich höflich und verlässt mit Scholz den Laden. Der schlägt vor: «Wenn wir mit den Zeugenbefragungen durch sind, gehen wir zum Mittagessen in die Kneipe. Wir nehmen uns den Wirt zur Brust, dann wissen wir, ob das Alibi hieb- und stichfest ist. Doppelt genäht und dreifach verknotet, Schmälzle.»

Der Unschuldsbeweis ist erbracht. Sowohl die Skatrunde als auch der Kneipenwirt bestätigen, dass die Runde von halb zehn am Samstagabend bis zwei Uhr morgens am Stammtisch gesessen, Skat gekloppt und Bier, Wein und Schnaps getrunken hat.

«Elles durchanander», sagt der Wirt, «da isch keiner mehr uff zwei Füß naus.»

«Wie sind die dann heimgekommen?», fragt Schmälzle.

«Gschtützt hen sie sich, gegeseitig», berichtet der Wirt. Nach einer nachdenklichen Pause fügt er hinzu: «Aber der Erwin, des war der Einzige, wo net dronge hat.»

Aha!, denkt Schmälzle und fragt: «Hat er die Runde verlassen?»

«Noi», sagt der Kneipenwirt.

«Fünf Stunden Skatklopfen und nicht einmal pissen?», fragt Scholz.

Der Kneipenwirt grinst. «Länger als a baar Sekunde isch keiner drauße gwäse.»

Sie nehmen den Weg zurück zum Polizeiposten, schweigsam, langsam, denn die Mägen sind randgefüllt, bis Scholz etwas sagt, worauf Schmälzle nicht vorbereitet ist: «Du, der Dylan kriegt den Nobelpreis.»

«Freut mich für ihn.»

«Ist das alles, was dir dazu einfällt?»

«Harald, für Like a Rolling Stone bin ich zu jung.»

«Und für Hendrix?»

«Auch.»

«Und für Timberlake zu alt?»

«Definitiv.»

«Wie heißt dieses schwarze Zuckerschneckchen? Beyoncé! Ist das deine Abteilung?»

«Ich steh nicht auf schwarze Zuckerschneckchen, Harald, schau dir Claudia an.»

«Weiße Zuckerschneckchen?»

«Kein Zucker, kein Schneckchen.»

«Auf was für Musik stehst du dann?»

«Auf den Sound meiner Fahrradklingel?»

«Spielverderber.»

In hohen Mittelgebirgslagen rieselt leise der Schnee

*M*erke dir in jedem Fall, gleich dem Huhn im Hühnerstall; bist du noch so froh bewegt: Gackre erst, wenn's Ei gelegt. So steht es auf Seite sieben des Poesiealbums, das ihm die Cousinen aufgedrängt haben. Warum Schmälzle ausgerechnet dieser Satz durch den Kopf spukt, als er gegen fünf mit Scholz auf dem Bilsenkrautfeld eintrifft, könnte an der märchenhaften Umgebung liegen, von der er seit seinem Umzug täglich eine Überdosis einnimmt und die ihm nach wie vor surreal erscheint.

Sie haben den Wagen vor der Waldgaststätte geparkt. Während des stummen Fußmarsches zum Feld haben sie die schusssicheren Westen umgelegt und ihre Waffen überprüft. Es ist noch niemand vor Ort, sodass sie sich in aller Ruhe ein Versteck suchen können. Jeder von ihnen hat eine üppige Schwarzwaldtanne angepeilt, hinter der er komplett verschwindet – Scholz eine etwas dickere. Es ist frisch geworden, sodass der Polizeipostenleiter in einer schweren Lederjacke steckt und Schmälzle die warme Bomberjacke mit dem orangefarbenen Futter trägt.

«Wir werden die ganze Bagage überraschen», freut sich Scholz.

«‹Verzeihen Sie, meine Herren, wir müssen Sie leider festnehmen!› – damit werden wir Reuchlin mitsamt seiner chinesischen Delegation begrüßen», frotzelt Schmälzle und fragt: «Was ist mit den Kollegen?»

«Die Karlsruher wollen mit dem Eurocopter anrücken, wenn die Situation eskaliert.»

«Die nehmen uns nicht ernst», sagt Schmälzle. «Das ist schon das zweite Mal!»

«Sie haben uns ‹xingfu› gewünscht», sagt Scholz.

«Xingfu?»

«Ist Chinesisch, Schmälzle.»

«Und?»

«Heißt ‹viel Glück›.»

«Der Einsatz unserer Polizeidirektion beschränkt sich darauf, uns Glück zu wünschen?»

«Die essen zu viele Kekse.»

«Was ist mit den Pforzheimern?»

«Keine Zeit. Die Calwer Kollegen auch nicht.»

«Wir bekommen das hin, Harald.»

«Logisch, Schmälzle. Wir knacken auch die nächsten Lottozahlen.»

Schmälzle genießt das sanfte Kribbeln, das seinen Körper flutet. Er sieht auf die Uhr. Halb sechs – noch anderthalb Stunden. Gerade als er es sich hinter seiner Tanne bequem machen will, taucht aus dem Nichts ein dunkler Kastenwagen auf. Etwa fünfzig Meter vor ihnen kommt er neben dem Bilsenkrautfeld zum Stehen. Schmälzles Herz klopft. Er nickt Scholz zu, der seine Heckler entsichert. Doch aus dem Kastenwagen steigen nicht der Chef und die Chinesen. Nein! Es ist der Russe, der falsche, der vom Fahrersitz gleitet, die Hecktür des Wagens weit öffnet und auf das Feld zustapft. Um Ware einzuladen? Schmälzle fragt sich, ob sie etwas übersehen haben, denn der Kerl marschiert mit langen Schritten in Richtung Wald. Er gibt Scholz ein Handzeichen, der nickt. Leichtfüßig eilen sie dem Mann hinterher, die Waffen gezückt. Sie verstecken sich hinter einem Baum und gleich darauf hinter dem nächsten. Der falsche Russe eilt stracks voraus.

«Der steuert auf die Lehenhütte zu!», raunt Scholz.

Plötzlich hält der falsche Russe alias Lulatsch, genannt Svenowitsch, geborener Sven Wurster, inne. Geht in die Hocke. Mit bloßen Händen schiebt er die Erde beiseite, legt eine Holzplatte frei, öffnet einen Holzverschlag und zieht mehrere Plastiktüten heraus. Eine nach der anderen. Mit zehn, zwölf Tüten in der Hand steht er auf, ignoriert das Knacksen seiner Kniegelenke und nimmt Kurs auf den Lieferwagen.

«Die haben ein Lager in den Boden gebuddelt! Das glaub ich jetzt nicht.»

«Wo sind die Chinesen? Wo ist Reuchlin?»

Während die beiden Ermittler eifrig diskutieren, ob sie den falschen Russen hochnehmen sollen und damit die Aktion ‹Chef übergibt Ware an Chinesen› gefährden, kehrt der zurück, holt wieder ein Dutzend Tüten aus dem Verlies und befüllt damit den Wagen. Und gleich noch mal. Zwischendurch fährt er sich mehrmals mit einer der Tüten über die Stirn, als könnte Polyethylen Schweißperlen aufsaugen.

Dann fängt er fröhlich an, einen Rap von Pharaoh zu imitieren, dem russischen Justin Bieber.

«Jetzt reicht's endgültig!», ruft Scholz und verlässt sein Versteck. Mit erhobener Heckler nähert er sich dem falschen Russen. «Sie machen sich des Verstoßes gegen den Paragraphen vier Absatz siebzehn des Arzneimittelgesetzes schuldig!»

«Der besagt, dass das Vorrätighalten von Arzneimitteln zum Verkauf oder zu sonstiger Abgabe, das Feilhalten, das Feilbieten und die Abgabe an andere illegal ist», schreit Schmälzle, verlässt ebenso sein Versteck und postiert sich neben Scholz.

Der falsche Russe scheint nicht zu verstehen, kapiert aber:

Es steht schlecht um ihn. Er hält die Hände hoch und sagt: «Okay, okay! Was wollt ihr von mir?»

Schmälzle faucht: «Wo sind die Chinesen? Und warum räumst du euer Lager leer?»

Der falsche Russe scheint zu überlegen, wer wichtiger ist, denn er schaut von Scholz zu Schmälzle und zurück. Dann sagt er: «Ich hab Ihr Fahrrad nur ausgeliehen, Mann!»

«Jetzt gib Antwort, du Pfeife!», fährt Schmälzle ihn an.

«Fahrrad?», fragt Scholz.

«Was weiß ich? Die sollten hier auftauchen. Jetzt muss ich das Zeug nach Hohenheim bringen», jault der falsche Russe.

«An die Uni! Die ist neben dem Flughafen», stellt Schmälzle fest.

«Der Chef wartet auf mich!»

«Na klar! Direkt neben der Maschine, die gerade aus Guangdong gelandet ist», ergänzt Scholz.

«Er hat mir zehn Lappen geboten. Extra!»

«Warum kommen die Chinesen nicht her? Die wollten doch das Feld sehen!»

«Woher weißt du das mit den Chinesen?»

«Du fährst jetzt mit den Plastiktüten zur Übergabe», sagt Scholz. «Du übergibst die Ware an den Chef, wie geplant. Wir sind dicht hinter dir. Bonnimaisch? Sonst siehst du so schnell kein Tageslicht mehr.»

«Okay», sagt Svenowitsch, rennt zu seinem Fahrzeug und steigt ein.

«Hey, warte!», schreit Schmälzle. «Wir müssen mit!»

Doch der falsche Russe lässt das Gas aufheulen. Die Ermittler stehen mit erhobenen Waffen da und drücken nicht ab.

«Ich raff's nicht», sagt Scholz und sieht den Wagen zwischen den Bäumen verschwinden. «Der fährt einfach davon.»

Schmälzle winkt ab, ruft Leonie an, erklärt ihr die Lage und gibt das Kennzeichen durch. «Komplettmenü, Leo! Wir brauchen einen Einsatzwagen, der sofort nach Hohenheim fährt, mit mindestens vier Männern und ein paar Handschellen. Und wünsche den Kollegen *xingfu*. – Ja, *xingfu*.»

«Und bestell uns einen Wagen, der uns am Bilsenkrautfeld abholt. – Leo, jetzt lach nicht! Hier ist es stockfinster», schreit Scholz in Schmälzles Handy.

Voller Feinfühligkeit sagt Leo: nix.

Und das ist gut so, denn die Geschichte ist noch nicht zu Ende. In Schmälzle nämlich kocht es ...

Im Ländle starten und landen bis zu vierhundert Flieger am Tag

Weil er sichergehen will, dass sie den Weg nach Echterdingen übersteht, ohne üblen Gewächsen oder übergriffigen Männern zu begegnen, beschließt Schmälzle, Yvonne höchstpersönlich zum Flughafen zu fahren und seinen Nachhauseweg erst dann wieder anzutreten, wenn die Maschine mit dem Ziel Teneriffa Süd der Ländle-Hauptstadt die Heckflosse gezeigt hat. Er packt Yvonne auf die Rückbank und zwei große Reisetaschen in den Kofferraum. Claudia hat auf dem Beifahrersitz Platz genommen, weil sie auch einmal wieder Metropolenluft schnuppern will.

Schmälzle ist froh, dass sie den falschen Russen vorgestern geteert und gefedert haben. Der hat sich kaum gewehrt, als die Kollegen aus Stuttgart die Handschellen zuschnappen ließen, kurz nachdem er seinen Wagen vor einer leerstehenden Villa in Hohenheim geparkt hat. Dummerweise haben sich weder die Chinesen noch Dennis Reuchlin blicken lassen. Bloß Anwalt Höschele hat sich eingeschaltet – ein Schelm, wer denkt, dass da einer einem was gehustet und der das weitergezwitschert hat!

Gerade will Schmälzle den Anlasser betätigen, da biegt die nächste Lichtgestalt um die Ecke: Meißner. Summt ein unbekanntes Lied, öffnet die hintere Wagentür und quetscht sich auf den Rücksitz neben Yvonne, die er anstrahlt, als wäre er wiedergeboren worden: als Quad-Ray-Monstertaschenlampe, die mit viertausend Lumen das Gehege erhellt. Yvonne senkt ihren Kopf auf den Schoß und faltet die Hände darüber. Schmälzle stößt einen Urschrei aus, schnallt sich im Affenzahn ab, steigt aus und reißt die hintere Wagentür auf. Bevor er Meißner am Kragen packen kann, zischt Claudia den Eindringling an: «Wo kommen Sie denn her?»

«Direkt aus dem Fegefeuer!», keift Meißner, der es sich auf dem Rücksitz gerade bequem machen will.

«Was willst du hier?» Schmälzle packt ihn grob am Ärmel seiner Jeansjacke und zerrt ihn vom Rücksitz des Polizeiwagens.

«Ja, was wohl?» Meißner schüttelt die Hand des Kommissars ab.

Claudia, die es offenbar nicht auf dem Beifahrersitz ausgehalten hat, hat sich neben ihren Gatten gestellt und baut sich jetzt vor Meißner auf, der an der offenen Wagentüre lehnt. «Woher wissen Sie, dass Frau Lauer verreist?», fragt sie in einem barschen Ton.

«Frau Kommissarin!» Wolfram schmachtet Claudia an. «Ich will mich nur von Wonnchen verabschieden.» Dann streckt er den Kopf wieder in den Wagen, die rechte Hand hinterher, um Yvonne zu berühren. Er erwischt ihre linke Schulter. Yvonne zuckt. Tief in die Polster des Autos versunken, ohne aufzusehen, sagt sie klar und deutlich: «Lass das, Wolfram.»

«Tut es dir leid?», fragt er und streichelt ihren Oberarm.

«Was, bitte schön, soll ihr leidtun?» Schmälzle platzt gleich. Er packt Wolfram grob, zieht ihn von der Wagentür weg und lässt von ihm erst ab, als er weit vom Wagen auf der Straße steht. Dann fixiert er Meißner mit zusammengekniffenen Augen. «Pass bloß auf, Freundchen!»

«Sie hat mir auf die Füße gekotzt!»

«Sie haben es verdient», sagt Claudia.

«Was?»

«Wolfram, du hast mich nicht gut behandelt.» Yvonne ist aus dem Wagen gestiegen, hat ihre kauernde Haltung aufgegeben, fixiert Meißner nun durchdringend und beängstigend.

«Ich hätte dir die Welt zu Füßen gelegt!», ruft Meißner.

«Du bist ein schwachsinniger Trottel!», ruft sie.

Schmälzle/m und Schmälzle/w starren Yvonne ungläubig an. Auch Meißner hat es vernommen und holt tief Luft, dann streckt er wieder seinen Arm aus, die Angebetete zu berühren. Bevor Schmälzle reagieren kann, hört er ein Würgen. Meißner schüttelt sich und reißt die Augen auf. Er fasst sich ins Gesicht. Entsetzt reibt er sich einen Spuckekloß von der Wange, so dick, dass er noch zwischen seinen Fingern hervorquillt. Yvonne spuckt Meißner wieder ins Gesicht. Der reißt die Augen auf und weicht zurück. Das Käppi fällt auf den Boden.

Sie funkelt ihn an: «Du!», kreischt sie. «Du hast mein Leben zerstört! Ich habe dir helfen wollen, und was ist der Dank? Du fasst mich an! Du verfolgst mich! Du ... du stößt mich ins Moor, willst mich ersäufen, du, du ...»

Meißner starrt sie an, den Spuckekloß noch in der Hand.

Dann hat sie ihr Wort gefunden. «Du Wurm!», schreit sie.

«Ich habe dich nicht ins Moor gestoßen!», ruft er.

«Du hast dich in meinen Traum geschlichen!» Sie schubst ihn. Schubst erneut und gleich noch mal, bis Meißner strauchelt, auf den Boden fällt und so laut schreit, dass sich die Fenster in den Nachbarhäusern öffnen. Schmälzle prescht vor und hält Yvonne fest.

Claudia nimmt die junge Frau in den Arm. «Frau Lauer! Das ist genug», sagt sie liebevoll. «Kommen Sie. Wir fahren jetzt.»

Meißner rappelt sich hoch. Er jammert. «Nein! Wonnchen, du bleibst hier!»

Yvonne wirft ihm einen Blick zu, in dem eine Verachtung steckt, die mancher in seinem ganzen Leben nicht aufzubringen vermag. Dann steigt sie ins Polizeiauto und lässt die Tür krachend ins Schloss fallen.

Schmälzle stutzt. Schwarz. Drei neongrüne Tannen auf dem Hinterkopf, das ist ... Er hebt Meißners Kopfbedeckung vom Boden auf und inspiziert sie. «Wo hast du das her?», herrscht er ihn an.

«Geht dich nichts an.»

«Woher?»

«Hab ich gefunden.»

«Wo hast du das gefunden?»

«Es gehört mir!»

Schmälzle konfisziert das Käppi, steckt es in die Hosentasche und packt Wolfram erneut am Schlafittchen. Er hebt den Mann die paar Zentimeter hoch, die jener kleiner ist. Wolfram schwebt in der Luft, mit dem Kommissar auf Augenhöhe.

«Eh!», sagt er.

«Woher?», fragt Schmälzle.

«Neben einer Hütte, oben auf dem Berg», winselt Meißner. «Ehrlich!»

«Wenn du Yvonne Lauer noch ein einziges Mal nachstellst, dann wirst du die Polizei kennenlernen. Wir buchten dich nämlich ein. Schwarzes Loch, kein Licht, kein weiches Bettchen, kein nettes Professorchen, kein Lied, das du singen kannst. Nistet sich das in deinem Schädel ein?»

Meißners Kopf ist rot angelaufen, bis zu den Ohren ist das Blut in seine oberen Körperteile ausgewichen. Schmälzle stellt ihn wieder auf den Boden und steigt zufrieden in den Wagen.

Bevor Wolfram Luft holen kann, quietschen die Reifen des BMW, der in Windeseile wendet und, fünfundvierzig Grad Gefälle und Schlaglöcher missachtend, ins Städtchen düst, zum Kreisverkehr. Dort wird er abbiegen, weitere Kreisverkehre und Kurven nehmen, bei dunkelgelb über die Ampel fahren und Geschwindigkeitshinweise um maximal fünfzig Prozent überschreiten. So wird er Dorf für Städtchen hinter sich lassen, um zur Autobahn zu fahren, die sie zum Flughafen bringt. Dort wird Yvonne in eine Maschine der TUI Fly nach Teneriffa steigen, Start vierzehn Uhr zehn. Und mit jedem Meter, den ihr Flugzeug an Höhe gewinnt, werden sich die Geister, die sie in den letzten Nächten in ihren Träumen heimgesucht haben, mit den Wolken vereinen, sie werden milchig, opak wie sie, werden durchlässig, vage und landen irgendwann im Nirgendwo.

Im Quellenhof gibt's Cowboys und Indianer

Die Maschine hat pünktlich abgehoben, Yvonne Lauer an Bord. Schmälzle ist noch schnell in den Posten gefahren, um Leonie das Käppi vorbeizubringen und sie zu bitten, es in die Kriminaltechnik zu schicken. Er freut sich auf ein entspanntes Wochenende. Auch wenn morgen erst Freitag ist, will er den Tag freinehmen. Auch Claudi hat ein paar arbeitslose Tage mehr als verdient. Sam fährt morgen nach Karlsruhe, um Freunde zu besuchen, und zwischen Schmälzles Rad und dem falschen Russen befinden sich ausbruchssichere Gitterstäbe aus Stahl.

Gut gelaunt fragt Schmälzle seine Frau, ob er sie zu einem Aufstieg auf den Sommerberg bewegen könne – ein kleiner Spaziergang, nur sie beide.

«Und was ist der Dank für die Anstrengung?», fragt Claudia.

«Wir gehen lecker essen! Da gibt es ein gutes Lokal. Das ist auch noch schick eingerichtet.»

«Nicht in Mongelesbraun-Schattierungen?»

«Weiß, anthrazit und grau.»

«Oh», freut sich Claudia und fragt: «Und was machen wir danach?»

«Da fällt uns bestimmt was ein», sagt der Kommissar, und sein Grinsen ist so breit wie der Golf von Gonâve im Westen von Haiti.

Dummerweise stoppt die Vorfreude am Gartentor, denn

Scholz hat seine zwei-, drei-, vier- oder auch fünfundachtzig Kilo an das marode Holz gelehnt. Er spielt auf seinem Handy herum.

«Wird auch Zeit», sagt er.

«Du passt mich ab?», knurrt Schmälzle.

«Sorry, Schmälzle, ich wollte nicht übergriffig sein.»

«Das ist Ihnen nicht gelungen, Herr Scholz!» Claudia rauscht am Polizeipostenleiter vorbei und nimmt hastig die Treppenstufen zum Haus.

«Oi!», sagt Scholz. Und: «Oi, oi.»

«Was ist los, Harald? Brauchst du jemanden zum Daumenknacksen?»

«Eh, Schmälzle, du bist sonst für jeden Ermittlungsscheiß zu haben! Das ist doch unser Fall! Ich dachte, der interessiert dich.»

«Ja, schon. Wir haben nur ein wenig in Wochenendstimmung geschwelgt.»

«Du wirst in deinem Leben mehr Wochenenden mit deiner Frau verbringen, als dir lieb ist.»

«Das habe ich gehört!», ruft Claudia von der vierundvierzigsten Stufe.

«Also?», fragt Schmälzle.

«Reuchlin hat über seinen Anwalt ausrichten lassen, dass er eine Genehmigung für den Anbau hat. Von der Gemeinde. Er würde mit einem Arzt aus China kooperieren, der das Bilsenkraut für seine TCM-Therapien benötigt.»

«Das kann man überprüfen!»

«So was dauert.»

«Hat er nicht gesagt, es sei für wissenschaftliche Studien?»

«Das hat er revidiert.»

«Dann hat er gelogen.»

«Kann er sich leisten. Mit dem besten Anwalt aus Stuttgart.»

«Das war eine Falschaussage! Er hat euch auf die Schippe genommen», mischt sich Claudia ein, deren Hörschnecke offenbar über eine Verlängerungsschnur verfügt.

«Ich fürchte, Sie haben recht», schreit Scholz nach oben und zuckt mit den Achseln.

«Das lasst ihr euch gefallen?»

«Der Fall liegt beim Staatsanwalt. Der Verdacht, dass der Kerl das Drogenfeld auf dem Kaltenbronn angepflanzt hat und die Ware zu Rauschzwecken veräußert, ist nicht aus dem Weg geräumt. Aber vermutlich wird ihn sein ausgefuchster Anwalt aus dem Schlamassel ziehen. Selbst wenn wir zwei Zeugen haben, den falschen Russen und den Schwaben, sind die schnell eingeschüchtert. Und auch wenn wir ihm illegalen Handel mit Arzneimitteln nachweisen können, ist er Ersttäter. Mit Asche. Der kauft sich raus, hinterlegt eine Kaution und sucht sich andere Handlanger.»

«Harald, du wirst doch jetzt nicht kapitulieren!»

«Sei ehrlich: Gegen Gesetzeslücken sind wir machtlos.»

«Wir sind nie machtlos.»

«Du hast recht, Schmälzle. Genieß dein Wochenende mit deinem Frauchen. Wir sehen uns am Montag.»

«Herr Scholz! Ich habe promoviert», ruft das Frauchen.

Scholz hebt die Hand zum Gruße.

Im Infozentrum röhrt der Hirsch

Willst du, dass er einer von diesen Jungs wird, deren einzige Form der Revolte darin besteht, die Haare vorne drei Millimeter länger zu tragen als hinten?», sagt Claudia, mit der Schmälzle beim Frühstück über Sam diskutiert. Er ist ein wenig besorgt über die Entwicklung ihres Sohnes. Claudia, die einen grellen Handtuchberg auf dem Kopf trägt, findet es normal, dass Sam sich ausgiebig mit Computerspielen beschäftigt und nicht mehr so viel erzählt. Auch dass er neuerdings Dreadlocks auf dem Oberkopf kultiviert und sich die Haare darunter rasiert, irritiert sie nicht. Nicht mal, dass er angekündigt hat, jedes Wochenende nach Karlsruhe zu fahren – «Abhängen, mit den Kumpels» –, bringt sie aus dem Gleichgewicht. Im Gegensatz zu Schmälzle, der eine investigative Frage hinterherschickt: «Du willst auch nicht, dass er rumläuft wie ein Hip-Hopper und fluoreszierende Tannen nach Hause bringt. Und zwar nicht, um damit sein Zimmer zu schmücken!»

«Ach, komm, Just, er ist unser Sohn!»

«Der bald snifft, raucht und kokst, was der Schulhof hergibt!»

«Er ist zehn.»

«Eben.»

«Er hat ein Päckchen *Black Forest High* vor dir auf den Tisch gelegt.»

«Nachdem er es geraucht hat.»

«Just! Er ist dein Sohn!»

«Womöglich haben sie ihn gezwungen. Mutprobe und so. Du weißt, was sich Kids alles einfallen lassen, wenn ein Neuer an die Schule kommt.»

«Nun lass es gut sein. Wir sind nicht in der Bronx.»

«Vielleicht wissen wir es nur nicht?» Schmälzle mag letzte Worte, aber er hat auch gelernt, dass es manchmal klüger ist, das Thema zu wechseln. Also sagt er: «Wir sollten unsere Eltern endlich einladen, Claudi.»

«In dieser unsanierten Hütte willst du den Richter und seine Frau empfangen? Und meine Eltern, die Designklassiker sammeln?»

«Wir kaufen Rotwein. Viel Rotwein.»

«Den servieren wir draußen, auf der Terrasse.»

«Nach einem Apéro. Kirschen, in Armagnac eingelegt.»

«Unsere Mütter essen die ganzen Früchte auf.»

«Danach werden sie das Bad wundervoll finden.»

Schmälzle steht auf, geht zu Claudia rüber, nimmt ihr das Brötchen aus der Hand und küsst sie, fest und lange, wie eine Ewigkeit nicht mehr.

«Und wenn sie uns nerven, verkrümeln wir uns. Ich muss mich um die Aufklärung eines Mordfalls kümmern. Und du musst in die Klinik», grinst Schmälzle und zwinkert. «Vergiss nicht, wir haben eine Einliegerwohnung.»

Claudia knufft ihn in die Seite, als in der Küche ein Lied aus dem Radio sprudelt: «Der Abend ist gelaufen, / Diese Kleine, die werden wir uns kaufen, / Hey, hey! Zeig was du kannst! / Und so begann's. / Wenn du denkst, du denkst, dann denkst du nur, du denkst, / Ein Mädchen kann das nicht. / Schau mir in die Augen ...»

«Mach das lauter, Claudia!»

Claudia dreht das Radio auf. «Du kannst Schlager nicht leiden, Just.»

Juliane Werding ist das egal. Munter singt sie weiter: «... Wenn du denkst, du denkst, dann denkst du nur, du denkst, / Du hast ein leichtes Spiel ...»

««Ein Mädchen kann das nicht ...», murmelt Schmälzle. «Das ist es.»

«... ich weiß, was ich will, drum lach nur über mich, / Denn am Ende lache ich über dich!»

Claudia dreht das Radio ab. «Genug!», sagt sie.

«*Sie* war es!», sagt Schmälzle.

«Sie ist es immer, Just. Hinter jedem erfolgreichen Mann steckt eine weitaus klügere Frau.»

«Ist das bei uns auch so?»

«Was glaubst du denn?»

Claudia steht auf und verschwindet in Richtung Föhn. Schmälzle räumt das Frühstücksgeschirr ab. Er wird die Ladenbesitzerin vernehmen. Warum hätte allein der Vater Grund gehabt, sich den Kummer über seinen drogenabhängigen Sohn von der Seele zu morden? Wie oft sind Täter Täterinnen? Schmälzle erinnert sich an die These einer Gerichtspsychologin, die Frauen eine raffiniertere Vorgehensweise beim Morden bescheinigte als Männern. Und die Ladenbesitzerin hat kein Alibi. Zumindest haben sie es nicht überprüft. Auch wenn Schmälzle das lange Wochenende vertagen muss – Dienst ist Dienst.

Der wärmste September seit 1959 geht zu Ende

*F*rau Müllerschön leistet so wenig Widerstand, dass sich Schmälzle fast schämt, sie während der Öffnungszeit ihres Ladens überrumpelt zu haben. Er hat sie nach einer flüchtigen Begrüßung gefragt, wo sie zur Tatzeit gewesen ist, und sie hat geantwortet: «Sie müsset net um den heiße Brei rumschwätze, Herr Kommissar, i hab kei Alibi.»

Dass sie als tatverdächtig gilt, heißt noch lange nicht, dass sie gestehen muss. Doch Helga scheint nicht zu den raffinierten Täterinnen zu zählen. Sie knickt ein, als Schmälzle sie mustert, die Stirn in tiefe Furchen gelegt. Sie schlurft zur Ladentür, schließt ab und führt den Kommissar rauf in ihre Wohnung. Im Wohnzimmer lässt sie sich in einen Polstersessel fallen und sagt: «Ich hab ihn bloß zur Rede stelle wolle.»

Schmälzle versinkt in einem Sessel gegenüber. Ihm ist unwohl in dem weichen, durchgehockten Polster, das sich anfühlt, als habe es mit seinem Besitzer schon bei Fernsehsendungen mitgefiebert wie Robert Lembkes ‹Welches Schweinerl hätten S' denn gern?› Schmälzle wundert sich, dass sie nicht einmal versucht, ein Alibi zu erfinden. «Wie ist es passiert?», fragt er.

«Ich war daheim, allein. Der Erwin war in der Wirtschaft, mit seiner Skatrunde. Ich hab Fernseh guckt, aber wieder ausgschaltet, weil nix Gscheits komme isch. Es kommt sowieso nix Gscheits mehr, findet Sie net au, Herr Kommissar?», sagt Frau Müllerschön.

Schmälzle nickt. «Ich bin auch kein großer Ferngucker», sagt er.

«Ich grab lieber em Garte», sagt Frau Müllerschön und fasst an den Träger ihrer grünen Latzhose.

Schmälzle denkt an die Pelargonien und Buschwindröschen, die bei ihr bestimmt liebevoll gehegt und gepflegt würden.

«I hab net schlafe könne, weil i ghorcht hab, ob der Erwin heimkommt. Also bin i immer wieder zum Fenster gange und hab rausguckt. Dann hab i ihn gsähe.»

«Wen haben Sie gesehn?»

«Den Kerle. Wo Sie aus der Enz gfischt hen.»

«Peter Schneider? Was hat er da gewollt, mitten in der Nacht?»

«Grabe hatter.»

«In den Enzkübeln?», fragt Schmälzle und versucht, sich auf dem Sessel aufzurichten.

«Der hat die Geranie rausgerissen. Mit de Wurzel! Da bin ich narrad worre.»

«Narrad?»

«Sauer, Herr Kommissar! Die Wut isch in mir aufgschtiege. Der Stadtgärtner hat alles neu eipflanzt. Schön hatter des gmacht, richtig schön.»

«Ja», sagt Schmälzle.

«I hab a Gläsle drunke ghabt. Da bin i mutig gwäse, übermütig bin i gwäse. I hab mir denkt, den knöpf i mir vor, den Hallodri.»

«Wow», sagt Schmälzle.

«I bin in de Schuppe gange, wollt meine alte Gartesache anziehe, i bin ja im Nachthemd gwäse.»

Schmälzle nickt. Man könnte gerade meinen, auch er ginge gelegentlich zu später Stunde im Nachthemd in den Schuppen, um seine Gartensachen anzuziehen, so verständnisvoll fällt sein Nicken aus.

«Aus dem Schuppe hab i dann den Fuchsschwanz gholt und mitgnomme, zur Abschreckung. I hab ihn in der Hand ghalte, eifach so, i hab dem net droht, bloß mit ihm gschwätzt, ganz normal.»

«Ganz normal», murmelt Schmälzle.

«Der hat mi blöd anglotzt und mit dem Finger an die Stirn tippt, dauernd hat der gege sei Stirn tippt. Als hätt i a Meise.»

«Ach», sagt Schmälzle.

«Dann hatter weitergrabe. Und i hab ihn anbrüllt, hab laut gschrie: ‹Was soll des, was machet Sie da, lasset Sie die Finger von unsre Kinder!› Aber der Hallodri hat überhaupt net reagiert. Ganz gmütlich hat der in dene Enzkübel grabe und Päckle rauszoge, kleine Beutele, an ganze Haufe.»

«In Zellophan eingepackt, mit leuchtenden Tannen drauf?», fragt Schmälzle.

«Ja», sagt Frau Müllerschön. «I hab den verwarnt, er soll des lasse, aber er hat laut glacht, hat gar nemme aufghört, der hat mi net für voll gnomme.»

Schmälzle nickt.

«Dann hab i dem uff d'Finger klopft, mit dem Fuchsschwanz, damit er aufhört mit dem Gegacker und dem Grabe.»

«Und?», fragt Schmälzle.

«Da hat er endlich aufghört. Er hat a wenge blutet, net viel. Dann ischer übers Gländer gfloge und mit'm Kopf nach unte im Fluss glandet.»

«Frau Müllerschön», sagt Schmälzle.

«Gschtolberd ischer», sagt sie.

«Frau Müllerschön», wiederholt Schmälzle, der geduldig gelauscht hat.

«Neigfalle ischer!» sagt sie, flüsterleise.

Auch, wenn sie ihm leidtut, wie sie da vor ihm sitzt, die Hände in den Taschen der Latzhose versteckt, muss Schmälzle nachhaken. «Der Mann ist in den Fluss gefallen, einfach so?», fragt er. «Übers Geländer gestolpert, ohne Nachhilfe? Das glaube ich nicht – und Sie glauben es auch nicht.»

Frau Müllerschön fängt an zu weinen. Sie schluchzt mehrmals auf. Dann schreit sie: «Du Saukerl!»

Schmälzle fährt zusammen.

«‹Du Saukerl›, hab i geschrie!» Als sie weiterspricht, ist ihre Stimme gedämpft. «I bin a schlimme Mutter, i hab ihn verjagt, mein eigene Sohn.» Tränen rinnen ihr über die Wangen, sie hält die Hände vors Gesicht. Den Tränen folgen weitere Tränen, und ein ganzer Strom fließt aus der Frau heraus. Sie sackt in sich zusammen.

Schmälzle geht zu ihr und streicht ihr sanft über den Kopf. Geduldig wartet er, bis sie sich gefangen hat. Dann richtet er sie im Sessel auf und drückt sie in die Polster, liebevoll, als wäre sie eine gute Freundin. «Erzählen Sie bitte, detailliert, von Anfang an. Ich unterbreche Sie nicht, Frau Müllerschön. Das ist kein Verhör. Ich möchte einfach wissen, was wann wie passiert ist.»

Die Frau braucht eine Weile, bis sie sich gefangen hat. Dann legt sie los, erzählt von ihrem Sohn Carl, der im Internat war, weil sie ihm die beste Schulbildung ermöglichen wollten. Sie hätten es sich nicht leisten können, aber er hat ein Stipendium bekommen, weil die Lehrer von einer Hochbegabung gesprochen haben. Man müsse das Kind fördern, haben sie gesagt, mehr als es die hiesigen Schulen vermögen. Im Internat sei er in schlechte Kreise geraten. Es habe harmlos angefangen, er habe ab und zu einen Joint geraucht, man würde das halt so machen.

«Ich bin auch mal jung gewesen, Herr Kommissar», sagt Frau Müllerschön und wischt die Tränen ab.

Schmälzle muntert sie auf weiterzuerzählen.

«Damals war des no unser Carl», sagt Frau Müllerschön. «Er hat subber Note heimbracht. Mir sen so stolz gwäse. Dann hatter sich verändert. Isch immer seltener heimkomme, hat immer weniger und am Schluss gar nix mehr verzählt.»

«So ist das», seufzt Schmälzle.

«Er hat au kein Joint mehr graucht, daheim. Aber fahrig ischer gwäse, er hat sich komisch verhalte, aufbrausend ischer gwäse, an anderer Mensch. Und dann hatter nemme daheim übernachtet, hat gsagt, er sei bei am Freund. Irgendwann ischer gar nemme heimkomme. Au net an Weihnachte. Dann hat die Internatsleitung angrufe und gsagt, der Carl hätt a Drogeproblem und sie müsstet ihn von der Schul verweise.»

Schmälzle atmet tief ein und aus, lässt Frau Müllerschön weitersprechen.

«Dann hemmer nix mehr ghört. Mir hen überall rumtelefoniert, seine alte Freunde, Schulkamerade, sei damalige Freundin, mir hen rausfinde wella, wo er wohnt, was er tut. Irgendwann hemmer a E-Mail kriegt. Er hat gschriebe, er wär in Marokko. Dann hatter noch a paar Postkarte gschickt, eimal aus Algerien, aus Tunesien, später dann aus Lombok, aus Goa. Jedes Jahr an Weihnachte hemmer Post kriegt. Manchmal an Monat später, em Februar. Dann isch Funkstille gwäse. Siebe Jahre lang hemmer kei Lebenszeiche von ihm ghett.» Frau Müllerschön hält inne und seufzt. Faltet die Hände und enthakt sie wieder. «Vor zwei Jahre hemmer an Schulfreund von ihm troffe, der verzählt hat, dass er den Carl in Berlin bsucht hat. Er würd am Methadonprogramm teilnehme. Mir sen froh gwäse, hen Hoffnung habt, sen extra nach Berlin greist und hen erfahre, dass der Carl des Programm abbroche hat. Dass er nach Indonesien gfloge isch. Dann hemmer nix mehr ghört.»

Schmälzle schüttelt den Kopf. Jede Spur verloren, vom einzigen Sohn, kein Tag vergangen, an dem sie sich keine Vorwürfe gemacht haben – das nimmt Frau Müllerschön mit, und auch Schmälzle nimmt das mit. Darüber hätten sie sich gestritten, sie und der Erwin. Immer wieder. Über die ganzen Jahre. Sich gegenseitig Schuld zugewiesen. Nicht nur der eine dem anderen, auch jeder sich selbst.

«Bis die zwei Bandite auftaucht sen und die Päckle an Schüler verkauft hen, auf der Wilhelmstraß!»

Schmälzles Ohren sind gespitzt. Er erfährt, dass der Enztote, der Schneider, sich unten positioniert hat, nicht weit von der Ladentür der Müllerschöns entfernt.

«Der andre, so an langer Schmalbrüschtiger, an richtige Hungerhake isch des gwäse, der hat die Jugendliche obe angsproche, vorm Sanitätshaus.»

«Sven Wurster», sagt Schmälzle.

«Die hen die Jonge gar net überzeuge müsse. Aus der Hand grisse hen die dene den Gruscht!», berichtet Frau Müllerschön. «Des isch net normal! Der Erwin hat glei gsagt: ‹Da stimmt was net.› Droge seied des, hatter gsagt. ‹Jetzt verkaufet die Droge! In unserer schöne Kurstadt.› I habs net glaube wolle.»

«Warum haben Sie uns nicht angerufen?», erkundigt sich Schmälzle. «Das ist doch Sache der Polizei.»

Frau Müllerschön schaut ihn an. «Ach, Herr Schmälzle. Was hättet Sie scho unternomme? Gar nichts.»

Schmälzle fährt sich über die Stoppelhaare. «Wir sind seit einiger Zeit dran, diesen Kerlen das Handwerk zu legen», rechtfertigt er sich.

«Sehet Sie. Sie tun erscht was, wenn einer tot isch.»

Schmälzle sagt nichts.

«Hen Sie Kinder?», fragt sie dann.

«Ja», sagt Schmälzle und würgt an einem Kloß im Hals, «Samyel. Alle nennen ihn Sam.»

«Stellet Sie sich vor, Sie wisset net, ob der Sam tot isch oder lebt und Sie sich wünschet, dasch er tot isch, weil er unter de Brücke schläft und sich sei Esse aus der Mülltonne holt. Weil er Geldbörse uff der Straß glaut oder sich als Stricher sein nächste Schuss verdient.»

Die ist informiert, denkt Schmälzle und schämt sich, dass er sie als einfaches Gemüt abgespeichert hat. Er sagt: «Das ist schlimm.»

«Mir hen die em Aug ghett», sagt Frau Müllerschön und erzählt weiter: «Nach d'r Dämmerung isch immer einer an d' Enz gschliche und hat die Kübel durchwühlt. Der Erwin und ich hen glei vermutet, dass die Kübel dene ihr Drogeversteck isch.»

«Raffiniert», sagt Schmälzle.

«Ja», sagt Frau Müllerschön. «Da isch aber immer nur einer an de Kübel gwäse, also hen mir denkt, der ei versteckt seine Droge vorem andere. Der Erwin hat gsagt: ‹Die sind selber abhängig.›»

«Da hat der Erwin vermutlich recht.»

«Mir hen uns gfragt, was des für Droge sen. Der Erwin hat gmeint, des wär Egschtasy, aber i hab gsagt: ‹Noi, des isch bestimmt Marihuana.›»

«Käuterdrogen», klärt Schmälzle auf.

«Kräuterdroge?»

«Salbei, Dill und Bilsenkraut. Auch das kann man rauchen.»

Frau Müllerschön schüttelt den Kopf. Das will sie jetzt nicht glauben, dass man Küchenkräuter rauchen kann, aber Schmälzle sagt: «Doch, doch.»

Dann erzählt sie weiter: «I bin durchdreht.» Sie holt tief Luft, bevor sie weiterspricht: «I hab auf ihn neighaue.»

«Mit dem Fuchsschwanz?», fragt Schmälzle und vermutet, dass die Kratzer, die der Tote hatte, von einem im Affekt ausgeführten Schlag herrühren könnten.

«Mit de Hend!», sagt Frau Müllerschön, geht auf Schmälzle zu und drischt mit kräftigen Fäusten auf ihn ein. Schmälzle hält seine Hände schützend vors Gesicht. Ihr Blick verirrt sich in der Weite, aber sie schlägt weiter auf den Kommissar ein.

«Stopp!», schreit er und packt ihre Hände.

Helga Müllerschön hört auf zu hämmern. Sie sackt unter einem Strom von Tränen in sich zusammen. «I hab des net wella», sagt sie, als sie wieder im Jetzt angekommen ist.

«Wir haben keine Fingerabdrücke festgestellt», erklärt Schmälzle.

«I hab Handschuh trage», sagt Frau Müllerschön. «Gartehandschuh. Die hab i später weggschmisse.»

Schmälzle schüttelt den Kopf. An der Sache ist was faul.

Frau Müllerschön lässt sich nicht aus dem Konzept bringen. «Der isch ausgwiche, nonderglaufe, i hinterher, weiter ronder, bis an d' Enz. I hab auf ihn eidrosche, bis er's Gleichgwicht verlore hat und ins Wasser gfalle isch.»

Schmälzle atmet noch mal tief durch, denkt nach. Der Mann ist ins Wasser gefallen, im Streit. Das ist kein Mord. Wenn man ihr ein aktives Eingreifen, das zum Sturz geführt hat, nachweisen kann, läuft es für Frau Müllerschön auf Totschlag hinaus. Vermutlich wird sie wegen unterlassener Hilfeleistung verurteilt, dann bekommt sie ein Jahr. Wenn sie Glück hat, auf Bewährung.

Die Sache hat einen Haken: Sie stinkt. Der Mann kann unmöglich über das Geländer gefallen sein, ohne dass jemand nachgeholfen hat. Er kann auch kaum an die Enz gerannt sein, wie die Frau berichtet hat. Dazu hätte er einen Zugang zum Fluss finden müssen, am Anfang oder Ende der Brücke – doch da steht auf der einen Seite ein Wohnhaus, davor befindet sich eine Mauer. Auch auf der anderen Seite versperrt seiner Erinnerung nach ein Gebäude den Zugang zum Fluss. Also bleibt das Geländer. Selbst wenn sie den schwarzen Gürtel besitzt, hätte Frau Müllerschön den Mann kaum alleine hochhieven können. Hat sie also einen Helfer gehabt? Ihr Mann kann es nicht gewesen sein, der Erwin hat ja ein Alibi.

Etwas Weiteres kommt hinzu: Wäre der Mann von oben, vom Geländer, in den Fluss gestoßen worden, müsste sein Körper voller Aufprallspuren sein. Diesen Fall übersteht keiner schadlos, so flach, wie das Wasser im Sommer ist. Der Enztote müsste vorsichtig ins Wasser gelegt worden sein – nicht besonders wahrscheinlich.

Schmälzle wird den Tatort erneut inspizieren und Frau Müllerschön noch einmal in die Zange nehmen müssen. Zudrücken. Pressen. Quetschen. Sorry.

Für heute aber ist sie bedient, denkt er. Als Schmälzle sich verabschiedet, fragt Helga Müllerschön: «Sie kommet wieder, gell?»

Schmälzle zögert und sagt dann nur: «Versprechen Sie mir eines: Kaufen Sie sich einen Boxsack.»

Zurück auf der Wilhelmstraße, ruft er in der Rechtsmedizin an. «Sag mal, Lothar, kannst du noch mal überprüfen, ob am Toten vielleicht doch Aufprallspuren, Hämatome oder Ähnliches sind? Oder ob sich an irgendeiner Faser der Kleidung DNA-Spuren befinden?»

Am anderen Ende der Leitung herrscht Totenstille.

«Vielleicht hat das Wasser die Abdrücke verändert, und ihr habt es nicht gleich gesehen!»

«Sag mal, hat dir einer einen Regenwurm in deinen Salat gelegt, Just?», fragte Lothar.

«Eh, Lothar, du steckst bis zur Halskrause in Leichen, da kann mal was durchrutschen», sagt Schmälzle und klingt kläglich. Hernach senkt er die Hand mit dem Smartphone, um seine Ohren zu schonen. Abschließend sagt er: «Ich schick dir noch eine Serviette vorbei. Den Fuchsschwanz hast du bereits. Kannst du das schnell für uns abgleichen?»

«Just, dafür sind die Forensiker in Stuttgart zuständig!»

«Ja, ich weiß.»

«Aber?»

«Die sind beschäftigt.»

«Und ich drehe Däumchen oder was.»

«Bitte, Lothar.»

Da die weiteren akustischen Signale nicht übersetzbar sind, wiederholt er sich: «Nur dieses eine Mal.»

Die Serviette hat neben der Kaffeetasse von Frau Müllerschön gelegen. Er hat sie eingesteckt. Auch wenn sie Handschuhe getragen hat, könnten winzige Körperzellen, Hautschüppchen von ihr, auf dem Fuchsschwanz festgestellt werden. Wirklich schlüssig wird dieser DNA-Abgleich trotzdem nicht, denn sie kann den Fuchsschwanz vorher schon angefasst haben. Aber irgendwie muss er ja weiterkommen. Obwohl sich Schmälzle so gut wie sicher ist, dass ihm Helga Müllerschön ein Märchen aufgetischt hat. Bloß: warum?

Der Tag gibt seine letzte Zugabe

*N*achdenklich steht Schmälzle einige Stunden später am Ufer der Enz. Er stellt sich vor das Eisen, das ihm bis über die Oberschenkel reicht, und beugt sich nach vorne, schaut weit in den Fluss hinein. Beide Beine bleiben fest auf der Erde. Frau Müllerschön hat gelogen: Der Mann kann nicht übers Geländer gefallen sein. Man kann nicht einfach stolpern und drüberkippen, auch nicht im Streit. Nachdem ihn eine Frau – es ist die mit dem Pop Marley – fragt, ob alles in Ordnung sei, ob er Hilfe brauche, dreht er sich vom Brückle weg und inspiziert die Zugänge zur Enz. Wie vermutet: Alle vier Zugänge sind mit einem Geländer oder einer Mauer versperrt. Was ihn darüber hinaus irritiert, ist die Fallhöhe. Der Mann kann unmöglich im Fluss gelandet sein, ohne dass sein Körper Blessuren davongetragen hat. Vom Geländer aus fällt man mindestens zwei, vielleicht drei Meter tief.

Also marschiert er die paar Meter zurück in den Polizeiposten und holt Scholz ab. Der ist aufgeregt und begrüßt ihn mit: «Bingo!» Dann drückt er ihm ein handschriftliches Fax von Lothar in die Hand: *Übereinstimmung DNA-Spuren Serviette und Fuchsschwanz*, liest Schmälzle. Auch wenn Letzterer noch durch weitere Finger gegangen sei, bestehe kein Zweifel, dass die Person, die die Serviette an den Mund geführt habe, auch den Griff des Fuchsschwanzes angefasst habe. Des Weiteren habe er bei einer gründlichen Inspizierung, die – das hat Lothar fett unterstrichen – nach Feierabend stattgefunden habe, fremde Faserspuren unter den Fingernägeln des Toten festgestellt. Diese stimmten nicht mit jenen überein, die sich an Serviette und Fuchsschwanz befänden, deuteten aber auf eine Auseinandersetzung hin, bei der sich der Mann gewehrt habe. Wie bereits kommuniziert, seien jedoch keine Druckstellen am Körper festzustellen. Ein Fall in die Enz aus einer Höhe von mehreren Metern sei ausgeschlossen.

So überqueren die Kommissare abermals das Brückle, bummeln an den Läden vorbei, passieren Passanten, die ihnen mal freundlich, mal skeptisch zunicken, und öffnen die Tür zum Geschäft der Müllerschöns. Nicht nur der Klingelton, auch Erwin begrüßt sie freundlich. Helga sei oben, ihr gehe es nicht so gut. Aber ja, sie sollten einfach raufgehen, Scholz wisse, wo die Treppe sei. Ob sie was ausgefressen habe, fragt er und grient. Scholz und Schmälzle machen sich auf den Weg nach oben und grienen nicht zurück.

Frau Müllerschön sitzt auf dem Sofa und regt sich nicht. Blass sieht sie aus, ihr Blick ist starr. Sie begrüßt die Ermittler nicht, deutet nur stumm auf die zwei Sessel, die dem Sofa gegenüberstehen, durch einen langen, niedrigen Tisch getrennt.

«Ich muss auf den Fuchsschwanz zurückkommen», eröffnet Schmälzle das Gespräch, nachdem er im Sessel versunken ist, der schon so was wie sein Stammplatz ist.

Frau Müllerschön nickt. «I hab scho alles gsagt.»

«Nicht ganz», sagt Scholz, der im zweiten Polsterstuhl versunken ist.

«Es kann nicht so gewesen sein, wie Sie es vorhin geschildert haben», sagt Schmälzle.

«Warum haben Sie den Fuchsschwanz genommen?», fragt Scholz.

«Des weiß i net, Herr Scholz.»

«Sie haben nicht geplant, dem Mann etwas anzutun?»

«I wollt bloß schwätze mit ihm.»

«Das haben Sie bereits ausgesagt», sagt Schmälzle.

«Er hat mi angriffe.»

«War es nicht umgekehrt, Frau Müllerschön? Der Kollege hat gesagt, Sie haben den ‹Hallodri› angegriffen», sagt Scholz.

«Gschtritte hen mir. Er hat gsagt, mein Carl sei schuld.»

«Ihr Sohn», sagt Scholz.

«‹Junk› hat er ihn gnannt und glacht.»

«Junk?»

«Weil er süchtig wär und sich die Droge selber spritze däd, statt sie zu verkaufe. An Haufe Geld hättet sie verdiene könne, mit dem Doktor. Aber dann wär der Idiot komme und hätt ihne ins Gschäft pfuscht.»

«Welcher Idiot?», will Scholz wissen.

«Welcher Doktor?», fragt Schmälzle.

«Des hat er net gsagt», sagt die Frau.

«Was ist passiert?», drängelt Scholz.

«Des hab i scho verzählt», sagt Frau Müllerschön, und Schmälzle hilft ihr, die Erinnerung zu verarbeiten: «Ihr Carl hat in die Kasse gegriffen, und Sie sind ausgerastet.»

«Des hat er net eimal gmacht und au net zweimal, des hat der jeden Dag gmacht», erklärt Frau Müllerschön. «Dann hat der Erwin ihn zur Rede gstellt. Aber der Carl hat sein Vadder eifach stehe lasse. Dann hab i zu meim Mann gsagt: ‹Mir hen bloß ein Sohn. Lass ihn in Ruh!› Aber der Erwin isch in de Schuppe gange, hat die Säg rausgholt und isch uff den Carl los! Und der? Hat des gar net gmerkt, ganz glasige Auge hat er ghabt. Zudröhnt! Voll zudröhnt isch der gwäse.»

Fast tonlos erzählt sie weiter: «I hab meim Mann den Fuchsschwanz aus der Hand grisse, hab gsagt: ‹Du bisch ein Idiot, lass den Buben in Ruh›, und dann hab i die Säge wieder in den Schuppe glegt. Erscht wie der Hallodri auftaucht isch, hab i sie wieder rausgholt.»

Scholz holt tief Luft. Auch Schmälzle hat ein flaues Gefühl im Magen. Wie gerne würde er der Frau ersparen, noch einmal alles durchgehen zu müssen. Scholz bleibt dran, hakt nach, fragt, ob Carl daheim sei, ob sie ihn sprechen könnten.

«I weiß net, wo der isch», sagt die Frau. «Nach dem Streit mit meim Mann hab i ihn nemme gsähe.»

«Ist er wieder in Indonesien?», fragt Scholz.

«Oder unter der Erde, wo ihn die Bandite verscharrt hen», sagt sie und blickt ins Leere, als sie weiterspricht: «A Zeitlang sen die zsamme in der Wilhelmstraße gstande. D'r Carl und die Bandite. Immer hen die gstritte. Und plötzlich war der Carl spurlos verschwunde. Aber ...»

«Aber?», fragt Schmälzle.

«Da isch einer mit'm Käppi gwäse. Im Verein.»

«Was für ein Käppi?»

«Was für ein Verein?»

«I seng em Chor. Da hat einer des schwarze Käppi vom Carl uffghabt. Des weiß i genau, weil da Tanne druff gwäse sen.»

«Grüne Tannen.»

«Wie auf dene Päckle», sagt Frau Müllerschön.

«Wer hat das Käppi aufgehabt?»

«Des isch a Neuzugang. An Mann, der gloggaglar singt, hell, wie a Frau. Aber komisch ischer scho, a bissle. Mir ischer net ganz gheuer gwäse.»

«Meißner!», ruft Schmälzle.

«Wie ging es an der Enz weiter?», fragt Scholz.

«I bin hin zu dem Hallodri und hab gsagt, er soll aufhöre

302

mit dene Droge. Und den Carl soll er in Ruh lasse. Und? Der hat immer no glacht.»

«Was ist dann passiert?», fragt Scholz.

«I hab ihn mit der Säg erschrecke wolle, hab den Fuchsschwanz hoch über mi ghalte.» Sie nimmt eine Holzstatue von der Anrichte, stemmt sie hoch und bewegt sie auf und ab.

«Mit einem Fuchsschwanz muss man umgehen können», sagt Schmälzle.

«I mach Kampfsport», sagt die Frau.

«Oha», sagt Scholz.

Schmälzle stellt sich vor, wie die korpulente Frau den Fuchsschwanz einem Samuraischwert gleich über ihrem Kopf kreisen lässt und dazu einen Schlachtruf ausstößt, als Frau Müllerschön weiterspricht: «Dann hat er mir die Säg aus der Hand grisse und isch auf mi losgange.»

Die Ermittler im Duett: «Was?»

«I wär kei Haar besser als mei missratener Sohn, hat er gsagt. ‹Lass den Carl in Friede›, hab i gschrie. ‹Der Junk›, hat er zurückgschrie, ‹isch zu blöd zum Scheiße. Er hätt's große Geld verdiene könne, aber der isch immer zudröhnt gwäse.› – ‹Was habt ihr mit ihm gmacht?›, hab i grufe. ‹Ja was wohl?›, hat er zrückgrufe. ‹Ihr habt ihn auf'm Gwissel›, hab i gschrie. Dann hat er wieder glacht wie an Irrer. Auf dem Boden ischer ghockt und hat sich den Bauch ghalte.»

Die Frau lüftet das Kleid um ein paar Zentimeter und deutet auf ein großes Pflaster an ihrem rechten Oberschenkel. «Da hat er mi droffe.»

«Hat er sich auch verletzt?»

«Des kann sei. Der Streit isch a Weile gange. Und blutet hat er scho.»

«Am Handgelenk.»

«Des weiß i nemme.»

«Was ist dann passiert?»

«Dann bin i hin und hab ihn hochghobe.» Die Frau steht auf. «Der isch an halbe Kopf gleiner als ich.»

Frau Müllerschön nimmt ein Kissen vom Sofa. Schmälzle hält den Atem an. Sie drückt auf die Federn, angestrengt quetscht sie das Kissen vor ihrer Brust, bis es zu einem Ball wird, dann wirft sie es weit von sich, es landet auf dem Boden. «So hab ich den übers Gländer gworfe. Des war net schwer. Der hat bloß a bissle zappelt. Dann hat's an Schlag do. Ich hab no guckt, ob mi einer gsähe hat. Dann hab i mei Ruh ghabt.»

«Frau Müllerschön», sagt Schmälzle. «Ihre Aussagen sind widersprüchlich. Auch hat der Mann keine Druckstellen am Körper – und es gibt keine Aufprallspuren.»

«Die Faserspuren unter seinen Fingernägeln stammen nicht von Ihnen», untermauert Scholz die Aussage des Kollegen.

Die Frau hört nicht zu, sie ist am Ende. Sie hält beide Hände vors Gesicht, schreit, laut und kaum verständlich: «Warum? Warum, Carl? Was hen mir falsch gmacht?»

Die Ermittler gönnen ihr eine kurze Verschnaufpause, dann stellt Schmälzle die Kardinalfrage: «Und wer hat die Kräuter auf den Toten geschüttet?»

«Haben Sie Ihre Tat mit Salbei, Petersilie und Basilikum besiegelt?», fragt Scholz Frau Müllerschön. Die schaut den Polizeipostenleiter entsetzt an. «Und mit Dill?»

«Haben Sie den Toten damit bedeckt?», fragt Schmälzle.

Frau Müllerschön schüttelt den Kopf. «I hab was Besseres vor mit meine Kräuter.»

Schmälzle seufzt. Helga Müllerschön hat einen Mord gestanden, der so nicht stattgefunden haben kann. Warum aber, zum Teufel, nimmt sie die Tat auf sich?

Scholz unterbricht die Endlosspirale seiner wirren Gedanken. «Gut, das war's erst einmal. Halten Sie sich zu unserer Verfügung.»

«Nehmet Se mich net fescht?»

«Keine Fluchtgefahr», sagt Scholz und gibt der Frau zum Abschied die Hand. Auch Schmälzle schüttelt vorsichtig die vermeintliche Tatwaffe, die sich weich anfühlt. Zu weich für die grobe Aktion, denkt er, als Frau Müllerschön endlich ihren Tränen freien Lauf lässt. Dann lassen die beiden Ermittler sie alleine. Draußen vor der Tür liegt die Wilhelmstraße friedlich vor ihnen. Malerisch, heimelig, als hätte man in der Kurstadt den menschlichen Tragödien vor Jahrzehnten abgeschworen.

Bürgermeister Mack feiert
sein Zehnjähriges

Noch an diesem Abend erlebt Schmälzle ein High, das vollkommen legal ist. Denn es gibt in der Wirtschaft drei – nicht eins, nicht zwei, sondern drei – vegetarische Gerichte, darunter ein veganes mediterranes Gemüseragout. Schmälzle kann sein Glück kaum fassen und rechnet Scholz vor, was Zucchini, Auberginen, Tomaten und Paprika im Reisring plus Blattsalate mit Essig-Öl-Dressing in seinem Körper anrichten. Energiezufuhr! Vitamindurchflutung! Mineralienschock! Spurenelemente-Overkill! Der Kollege macht sich zügellos über sein Fleischküchle und die in Pilzrahmsoße schwimmenden handgeschabten Spätzle her. Er hat den Baumwipfelteller bestellt und ist so zufrieden, dass er die Hymne auf das gesunde Leben klaglos über sich ergehen lässt.

«Wie lösen wir den Fall?», fragt Schmälzle ins Glück hinein.

«Ich esse, Schmälzle!»

Schmälzle redet weiter: «Wenn Frau Müllerschön oder ein anderer den Mann ins Wasser geworfen hätte, vom Brückle aus, hätte der Aufprallspuren. Am Hinterkopf, an den Oberarmen, irgendwo müsste er aufgedotzt sein, und das hätte Lothar sofort gesehen.»

«Ja», sagt Scholz. «Außerdem ist das Flussbett steinig.»

«Aber wo ist die Enz so zugänglich, dass man jemanden einfach hineinlegen kann?»

«Hinter der Englischen Kirche. Die steht hinter der Trinkhalle, im Kurpark.»

«Dann wäre er über einen Kilometer weit getrieben.»

«Dafür ist der Fluss zu flach.»

«Ist er also freiwillig hinter der Trinkhalle in die Enz gestiefelt und dann vorgelaufen, bis zum Lindenbrückle, um sich da zu ersäufen?»

«Wer weiß? Im Drogenwahn?»

«Das glaubst du selber nicht, Harald! Wir sollten schleunigst herausfinden, von wem die Faserspuren unter seinen Fingernägeln stammen. Das ist unser Mann. Mit dem hat der Enztote gekämpft.»

«Aber wir haben Frau Müllerschöns Fingerabdrücke auf dem Fuchsschwanz! Sie kann ihn doch eingewickelt haben, in einen Teppich. Davon stammen die Fasern unter den Fingernägeln.»

«Wir reden von Frau Müllerschön, Harald. Nicht vom organisierten Verbrechen.»

Scholz zuckt mit den Schultern und beugt sich gierig über den kläglichen Rest auf seinem Teller.

Schmälzle lässt nicht locker: «Und wer hätte ihn zudecken sollen mit dem Grünzeug?»

«Jemand, der das Zeug mit ihm vertickt hat.»

«Der sauer auf ihn war.»

«Dessen IQ nicht sonderlich in die Höhe geschossen ist.»

«Du meinst den falschen Russen?»

«Er hat sich an seinem Kumpel gerächt. Weil er ihm ins Geschäft gepfuscht hat, ihn nicht ausgezahlt oder ihm Kunden weggenommen hat – so was in der Art.»

«Gut, dass der sitzt. Aber warum nimmt Helga die Tat auf sich?»

«Sie will jemanden schützen, Schmälzle.»

«Sicherlich nicht den Russen. Und ihr Mann hat ein Alibi.»

«Ihren Sohn», sagt Scholz zum krönenden Abschluss. Bravo und Encore: Ein Dessert mit viel Eis und einem Häubchen Sahne drauf sei zum Verdauen dieser Erkenntnisse angebracht, bittschön. Auch ein Likörle könne drin sein, das mache gar nichts, es sei eh verduftet, bis es bei ihm angekommen sei.

Die bezaubernde Bedienung empfiehlt Scholz einen Sanften Engel, der sich aus zwei Kugeln zart schmelzenden Zitroneneises plus Multivitaminsaft und einem Schuss Bacardi zusammensetze. Da ist der Polizeipostenleiter so was von einverstanden!

«Und für Sie?», fragt die Bedienung Schmälzle.

«Für mich nichts weiter. Danke.» Mit einem Seitenblick auf Scholz informiert Schmälzle die Bedienung: «Wir sind im Dienst!»

«Ist Süßes auch schon verboten?», meckert Scholz.

«Es ist deine Fettleber, Harald, nicht meine.»

«Du hast es gehört, Schmälzle: Multivitaminsaft!»

«Alles Alibi.»

«Fettleber ...» Scholz grummelt vor sich hin und wirft einen letzten Blick auf seinen ratzeputz leergegessenen Teller, den die Bezaubernde soeben abräumt.

«In zehn Jahren hast du Diabetes, Arteriosklerose. Dann folgen Depressionen, Demenz, Alzheimer», schimpft Schmälzle auf den Sanften Engel ein, als der wenig später vor Scholz auf den Tisch gestellt wird. Als könnte der Engel etwas dafür.

«Köstlich», sagt Scholz, taucht seinen Löffel in den fluffigen Schaum. Kaum hat das Eis seinen Gaumen berührt, parken Scholz' Mundwinkel so weit oben, dass Schmälzle fürchtet, der Kollege hätte einen Krampf.

170 Drogentote in einem Jahr – allein in BaWü

*S*chmälzle wacht auf, schweißnass, und kann sich nicht mehr erinnern, was er geträumt hat. Er weiß nur noch, dass er lange nicht einschlafen konnte. Er hat es immer noch nicht geschafft, die Puzzleteile um den Enztoten zu einem Bild zusammenzubasteln. Claudias Bettseite ist leer. Er schlägt die Decke zurück, setzt seine Füße auf den Holzboden, dehnt sich nach allen Seiten und steuert die Dusche an.

Sam sitzt schon am Frühstückstisch vor einer großen Müslischale, als Schmälzle, in einen flauschigen Bademantel gehüllt, die Küche ansteuert. Er fragt Sam nicht nach dem BFH, er will ihn nicht in Schwierigkeiten bringen. Zu spät, Sam fängt von alleine an.

«Papa, ich hab was rausgefunden.»

«Was denn?» Während die Kaffeemaschine ihr dampfendes, duftendes Gebräu in eine extragroße Tasse befördert, schäumt Schmälzle seine Reismilch auf.

«Die kaufen die Kräuter im Kurpark, bei einem Russen. Und der hat gesagt, er arbeitet für einen, der sich ‹der Doc› nennt», sagt Sam.

«Ja.»

«Du weißt davon?»

«Natürlich wissen wir das.»

«Echt? Ich hab gehört, wie sich eine Clique über euch lustig gemacht hat. Die haben gesagt, dass der Russe herumfrotzelt.

Dass ihr es nichts schnallt, keine Ahnung habt, wer dahintersteckt.»

«Ach, lass sie doch.»

«Aber ich mag das nicht, Papa.»

«Ja ... das weiß ich», sagt Schmälzle und fährt Sam über die kurzen Dreadlocks.

Wenig später radelt der Kommissar ins Städtchen. Nicht, bevor er Lothar zurückgerufen hat, der eine Nachricht auf seinem Handy hinterlassen hat. Als Schmälzle die Tür des Polizeipostens in der Bätznerstraße öffnet, liegt ein Lorbeerkranz auf seinem Haupt.

«Jeder Täter hinterlässt Spuren», sagt der Lorbeerkranz.

«Die Dummen pflanzen sie direkt vor unsere Nase», sagt Scholz.

«Die Oberschlauen setzen sie hinten in den Garten», fügt Leonie hinzu.

«Damit wir weiter laufen müssen», sagt Schmälzle. «Finden tun wir sie immer.»

«So isches, Schmälzle. Was hast du?», fragt Scholz, und Schmälzle lässt die Katze aus dem Sack: «Lothar hat die verschwundene Bluse von Frau Lauer und das Käppi von Wolfram mit den DNA-Spuren auf dem Toten, den Faserspuren unter den Fingernägeln und den beiden Black-Forest-High-Päckchen abgeglichen.»

«Und?»

«Die Spuren auf Käppi und Bluse stammen von ein und derselben Person. Auch das BFH-Päckchen, das mein Sohn gefunden hat, weist diese DNA auf. Der Abgleich mit der Datenbank hat allerdings nichts ergeben, ich habe es schon gecheckt.»

«Du meinst, *ich* habe es gecheckt», sagt Leonie.

«Wir suchen also die Person, der Meißner das Käppi abgeluchst hat», kombiniert Scholz.

«Und die das Blüschen von Yvonne gefunden und mitgenommen hat», fügt Leonie hinzu.

«Ja. Aber haltet euch fest: Auf der Bluse und dem Käppi hat
Lothar Spuren von Heroin festgestellt», sagt Schmälzle.

«Vom Carl!», ruft Scholz.

«Der lebt also», ergänzt Leonie, «und versteckt sich oben auf
dem Kaltenbronn.»

«Der klappert die Wanderhütten ab. Perfekt als Versteck.»

«Dann ist er auch in die Drogengeschäfte verwickelt.»

«Und in den Mordfall.»

«Deshalb schützt ihn seine Mutter und nimmt die Tat auf
sich!»

«Rekapitulieren wir?»

«Ich lass dir gerne den Vortritt», sagt Scholz.

«Carl ist nach Jahren im Ausland heimgekehrt. Weil er noch
immer drogensüchtig war, hat er Kontakt zur Szene gesucht.
Dabei hat er Peter Schneider, genannt Pjetr, getroffen, der mit
JWH experimentiert hat. Zu der Zeit hat sich Carl mit seinen
Eltern zerstritten und ist wieder verschwunden. Der kennt die
Gegend, war als Kind da ständig unterwegs, womöglich bei
den Pfadfindern. Ein Kinderspiel für den, es sich in den Hütten
im Bannwald gemütlich zu machen. Dabei ist er auf das Bilsenkrautfeld gestoßen.»

«So weit, so logisch», sagt Scholz.

«Er hat zuvor mit diesem Pjetr gemeinsam JWH vertickt»,
spinnt Leonie weiter. «Die sind auf den Namen *Black Forest High*
gekommen, haben Päckchen herstellen lassen, professionell. Das
ist ein hoch intelligenter Typ, der Carl, der hat das *C'mon fly with
me* erfunden. Und sein ‹fly› garantiert korrekt geschrieben.»

«Er hat auch die Käppis herstellen lassen. Als Merchandising-artikel», ergänzt Schmälzle.

«Der scheint eine komplette Marketingstrategie im Kopf ge-habt zu haben», sagt Leonie.

«Jep», bestätigt Scholz und lässt den Faden weiter durch seine Spindel laufen. «Es lief wie am Schnürchen. Dann ist ihm das Bilsenkraut-Trio in die Quere gekommen. Der Russe hat was spitzgekriegt, hat die Idee geklaut, hat eigene Päckchen herstellen lassen, aber da er nicht der Hellste ist, hat er ‹fli› ge-schrieben, statt ‹fly›.»

«Weil er keinen Zugang zu JWH hatte, hat er Bilsenkraut vom Feld stibitzt und in die Päckchen gefüllt. Und als Grund-lage hat er Kräuter im Supermarkt gekauft.»

«Der Pjetr und der Carl sind ihm auf die Schliche gekom-men. Sie konnten nicht zulassen, dass ihnen dieser Idiot das Geschäft versaut. Es gab Rabatz. Und einen Kampf.»

«Beim Streit ist Pjetr ins Wasser gefallen. Oder gefallen wor-den.»

«Frau Müllerschön hat die Szene beobachtet, vom Fenster aus.»

«Sie hat gesehen, wie ihr Carl den Mann mit dem Fuchs-schwanz bedroht und ins Wasser gestoßen hat.»

«Sie hat gedacht, Carl hat ihn umgebracht. Deshalb hat sie die Tat auf sich genommen.»

«Weil sie ihn nicht wieder verlieren wollte.»

«Klingt plausibel. Aber plausibel ist immer noch nicht, warum es keine Aufprallspuren am Toten gibt», sagt Schmälzle.

«Weil er freiwillig ins Wasser gegangen ist?», schlägt Leonie vor.

Doch keiner hört ihr zu, denn die Kommissare sind damit beschäftigt zu überlegen, wie sie Lothar zu einer Wochenend-

Blitzaktion bewegen können. Die Zeit drängt: Sie müssen wissen, ob Carl Müllerschön den Fuchsschwanz geschwungen hat, ob die Faserspuren unter den Fingernägeln des Toten von ihm stammen. Und ob der Tote nicht vielleicht doch Aufprallspuren aufweist. Kleine, also winzig kleine, die man leicht übersehen kann.

Jedoch: Sie werden die Aktion auf den Montag vertagen müssen – sie erreichen nur den Anrufbeantworter. Als sich die letzten Wolken verkrümeln, wechseln Schmälzle, Scholz und Leonie vielsagende Blicke, wiegen unschlüssig die Köpfe, nicken sich dann zu und machen sich einvernehmlich auf in den kümmerlichen Rest eines wohlverdienten Wochenendes.

Am Tag der Deutschen Einheit

$\mathcal{N}$ach einem kurzen Wochenende hat Schmälzle von Lothar eine Abfuhr bekommen. Er habe heute keine Zeit, hat er gesagt, am Feiertag sei die Familie dran, und morgen auch nicht, da habe er den Seziertisch stapelvoll. Am Mittwoch vielleicht, aber Genaues wisse er noch nicht.

So hat Schmälzle gewichtige Sorgen, als es laut scheppert, ein Eimer über den Boden rollt und ein Schwall Wasser über seine Schuhe schwappt.

«Zum Henker!», schreit er.

«Ojemine!», ruft Frau Meichle atemlos. «Alles bäddschnass! Des tut mir leid, Herr Schmälzle! Was dean Sie au heut im Poste, heut isch Feiertag! Und i bin in Eile, i muss schnell fertig werde, weil i um zehne in Nonnemiß sei muss, beim Dr. Vollmer. I komm no zu spät!»

Schmälzle verharrt reglos auf seinem Stuhl. In seinen Sneakers steht das Wasser. Die Beine seiner steingewaschenen Jeans sind bis zum Knie in dunkles Blau getaucht und triefend nass. Er atmet tief ein und aus. Und gleich noch mal. *Alles Bedingte verursacht Leid. Das Leid hat eine Ursache. Es gibt ein Ende des Leidens.* Drei von vier edlen Wahrheiten, die Buddha direkt in die Katastrophe schickt. Aber nass ist nass.

Eifrig tupft Frau Meichle mit der pinkfarbenen Schürze die Schuhe halbwegs trocken. Erneut singt sie das Lied vom Jammertal, als Schmälzle abrupt aufsteht. «Danke, Frau Meichle», sagt er und lässt die Frau verdutzt neben seinen Füßen sitzen. «Sie haben uns sehr geholfen.»

«Da sind wir aber neugierig», sagt Scholz und lehnt sich erwartungsvoll zurück.

«Der wohnt in Nonnenmiß», sagt Schmälzle.

«Wer?» Scholz kapiert noch nicht.

«Frau Meichle, wo genau wohnt Dr. Vollmer?», fragt Schmälzle.

«Ascherhau 7», sagt die Perle.

«Das ist nicht weit vom Schöngarnweg!» Scholz schlägt sich an die Stirn.

«Es ist Dr. Vollmer», sagt Schmälzle.

«Mit ihm sollte die Übergabe stattfinden!», sagt Leonie, und Schmälzle nickt.

«Aber warum im Schöngarnweg, wenn er in der Ascherhau wohnt?», fragt Scholz.

«Vielleicht wollte er Reuchlin vor dem Haus treffen, damit die Nachbarn keinen Verdacht schöpfen?», vermutet Leonie.

«Also der Poirot däd des anderscht mache», sagt Frau Meichle.

«Und wie däd der des mache, der Poirot?», fragt Scholz.

«Der däd des Umfeld ermittle.»

«Des Umfeld», wiederholt Scholz.

«Des Umfeld», sagt Frau Meichle, richtet sich auf und streicht über ihre Hello-Kitty-Schürze.

«Der hat noch eine Scheune irgendwo!» Schmälzle erinnert sich an ihre Nonnenmiß-Mission, bei der er neben Wiesen, Wäldern, Feldern auch Schuppen und Scheunen entdeckt hat, leerstehend. Perfekte Verstecke für geheime Treffen.

«A Stückle, Herr Schmälzle.» Frau Meichle nickt anerkennend.

«Ein Stückle?», fragt der.

«Eine Parzelle», sagt Scholz, «ein Stück Land.»

«Wo meist ein Gartenhäusle draufsteht», ergänzt Leonie.

«Du meinst, nicht Reuchlin ist der Wissenschaftler, sondern Dr. Vollmer!» Scholz' Gesicht ist aschfahl. «Und ich habe ihm gegenüber auch noch erwähnt, dass wir einen Tipp bekommen haben und am Mittwoch die Bilsenkraut-Hintermänner hochgehen lassen. Ich bin doch ein Grasdaggl.»

«Deshalb gab es keine Bilsenkrautfeld-Besichtigung mit den Chinesen», kombiniert Leonie.

«Aber warum hat Dr. Vollmer unsere Nähe gesucht, hat selbst beklagt, dass Banditen in Bad Wildbad Drogen an Jugendliche verkaufen, das hat er mir erzählt und dir auch, Harald!», sagt Schmälzle.

«Ihm ist erst da bewusst geworden, was er getan hat», sagt Leonie.

«Er hat Muffensausen bekommen. Weil er ganz genau weiß, wie gefährlich das Zeug ist», sagt Scholz.

«Er hat nicht mit diesen Folgen gerechnet», sagt Schmälzle und überlegt: «Aber welche Rolle spielt Reuchlin, ist der nur sein Handlanger? Und welches Motiv hat er?»

Da hebt Frau Meichle die Augenbrauen ein bemerkenswertes Stück an. Dann spricht sie, laut und deutlich: «Denn die einen sind im Dunkeln / Und die andern sind im Licht. / Und man siehet die im Lichte, / Die im Dunkeln sieht man nicht.» Energisch packt sie ihren Wischmopp und befördert das restliche Wasser aus der Polizeistube.

Um die Linsen-Spätzle-Stunde herum

*U*nsere Frau Meichle», sagt Scholz, auf dem Weg nach Nonnenmiß.

«Wir unterschätzen sie», sagt Schmälzle.

Neben ihrer Überraschung haben die Kommissare ein nagelneues Paar Handschellen dabei, in Scholz' Youngtimer, denn der Polizeiwagen musste zur Inspektion. Sie haben auch Vorwürfe dabei, jede Menge, mit denen sie Dr. Vollmer konfrontieren wollen. Zum Beispiel, dass er der gesuchte Hintermann im Drogengeschäft ist. Dass er sie hinters Licht geführt, alle beide. Doch der Mann ist ausgeflogen: «Im große Auto.» – «Mit drei Koffer!» – «Da isch an junger Mann am Steuer gsässe.» – «Des isch a teures Auto gwäse!» – «Ein AMG?» – «Noi, da war an Mercedesstern druff.» – «Die Koffer hat der Ältere trage!»

All dies wissen die Nachbarn. Bei der Antwort auf die Frage nach dem Autokennzeichen sind sich alle einig: «Des war an Stäffelesrutscher!» – «An Dreifacher.»

Scholz ruft Leonie an. «Die sind auf dem Weg nach Echterdingen! Im AMG. Kennzeichen S-SS 11.»

Von der Seite brüllt Schmälzle, der neuerdings eine App vom Flughafen Stuttgart auf seinem Smartphone installiert hat: «Die nehmen die nächste Maschine. Die fliegt nach Nizza!»

Scholz fällt ihm ins Wort: «Dort mieten sie einen Lamborghini Aventator S und düsen mit 350 Stundenkilometern nach Monaco!»

«Nachdem sie die halbe Kohle verzockt haben, chartern sie in Monte Carlo eine Yacht nach Kuba.»

«Kuba liefert nicht aus!»

«Da kann nicht mal mehr der Hercule helfen!»

«Der allwissende Poirot.»

Schluss jetzt! Scholz ordert einen Eurocopter H145: «Und zwar subito! Realo! Geht mir ja nicht wieder auf den Keks.»

Leonie schlägt vor, das Handy von Dr. Vollmer zu orten, dann wisse der Hubschrauber, wohin er navigieren müsse.

«Unsere Leo ist einfach auf Zack», sagt Scholz.

«Wir müssen sie mehr einbeziehen!», sagt Schmälzle.

«Beim nächsten Mal.»

«Gibt es ein nächstes Mal?»

«Es gibt immer ein nächstes Mal.»

Die letzten Spätzle werden abgeräumt

*S*ie haben lange gebraucht», sagt Dr. Vollmer, den der Hubschrauber keine halbe Stunde nach dem Anruf von Leonie auf der A8 angehalten hat. Mit Lautsprecher und großem
Tamtam. In Begleitung von zwei Beamten sind Dr. Vollmer
und Dennis Reuchlin in die Polizeistube gebracht worden, wo
Schmälzle und Scholz im einvernehmlichen Duo auf den Besprechungstisch trommeln. Zeitgleich kümmert sich Leonie
darum, die grünen Schätze, die die Beamten nicht nur im Kofferraum, sondern auch auf dem Rücksitz des AMG in großen
Koffern zutage gefördert haben, an die Kriminaltechniker zu
überstellen.

«Das sind keine Drogen, meine Herren, das sind psycho-
trope Substanzen natürlichen Ursprungs, die das Gehirn in
herrliche Bewusstseinszustände versetzen. Damit haben schon
die Germanen experimentiert», antwortet Dr. Vollmer auf die
Frage, was er sich dabei gedacht habe, Bilsenkraut zu kultivieren und zu veräußern. «Auch Shakespeare wusste davon!»

Dennis Reuchlin lümmelt unbeteiligt neben Dr. Vollmer.
Schmälzle lässt ihn links liegen und wendet sich dem Dok-
tor i. R. zu. Sein Ton ist barsch: «Klar, der Hamlet. Hat auch mit
Bilsenkraut experimentiert. Hat seinen Onkel ausgeknockt.
Mit dem schwärenden Getränk.»

«Wir haben übrigens inzwischen herausgefunden, dass Sie
der Onkel von Dennis Reuchlin sind.»

«Das haben Sie uns vorenthalten.»

«Über den Oheim sind Sie draufgekommen?», fragt Dr. Vollmer.

«Ein Oheim ist nicht zwangsläufig ein Onkel. Das kann auch der Schwager der Mutter sein», erklärt Schmälzle, um nicht zugeben zu müssen, dass der entscheidende Hinweis von ihrer Putzhilfe kam.

«Was ist das für ein Theater!», mischt sich Reuchlin ein.

«Sie sind in Drogengeschäfte verwickelt. Womöglich handelt es sich um Mord!», herrscht Scholz ihn an. «Da ist ein bisschen Theater durchaus angebracht.»

Reuchlin blickt an die Decke, als hätte er mit dem Affenzirkus nichts zu tun.

«Aber, Herr Scholz! Der Anbau von Kräutern, die zu heilenden Zwecken eingesetzt werden können, ist kein Verbrechen. Und mit Mord haben wir nichts zu tun», sagt Dr. Vollmer. «Oder, Dennis?»

«Was heißt hier ‹wir›?» Reuchlin schaut seinen Onkel böse an.

«Ich rede des Öfteren im Plural von mir, Dennis, das weißt du doch. Ich meine mich und mein Alter Ego.»

«Haben Sie und Ihr Alter Ego keine Angst vor dem Gefängnis?», fragt Schmälzle, dem die Gelassenheit im Raum auf beide Zeiger geht.

«Es gibt hübsche Zellen für zwei, mit Doppelbett. Übereinander», erklärt Scholz, nicht weniger gelassen als die Bagage vor ihm.

Dr. Vollmer kommentiert: «Wer hat Angst vorm bösen Knast, wenn er Dr. Höschele hat!» Der Neffe lacht.

«Freuen Sie sich nicht zu früh! Bei Mord ist auch Dr. Höschele machtlos», sagt Schmälzle.

«Wen sollen wir getötet haben?»

«Den Mann in der Enz!», sagt Schmälzle.

«Ich muss Sie enttäuschen, der geht nicht auf unser Konto.»

«Sag nicht immer ‹unser›!», entfährt es Reuchlin. «Dieser verdammte Carl!»

«Da geht nur Geld drauf», vermutet Scholz, «auf Ihr Konto.»

«Viel Geld», vermutet auch Schmälzle und blickt Reuchlin provokativ an. «Sauber gewaschenes Geld.»

«Drogengeld, unversteuert», sagt Scholz.

«Ihre Phantasie reitet mit Ihnen durchs Gebüsch, meine Herren», sagt Dr. Vollmer.

Als Reuchlin lautstark erklärt, er müsse mal, und zwar ohne Verzug, gibt Scholz Leonie ein Handzeichen. Kaum hat der Stäffelesrutscher mit Leonie und einem der Beamten die Stube verlassen, beugt Schmälzle sich weit vor. «Dr. Vollmer, reden Sie! Wir werden Sie sowieso drankriegen. Und wir werden Carl für den Mord am Enztoten verantwortlich machen. Ihr Schützling hat Peter Schneider umgebracht, und deshalb wollte ihn seine Mutter decken. Es ist nur eine Formalie für uns, Carl festzunehmen. Seine Mutter wird durchdrehen, und Erwin wird endgültig dem Alkohol verfallen. Eine tragische Geschichte, die auf Ihr Konto geht. Wollen Sie das wirklich?»

Der Doktor i. R. wirkt mit einem Mal um Jahre gealtert. «Also gut», sagt er leise. «Hören Sie zu, denn ich sage es nur ein Mal, und der Dennis muss das nicht mitbekommen. Nach vielen Jahren in der Versenkung hat der Carl eines Tages bei mir an der Haustür geklingelt. ‹Das Methadon wirkt nicht›, hat er geklagt. Ich habe mich gefreut, ihn nach so langer Zeit zu sehen, aber er hat gejammert: ‹Ich komme nicht vom Heroin los.›»

«Er wollte von Ihnen eine Ersatzdroge», vermutet Schmälzle.

«Die genauso gut wirkt, aber nicht abhängig macht», ergänzt Scholz.

«Was hätte ich tun sollen», sagt Dr. Vollmer. «Ich mochte den Carl! Der war so klug, das hat mich immer beeindruckt. Also habe ich Kollegen befragt, mich im Internet schlaugemacht, auf Symposien herumgetrieben. Dabei bin ich über viele Umwege auf die *Solanaceae* gestoßen.»

«Nachtschattengewächse», übersetzt Schmälzle, und Scholz spezifiziert: «Bilsenkraut.»

«Sie haben Carl also Bilsenkraut gegeben», sagt Schmälzle. «Hat es gewirkt?»

«Erstaunlich gut», sagt Dr. Vollmer.

«Aber?», fragt Scholz.

Endlich packt Dr. Vollmer aus: Eines habe sich zum anderen gefügt. Auf einem pharmakologischen Kongress habe er mehrere Chinesen getroffen, deren Pflanzenmedizin auf eine jahrtausendealte Erfahrung zurückblicke.

«Wir sind ins Gespräch gekommen, haben über dieses und jenes schwadroniert, über chinesische Medizin, über Kräuter, Beifuß und auch über die *Solanaceae*, im Besonderen den *Hyoscyamus*. Das hat sie interessiert.»

«Die Chinesen.»

«Die wollten das haben. Das enthaltene Hyoscyamin wie auch das Atropin wirken nicht nur positiv auf das zentrale Nervensystem ein, sie sind auch gut für die Atemwege. Als Globuli beispielsweise können sie bei psychischen Erkrankungen und sogar Bronchitis eingesetzt werden. Und, schöner Nebeneffekt, sie rufen Rauschzustände hervor. Darüber wissen die Chinesen ganz gut Bescheid.»

«Wir auch.»

«Die waren an einer größeren Menge interessiert. Ich meine: richtig groß. Deshalb habe ich meinen Neffen angerufen. Auch wenn er manchmal ein wenig eingebildet wirkt, ist das ein schlaues Köpfchen.»

«Der ist aufgeblasen wie ein Zeppelin!»

Dr. Vollmer seufzt. «Der Dennis ist ein hochtalentierter Botaniker.»

«Wo ist er eigentlich, der hochtalentierte Botaniker?», fragt Scholz.

«Abgehauen!», ruft Leonie, die ihren Kopf ins Besprechungszimmer streckt. «Kommt aber nicht weit – der Hubschrauber müsste schon hinter ihm her sein.»

«Wie konnte der türmen?», fragt Scholz.

«Ich habe gesehen, dass er aus dem Klofenster raus ist. Er ist direkt vor meinem Fenster ins Beet gefallen.»

Dr. Vollmer widmet sich unbeeindruckt seinen weiteren Erläuterungen: «Die Chinesen sind begeistert gewesen von unseren ersten Lieferungen. Damals haben wir die Bilse noch im Garten kultiviert. Ich verfüge ja über einen externen Garten.»

«Ein Stückle.»

«Im Schöngarnweg.»

«Die haben immer mehr verlangt. So kam der Dennis auf die Idee mit dem Anbau auf dem Kaltenbronn. Im Bannwald ist Platz genug, hat er gesagt.»

«Weil Ihr Neffe keine Lust hatte, sich mit der Pflückerei herumzuplagen, hat er Helfer beauftragt», sagt Schmälzle.

«Hat komische Vögel angeschleppt», sagt Scholz.

«Wir haben denen nicht getraut.»

«Sie und Dennis Reuchlin.»

«Ich und mein Alter Ego.»

Ein Blitz durchfährt Schmälzle. «Dafür wollten Sie mich

anheuern, auf der Wilhelmstraße! Sie wollten, dass ich Bilsen-kraut für Sie pflücke!»

Dr. Vollmer zuckt mit den Schultern. «Sie sahen aus, als würden Sie einen guten Pflücker abgeben.»

Schmälzle kann es nicht fassen. «Für acht Euro die Stunde?»

«Was war danach mit dem Carl?», fragt Scholz ungeduldig.

«Der ist immer noch auf Heroin gewesen, es war ihm nicht auszutreiben.»

«Hat er mit chemischen Drogen experimentiert?»

«Mit JWH?», fragt Schmälzle.

«Alles ist aus dem Ruder gelaufen, als der Carl diesen Ob-dachlosen angeschleppt hat, diesen Peter Schneider. Der hat ihn mit Stoff versorgt und immer was Neues dabeigehabt. Wir haben uns große Sorgen gemacht.»

«Sie und Ihr Alter Ego.»

«Es ist oft zum Streit gekommen, zwischen uns und dem Obdachlosen.»

«Das soll ein Obdachloser gewesen sein?»

«Ein obdachloser Dealer?»

«Der hat nur so getan. Er hat irgendwo eine Penthouse-Wohnung gehabt.»

«In Pforzheim!»

«Oder in Frankfurt.»

Dr. Vollmer berichtet weiter: «Es ist eskaliert. Wir wollten nicht, dass der Peter Schneider Teil des Teams wird. Der Kerl war eine Gefahr und hätte uns irgendwann verraten. Der war stinksauer und hat seine Wut am Carl ausgelassen. Wüst hat er ihn beschimpft! Ich will gar nicht wiederholen, was der alles gesagt hat. Dagegen klingt ‹Alter› wie ein Kosewort.»

«Dann hat Carl ihn in den Fluss geworfen», sagt Schmälzle.

«Im Affekt», mutmaßt Scholz.

«Nein, so war das nicht.»

«Wie war es dann?»

«Ich habe ihm gesagt, dass ich Stoff für ihn hätte, was ganz Neues, Hochwirksames! Aber er müsse herkommen, zur Englischen Kirche, da würde ich auf ihn warten. Dort hab ich ihm eine Spritze gegeben. Aber er hat mir noch die ganze Plastiktüte aus der Hand gerissen.»

«Gefüllt mit Bilsenkraut?»

«Mit Küchenkräutern! Ich wollte ein wenig kochen am Wochenende.»

«Für die Chinesen.»

«Und?»

«Dann ist er in den Fluss gestiegen. Aber das Wasser ging ihm nur bis zu den Waden.»

«Wie gesagt», erklärt Scholz. «Hinter der Englischen Kirche ist das Wasser recht flach.»

«Aber er war high», sagt Schmälzle. «Und das ist weit!»

«Er hat die Arme hochgehoben und gekichert, unzurechenbar war der, wahnsinnig. Ich bin hingelaufen, wollte ihn stützen, aber er hat mich weggestoßen. Gekratzt hat der mich, hier», sagt Dr. Vollmer und entblößt seinen Unterarm, legt eine winzige Kratzspur frei.

«Er hatte JWH getankt», sagt Schmälzle. «Vorher.»

«Plus Salbei, Petersilie und Basilikum», ergänzt Scholz.

«Bei dem wusste man nie, was er genommen hat», sagt Dr. Vollmer und berichtet weiter: «Er ist getorkelt und durch die Enz in Richtung Wilhelmstraße gelaufen, bis ich ihn aus den Augen verloren habe. Ich musste mich ja um den Carl kümmern, der ist auf einmal aufgekreuzt, völlig durchgedreht ist der, weil er alles mitbekommen hat. Er hat mich attackiert, ist auf mich losgegangen.»

«Während der Schneider zum Lindenbrückle gelaufen ist», sagt Scholz.

«Und dort erschöpft umgefallen ist», beschließt Schmälzle die Theorie. «Nachdem er die Tüte mit den Küchenkräutern über sich ausgeschüttet hat. Versehentlich. Den guten Stoff.»

In dem Augenblick öffnet sich die Tür. Reuchlin kehrt in den Besprechungsraum zurück und setzt sich widerspruchslos auf seinen Platz, dicht gefolgt von Leonie.

«Sorry, musste mal Luft schnappen», sagt er kleinlaut.

«Ich war schneller als der Hubschrauber», lächelt Leonie und streicht sich die schweißnassen Haare aus dem Gesicht.

«Ey, ich bin freiwillig zurückgekommen!», sagt Reuchlin und läuft rot an.

«Am nächsten Tag habe ich in der Zeitung gelesen, dass man eine Leiche geborgen hat», fährt Dr. Vollmer gedankenverloren fort.

«Sei still, Onkel! Dr. Höschele muss gleich da sein», herrscht der Neffe den alten Mann an. «Das war der Carl, der hat diesem Idioten den Todesstoß gegeben! Dauernd hat der dazwischengefunkt, und ständig war er auf der Wilhelmstraße unterwegs. Zugedröhnt. Man weiß ja, zu was solche Leute fähig sind. Er hat den Schneider in die Enz gestoßen!»

«Ihr Onkel hat bereits gestanden», sagt Schmälzle.

«Sie haben ihn eingeschüchtert. Er war das nicht. Mein Onkel trägt Spinnen raus. Lebendig», sagt Reuchlin und nimmt binnen Nanosekunden erneut die Stäffelesrutscher-Pose ein.

«Lass es, Dennis.»

«Du musst das nicht tun!»

«Eins noch», fragt Schmälzle. «Warum hat Frau Müllerschön gestanden? Warum wollte sie die Tat auf sich nehmen?»

«Die alte Müllerschön?», fragt Reuchlin verwundert.

«Der Carl und der Peter haben ständig was ausgeheckt. Wenn der eine nicht zugedröhnt war, war es der andere. Am Schluss war es der Peter, der die Kasse geplündert hat. Die Helga hat ihn erwischt. Die ist mit dem Fuchsschwanz auf ihn los! Aber er ist abgehauen. Ihr Carl hinterher. Als sie erfahren hat, dass er tot ist, hat sie geglaubt, ihr Carl wäre es gewesen», sagt Dr. Vollmer leise.

«Sie wollte ihn schützen», ergänzt Schmälzle.

«Dann haben Sie doch die Täterin!», schreit Reuchlin.

«Immer auf die Wehrlosen!», schreit Scholz zurück.

«Ich war es», sagt Dr. Vollmer und streckt beide Arme vor, bereit, die verdienten Handschellen klicken zu hören.

«Onkel, du bist so ein Idiot!»

Schmälzle nickt Dr. Vollmer dankbar zu. «Aber eine Sache noch: Was genau haben Sie dem Mann injiziert?»

«Ein Öl, das ich aus den Samen des Bilsenkrauts gewonnen habe.»

«Sie wussten, dass der Mann drogenabhängig ist», sagt Scholz. «Und Sie hatten keine Ahnung, was er bereits getankt hatte.»

«Unterlassene Hilfeleistung ist es auf jeden Fall», schließt Schmälzle die Analyse ab.

«Ich wollte das nicht», sagt Dr. Vollmer und senkt den Kopf.

«Sie haben gesehen, dass der Mann getorkelt ist! Sie mussten damit rechnen, dass er in den Fluss fällt», tadelt Schmälzle weiter.

«Du bist einfach zu blöd», wiederholt Reuchlin. Dann holt er eine Sonnenbrille aus der Jackentasche und wendet sich an die Ermittler: «Kann ich jetzt gehen?»

Da reicht es Leonie, die – als hätte sie es weise vorausgesehen – noch immer hinter ihm steht, ein für alle Mal. Sie verpasst dem Stäffelesrutscher eine Kopfnuss. *Tock.* Blitzschnell. Noch eine. *Tock!* Hat keiner gesehen. Nur die Sonnenbrille, die ist ihm aus der Hand gehüpft.

Scholz nimmt die Handschellen von seinem Gürtel und lässt sie vorsichtig um Dr. Vollmers Handgelenke klicken. Schmälzle holt ein zweites Paar aus der Polizeistube und legt es energisch um die Gelenke von Dennis Reuchlin. Der silberfarbene Ton der Handschellen harmoniert ausgesprochen gut mit dem Armband seiner Rolex.

«Sie dürfen das nicht! Wessen bezichtigen Sie mich?», echauffiert sich Reuchlin und tobt: «Wo ist dieser Scheißkerl Höschele!»

Dr. Vollmer sagt: «Es tut uns ganz gut, Dennis, wenn wir ein wenig nachdenken.»

«Du hast sie nicht mehr alle», blökt der Neffe. «Wie konnte ich mich auf dich einlassen!»

«Danke schön!», sagt Schmälzle.

«Das werten wir als Geständnis», jubelt Scholz. Für Reuchlins verzweifelte Versuche, seinen Anwalt an die Strippe zu bekommen, hat er nur ein verächtliches Daumenknacken übrig. So bringen die Ermittler Oheim und Neffen in die JVA nach Heimsheim, wo man soeben zwei Toiletten grob wischt und zwei vielgebrauchte Filzdecken kräftig aufschüttelt – und wo sich eine Horde physisch unterforderter Jungs voller Vorfreude auf einen neureichen jungen Schnösel die Fäuste massiert.

Der Schrecken ist vorüber – oder?

*S*chmälzle lehnt sein Bike an die Garage, bevor er ins Haus geht. Anstrengend ist der Aufstieg an diesem lauen Spätsommertag. Sehr, sehr anstrengend. Die Tage waren lang, die Nächte viel zu kurz, aber der Fall ist gelöst. Es ist Zeit, sich um seine Familie und die Hausrenovierung zu kümmern.

Er freut sich auf abzubummelnde Überstunden und auf das Wochenende, will endlich mit Claudia im Wohnzimmer sitzen und eine Runde Backgammon spielen, mit Sam im Bikepark Downhill fahren, dem Baumwipfelpfad einen Besuch abstatten, die lange geplante Einladung an die Adoptiveltern nach Karlsruhe und an die Schwiegereltern nach Göppingen mailen. Sam hat seine Großeltern viel zu lange nicht gesehen. Es wird ihnen guttun, auch Claudia wird mal eine Auszeit brauchen.

Schmälzles Vorfreude währt nicht lange. Claudia lehnt im Rahmen der Haustür, auf der Stirn zwei tiefe Falten.

«Was ist?», fragt Schmälzle.

«Sag du es mir!» Sie hält ihm eine Postkarte vor die Nase. Mit einer bunten Straßenszene in Port-au-Prince, Haiti. Schmälzle dreht die Karte um, sunny side down: *Hello Kid!*, liest er. *Bitte abholen: Flughafen Echterdingen, übernächsten Samstag, 8:45. Bitte großes Auto, habe vier Koffer. XXXXL. Kuss, Maman.*

Er dreht die Karte einmal hin, einmal her. Seine Wangenknochen setzen sich in Bewegung, mahlen wie ein Mühlstein, doch sie wälzen nur die Leere um.

«Was will sie hier, Claudi?»

«Das frag ich dich, Just!»

«Ich hab keine Ahnung.»

«Was hat sie mit dem Gepäck vor?»

«Schuhe?»

«Sie schreibt von vier Koffern.»

«Strickpullover? Es wird langsam kühler.»

«XXXXL?»

«Geschenke?»

«Wir sollen mit einem großen Auto kommen!»

«Was denkst du?»

«Deine leibliche Mutter will hier einziehen.»

Schmälzle versucht, tief durchzuatmen und sein Gemüt zu kühlen, vergeblich. Er schreitet auf und ab und retour, doch es führt zu nichts. So eilt er in die Küche, dicht gefolgt von Claudia, öffnet den Eisschrank und holt eine Torte heraus. Schwarzwälder Kirschtorte, gefüllt mit einem Becher nicht veganer Sahne, esslöffelweise Zucker und einem randvollen Glas Kirschlikör. Besorgt beobachtet Claudia, wie Schmälzle ein unanständig großes Stück abschneidet und auf einen Teller hievt. Stumm setzt er sich davor an den Tisch.

«Just», flüstert Claudia und tätschelt seinen Oberarm. «Ist alles okay mit dir?»

«Die taut schon auf», sagt Schmälzle.

Später liegt der Kommissar mit Magenschmerzen auf dem Sofa. Noch später wird er allen versichern, dass sie sich das nur eingebildet haben, das mit der Kirschtorte. «Ich habe ein wenig daran genascht und davon eine leichte Überzuckerung abbekommen, nichts weiter», wird er sagen.

Noch später wird sich selbst Sam, der von der Schule gekommen ist, als das Spektakel im vollen Gange war, an nichts mehr erinnern. «Was, Papa hat eine drei Viertel Schwarzwälder Kirschtorte gegessen? In hundert Leben nicht», wird er sagen.

Allein Claudia wird für immer felsenfest davon überzeugt bleiben, dass es sich genau so zugetragen hat.

Höchste Zeit fürs Happy End

Du darfst mich Harry nennen, Schmälzle», sagt Scholz und klopft dem Kollegen brüderlich auf den Rücken.

«Und mich Leo», sagt Leonie.

Sie stehen vor dem Wildbader Polizeiposten auf der Treppe, Leonie oben, die Kommissare unten. Der Fall ist gelöst! Die Sonne scheint! Dr. Vollmer und Dennis Reuchlin werden dem Haftrichter vorgeführt. Dr. Vollmer wird der fahrlässigen Tötung und – wie Reuchlin – des mehrfachen Verstoßes gegen das Arzneimittelgesetz angeklagt. Der falsche Russe sitzt noch immer in U-Haft und wird wegen gewerblichen Drogenhandels angeklagt. Als Ersttäter wird er mit einer geringen Strafe davonkommen. Der Schwabe wird vermutlich eine Verwarnung erhalten. Und der Enztote wird demnächst ordentlich begraben. Gegen Meißner ist eine Schutzanordnung ergangen, sodass er sich Frau Lauer nicht mehr nähern darf. Schmälzle/w und Schmälzle/m haben von ihr eine Postkarte mit hübschem Strandmotiv erhalten und sie neben die mit dem Haiti-Motiv an den Kühlschrank gehängt. Auch Carl, den sie völlig verwahrlost in der Leonhardhütte auf dem Kaltenbronn aufgestöbert haben, sitzt in U-Haft – wo es kein Heroin gibt. Nur die Kübel werden immer noch in die Enz gekippt. Allerdings höchst selten. Dafür garantieren Erwin und Helga Müllerschön. Wenn Helga nicht gerade bei Professor Werner sitzt, der angeboten hat, für ihre psychosoziale Genesung zu sorgen.

Aber was ist mit Othello? Um den Hund von Dr. Vollmer will sich Frau Meichle kümmern. Denn Brecht sagt: «Erst kommt das Fressen, dann kommt die Moral.»

So darf die Anspannung Geschichte sein, der 1965er Barbera Mascarello endlich entkorkt werden. Die laue Luft gibt noch einmal alles, was sie draufhat. Frau Meichle ist früh dran und feudelt eifrig zwischen den Schuhen der Polizisten hindurch.

Scholz hebt kurzerhand ein Bein. Dann wendet er sich seinen Kollegen zu. «Wir sind ein gigantisches Team.»

«Das beste zwischen Enz und Nagold», bestätigt Leonie.

«Zwischen Nagold und Donau», korrigiert Scholz.

«Zwischen Donau und Mississippi», korrigiert Leonie.

«Wir haben einen Monsterfall gelöst.»

«Verbrecherkarrieren versaut.»

«Einer Horde Bestien das Handwerk gelegt.»

«Einen Gangsterring hochgenommen.»

«Eine Drogenplantage geräumt.»

«Einen Todesfall aufgeklärt.»

«Mit Hilfe eines Badensers.»

«Der Feind ist überall.»

«Ihr seid auch Badenser», sagt Schmälzle, der sein Gesicht in die Sonne reckt. Nachdem er in drei stirnrunzelnde Gesichter schaut – von Scholz zu Leonie zu Frau Meichle und zurück –, freut er sich wie eine Elster, die zwei Ringe auf einer Fensterbank entdeckt hat. Und spricht das Wort zum Freitag: «Wildbadenser.»

Dass der Polizeiposten von Bad Wildbad Tag und Nacht geöffnet hat, in einem Posten fünf Leute sitzen und nicht drei und dort keine Kriminalfälle gelöst werden, ist der Autorin bekannt. Auch Personen und Handlungen sind dem Reich der Phantasie entsprungen. Jedoch ist bittere Wahrheit enthalten: Kräuterdrogen, sogenannte Legal oder Herbal Highs, auch als Badesalz verkauft, können Wahnvorstellungen, Psychosen, Suizidgedanken hervorrufen und zum Tod führen. Jugendliche sind besonders gefährdet, denn die synthetischen Drogen sind übers Internet erhältlich. Die Inhaltsstoffe sind selten bekannt, auch ändern sich die Mischungen andauernd. Das Gesetz zur Bekämpfung der Verbreitung neuer psychoaktiver Substanzen verbietet den Besitz, bestraft diesen bei Eigenkonsum jedoch nicht.

Kniefälle

Allen voran möchte ich meinem so genialen wie grandiosen Duo Agentin / Lektor Dr. Dorothee Schmidt und Stephan Ditschke danken. Dafür, dass ihr Schmälzle eine Chance gegeben, ihn veröffentlichungstauglich und zu dem gemacht hat, was er ist: der Start einer Serie, auf die ich mich jetzt schon freue. Ihr seid spitze!

Größter Dank gebührt dem Rowohlt Verlag, insbesondere Iris Homann für ihre geduldige Betreuung, aber auch der PR-Abteilung, dem Marketing, Vertrieb und allen netten Menschen, die sonst noch mitgewirkt haben.

Von Herzen bedanke ich mich bei Matthias Jügler, der den «Linda Sound» entdeckt und mitgeprägt hat, und bei André und Gesa Hille von der Textmanufaktur. Einzigartig, wie ihr angehenden Autoren den Weg ebnet.

Auch meinen Testlesern gebühren Kniefälle: allen voran meiner Schwester Halo, die stets einen kritischen Blick auf alles hatte und auch noch die achte Überarbeitung ertrug. Auch euch, Martina Brendebach, Kristin Louis, Sebastian Graze: fürs Lesen, Kritisieren, Kommentieren. Irene Hecht, fürs wache Auge auf den Titel. Tim Rombach für die Website.

Dankerufe gehen auch nach Bad Wildbad: zu Dr. Marina Lahmann vom Stadtmarketing für den Support, Michael Nassal fürs Lokalkolorit und Henia und Konrad Dittmann für den Kurstadt-Gossip.

Ihr, meine lieben Designerdock-Kollegen, habt viel ertragen in der Zeit: mein aufrichtiges Dankeschön an Aurélie, Angela, Eva, Anna, Ann-Kathrin, Claudi und Belinda.

Danke auch an Google, Wikipedia und Co.

Weil ich sicher einen vergessen habe: Merci. Allen, die mich kennen, mögen, unterstützen und eh wissen, wer gemeint ist.